BEWEGLICHE LABYRINTHE

Barbara Zoeke

Barbara Zoeke

BEWEGLICHE LABYRINTHE

Roman

Shaker Media

Bibliografische Information der Deutschen Nationalbibliothek
Die Deutsche Nationalbibliothek verzeichnet diese Publikation
in der Deutschen Nationalbibliografie; detaillierte bibliografische
Daten sind im Internet über http://dnb.d-nb.de abrufbar.

Copyright Shaker Media 2013
Alle Rechte, auch das des auszugsweisen Nachdruckes, der auszugsweisen oder vollständigen Wiedergabe, der Speicherung in Datenverarbeitungsanlagen und der Übersetzung, vorbehalten.

Printed in Germany.

ISBN 978-3-95631-097-3

Shaker Media GmbH • Postfach 101818 • 52018 Aachen
Telefon: 02407 / 95964 - 0 • Telefax: 02407 / 95964 - 9
Internet: www.shaker-media.de • E-Mail: info@shaker-media.de

Für Schenja, wie versprochen

1

Sein jüngerer Sohn hatte ihm einen Brief geschrieben.

Hi, Eric, schrieb er. Meinen dreißigsten Geburtstag hast Du offensichtlich vergessen. Ich hab's unter Deinen fast siebzig Jahren verbucht. Also mußte ich mir Deine Sticheleien zum Altern selbst aufsagen. Dir und mir zu Ehren habe ich dabei einen doppelten Whisky getrunken. Der Geschmack seltsam für mich, aber das Zeug brachte mir Dein Lachen nahe. Weil ich mich in Texas nicht traute, mein Haschpfeifchen zu benutzen, ließ ich mir vom Barkeeper eine Zigarre anschneiden. Er holte sie aus einem sorgfältig polierten Humidor. Dir hätte das gefallen, ich weiß. Doch nach drei Zügen wurde mir überklar: die Riten Deiner Generation, sie bleiben mir mehr als fremd. Mach Dir nichts draus, Daddy. Dein Steve.

Eric hatte den Brief an der Fensterfront seines Apartments entziffert. Tief unter ihm rödelte der Verkehr der Ocean Avenue. Die späte Sonne warf ein paar Strahlen auf den Avocadobaum, den Ett neben seinen Computer gestellt hatte, bevor sie in das Land des Roten Ahorns entschwunden war.

Er hatte den Umschlag mit einem Grummeln im Magen geöffnet, weil er bei Steve immer an kleine weiße Pulver dachte, auch an die zahllosen kleinen Jobs und die tausend Projekte, mit denen er seine Familie in Atem hielt.

Aber der Brief beschwieg das diskret; statt dessen handelte er etwas anderes ab, seine Person nämlich, und das in bestürzender Kürze. Ausführlich war nur das ungewohnte *Daddy* am Schluss, weil es Steves Kinderstimme enthielt. Er steckte das Blatt in das Kuvert zurück und öffnete die Lade an seinem Schreibtisch, in der er allerlei Erinnerungsstücke verwahrte. Hier lag eine Fotografie von Ett, mehr als drei Jahrzehnte in seinem Besitz. Hier lag das Sturmfeuerzeug, das sein Vater ihm zum Abschied geschenkt hatte, damals, als er Leipzig für immer verließ und nach London ging. Er schob Steves Brief unter das Feuerzeug. Aber dann besann er sich und warf ihn in seine Weekend-Tasche; Ett würde nicht darauf verzichten wollen, eine Nachricht von Steve zu lesen, eine Rarität, die er ihr zeigen müßte.

Der Himmel hing inzwischen mit einem verfrorenen Rosa in den Fenstern. Er suchte nach seinen Joggingschuhen; Zeit für den abendlichen Lauf, bevor es dunkel wurde.

Er fuhr mit dem Wagen zum Park an der Brooklyn Bridge und lief mit dem Blick auf die Skyline Manhattans. Die Skyline im fahlen Dämmer, bevor die Lichter aufleuchteten und die Stadt in ein atemberaubendes Versprechen verwandelten. Manhattan, ein einziges Geglitzer, eine einzige Verheißung, Fenster für Fenster. So hatte er es im Herbst nach dem Krieg erlebt, als er Europa mit seinen grauen Menschen, mit seinen grauen Ruinen endgültig den Rücken gekehrt hatte.

Etts New York dagegen: eine andere Stadt. Er lief sich ein und sah das Bild vor sich, das sie dort draußen im Ahornland auf der Staffelei stehen hatte.

New York, hatte sie ihm knapp erklärt, als sie ihn bei einem Blick auf die Leinwand ertappte. Die Erklärung ein großzügiges Extra. Denn meist wies sie ihn unwirsch ab; sie mochte nicht, wenn er kiebitzte. Aber an jenem Nachmittag hatte sie einfach den Pinsel beiseite gelegt und sich eine Zigarette angezündet.

Ein nicht leicht zu enträtselndes Gewirr aus Linien, mehr konnte er anfangs nicht erkennen. Zwei Wochen später, fertig war sie noch nicht, hatte er allmählich begriffen, was sie im Sinn hatte. Sie hatte eben nicht die übliche Pin-up-Karte Manhattans gemalt. Oh nein. Sie hatte ein wahnwitziges Labyrinth entworfen, ein Labyrinth, dessen Sackgassen durch ineinander verschlungene Menschen gebildet wurden. Gesichter, die auftauchten und dem Auge wieder entschwanden, nach einem Wimpernschlag, nach dem Wechsel der Aufmerksamkeit. Die einzelne Linie war mehr als eine Begrenzung, sie war Teil einer leisen Bewegung, die an unterschiedlichen Punkten der Leinwand begann, sich zum Getümmel potenzierte und wieder verebbte.

So habe ich Manhattan noch nie gesehen, hatte er zu ihr gesagt. Ein Netz aus Augen, ein Gitter aus Blicken. Orte und Nichtorte im schnellen Wechsel. Springende Punkte, das Zittern der Lider, Täuschungen ohne Ende.

Ett hatte gelacht, ihr raues Lachen, das sich den Weg tief aus dem Bauch bahnte und jeden Raum füllen konnte. Und wenn sie so lauthals, so unbeschwert lachte, stand sie plötzlich wieder sehr jung vor ihm. Mit ihrem Elfenbeingesicht unter sorglos gescheiteltem Haar, die zornigen blauen Augen fest auf ihn gerichtet. Als er sie kennenlernte, war sie keine zwanzig und sammelte Unterschriften gegen die Hinrichtung von Ethel und Julius Rosenberg.

Er war gerade Assistenzprofessor geworden, und sein Gesicht war noch kein ausgeleierter Handschuh.

Sie hatte an die Tür seines Arbeitszimmers im Brooklyn College geklopft, lauter als nötig, und ihm eine energische Resolution und eine nahezu leere Unterschriftenliste auf den Schreibtisch gelegt.

Meine Vorlesung haben Sie noch nie beehrt, sagte er in ihre zornigen Augen. Kulturanthropologie dürfte Sie nicht interessieren. Dass er sich sonst mit dem Satz „Ich zähle Menschenbeine" einführte, verschluckte er lieber.

Das tut nichts zur Sache, entgegnete sie mit der Unverfrorenheit schöner junger Frauen. Unterschreiben Sie? Oder fehlt sogar Ihnen das bisschen Mut? Sie hatte also bereits die Runde gemacht und eine Abfuhr nach der anderen eingesteckt.

Er lachte, weil er die Riege der Professoren vor sich sah: samt und sonders farblose Burschen, so farblos, dass McCarthy und seine Häscher sie nie entdecken würden. Er stellte sich vor, wie sie die Köpfe über das Papier beugten und sich schamhaft duckten und wanden, während die junge Frau ihre Augen funkeln ließ. Nur der Älteste von ihnen hatte sich getraut, seinen Namen auf die Liste zu setzen. Und der ging zum ersten August in den Ruhestand.

Er las den Text der Resolution halblaut vor sich hin, bevor er sich erneut an sie wandte. Sie hatte ihn nicht weiter beachtet, sie lehnte am Türrahmen und prüfte den Inhalt seiner Bücherschränke.

Ich bin entschieden ein Gegner der Todesstrafe, sagte er. Und dann, vielleicht, um sie herauszufordern: Sammeln Sie solche Unterschriften nur für die Prominenten der linken Liga oder auch für die armen Teufel, die kaum einer kennt?

Sie hatte mit ihren Augen "Nein" geflüstert, ein überraschtes, ein schüchternes "Nein", das für eine Sekunde in der Luft zwischen ihnen zu schweben schien, als sollten sie es begutachten. Er hatte die sehr blauen Augen gestreift und ohne ein weiteres Wort unterschrieben.

Danke, sagte sie, nachdem er sich eingetragen hatte. Sie lächelte für einen Moment, ein Lächeln, das ihr Gesicht in Sonnenschein tauchte.

Was studieren Sie? fragte er rasch, um sie aufzuhalten.

Kunst und Agitprop, antwortete sie. Ein Köder für ihn. Er ahnte, sie wartete darauf, dass er zurückzuckte; denn in der Ära McCarthys, als die Bände von Hegel und Marx kommentarlos aus den Regalen verschwanden, war der Begriff Agitprop kühn, nein gewagt.

Sie haben Glück, dass an unserem College keiner versteht, was Sie meinen. Er zog sein Jackett an, als wolle er sie begleiten und ließ sie trotzdem gehen.

Er traf sie Wochen nicht, obwohl er nach ihr Ausschau hielt; er traf sie erst an jenem Julitag wieder, an dem die Rosenbergs auf den elektrischen Stuhl geschnallt wurden. Sie saß mit hochgezogenen Knien am Rande einer Protestgruppe, das Gesicht von der beißenden Sonne New Yorks gerötet.

Das wird Ihre Haut kaum aushalten, hatte er beiläufig zu ihr gesagt und sie zu einem Kaffee eingeladen. Er hatte früher nie darüber nachgedacht, dass es ein staatlich verordneter Doppelmord war, der sie erst in den bescheidenen Coffeeshop, dann in sein mehr als bescheidenes Apartment gebracht hatte.

Der heiße Sommer damals, der Sommer der Inquisition. Ett und er hatten ihn im Haus ihrer Eltern an der Nordspitze von Cape Cod verbracht, halb betäubt von der Hitze, von gutem Wein und üppigem Essen. Dort in der Strandeinsamkeit zwischen Meer und Dünen hatten sie ihren blauesten Sommer gelebt, einen Sommer, der zum Muster wurde für alle, die folgten, zum unerreichbaren Muster.

Ja, er hatte sich im Haus von Etts Familie schnell heimisch gefühlt, seit Ewigkeiten wieder heimisch. Abend für Abend saßen sie in Korbstühlen auf der Terrasse, lange, laue Nächte hindurch. Da war sie noch einmal, die einzigartige Stimmung, wenn die Arbeit getan war, wenn Zigarrenrauch sich zögernd in der Luft verteilte. Er hatte Etts Vater mit Vergnügen zugehört, diesem Sohn ukrainischer Sozialrevolutionäre, der mit kehliger Stimme die Überspanntheiten der Washingtoner Politik diskutierte. Der slawische Akzent unüberhörbar; die Sprüche extra dry. Und Etts italienische Mutter stellte ein Gericht nach dem anderen auf den Kastanientisch. Happen mit würzigen Pasten, geröstete Fische, Ragouts aus Wild oder Geflügel und vor Butter und Zucker schäumende Cremes. Er hatte Ett beneidet, war in Streit geraten mit ihr, weil er die Inszenierungen, die Dramolette des Paars wie eine Droge genoss, sie hingegen die ausführlichen Tafeleien floh, in Bars und Drop Ins hetzte, ständig der Musik, der letzten Aktion, der Heftigkeit der Erregung nach.

Neu Neu Neu, hieß diese Bewegung, und Neu gleich anders als ihr, hieß diese Bewegung, und Ihr mit diesen aufgewärmten europäischen Geschichten, hieß ihre spezielle Bewegung. Und tatsächlich kam er sich alt vor, wenn er ihren Fluchten zusah. Denn er war in Europa aufgewachsen wie ihre Eltern auch, und dies schuf mühelos ein Band. Und während Ett sich als Amerikanerin fühlte, blieb bei ihnen ein undefinierbarer Rest. Etwas darüber hinaus, etwas Vergangenes, also Gefährliches, das allzu leichtfertig beschworen wurde und viele Male durch die Filter des Gedächtnisses gelaufen war, geglättet, zugespitzt, trügerisch geschönt.

Sie hat sich zu Recht gegen die eingeweckten Erfahrungen zur Wehr gesetzt, dachte er, sehr zu Recht. Denn in der bunten Mischung aus Malern und Literaten, aus Anarchisten und frühen Aussteigern, die sich an diesem Küstenstrich versammelten, da kam etwas Anderes auf, nicht das gnadenlose EntwederOder, das er von Europa kannte, keine Kippfiguren mit düsteren Geheimnissen, oh nein. Da wurde mit der Fahne der Freiheit auch die der Gewaltlosigkeit geschwungen, und obwohl die Jäger des Kalten Krieges noch in den alten Maskierungen auf Anschlag lagen, entstand längst eine neue Strömung, ein Rinnsal hier, ein Rinnsal dort, facettenreich, chaotisch, jenseits von rechter wie linker Brutalität. Und nichts würde sie aufhalten können, die akademisch gebildeten Bäcker, die Silberschmiede, Songschreiber und Hirnakrobaten, die den Sand vor der berühmten Meeresbucht zu ihrem Quartier ernannt hatten. Nichts und niemand. Denn auf das wirklich Subversive war keiner gefasst: dass sie in den Untergrund nicht mit Waffen gingen, sondern einzig und allein mit der unbekümmerten Geste der Verweigerung. Und wer könnte schon jetzt entscheiden, was wichtiger war, die permanente Revolution mit ihrem Verzicht auf die Freuden der Gegenwart oder der permanente Verzicht auf vakuumverpackte Kartoffelchips.

Bisher nicht geklärt, sagte er zu sich selbst und kontrollierte seinen Schrittzähler. Die Werte miserabel; er war nicht bei der Sache. Steves unschuldige Zeilen hatten ihre Wirkung getan. Und sie hatten ihn an einen anderen Brief erinnert, einen, der bereits seit Weihnachten in seiner Mappe schmorte.

Ein Schreiben aus dem Land seiner Kindheit. Sie haben geerbt, sagte der Brief. Ein Haus, aber nur zur Hälfte. Und hinter dem Brief des Notars ein zweites, sehr dünnes Blatt, mit einer Greisenschrift bedeckt. Truly, Kern. Er sprach das "truly" halblaut vor sich hin, als müßte er es auf seinen Lippen abschmecken.

Nach dem Lauf das Abendessen. Er wärmte dicke Bohnen in einer Pfanne und verrührte sie mit weichen Eiern, eine reelle Mahlzeit für männliche Solitäre. Nach dem Essen brühte er Tee auf, in der Familien-Kanne; die Arbeit am Schreibtisch würde etliche Stunden dauern.

Er hatte noch nicht begonnen, als Peggy sich meldete. Peggy war ziemlich jung und enorm ehrgeizig, eine Kollegin am Brooklyn College und noch ein bisschen mehr. Aber wenn sie kurz vor Mitternacht in sein Apartment tackte, und ihre Unruhe hinter sich herzog wie andere Frauen eine Fahne aus Parfüm, fing er immer häufiger an, Barrikaden zu errichten.

Nur einen Nightcap, Eric, und ein paar Überlegungen zu unserem Forschungsprojekt, sagte sie gewöhnlich. Aber das, was sie eigentlich sagen, was sie eigentlich fragen wollte, was sie hinter einem Schwall von Sätzen ungeschickt verbarg, erschreckte ihn seit langem.

Was malt deine Frau denn? hatte sie sich neulich erkundigt. Nicht ohne Unterton.

Bilder, für die ein paar Sätze genügen, braucht man nicht zu malen. Geschichten kann man dazu erzählen, haufenweise, wenn die Bilder gut sind, und wenn man erzählen kann.

Kann sie davon leben? bohrte Peggy ungerührt weiter.

Das reicht kaum für den Weizenschrot, den sie morgens in Vogelportionen pickt, hatte er geantwortet und seine Laufschuhe geschnürt. Aus Vorsicht kein Blick. Seine Augen konnten verzichten, und was Peggy sagen wollte, würde sie trotzdem sagen. Sie hatte gegen ihre Gewohnheit geschwiegen, sie war schweigend unter die Dusche gegangen und hatte ihn mit seinem Ertüchtigungsprogramm allein gelassen. Und er, er hatte seine Strecke abgespult, schlapper als sonst und mit pelziger Zunge.

Doch heute blieb sie am Telefon, blieb sie bei dem gemeinsamen Forschungsprojekt, und auch die Frage, ob er am Samstag in seinem Büro zu finden sei, hatte nicht den geringsten Beigeschmack.

Nein, sagte er. Ich werde auf dem Land arbeiten. Ich faxe dir den Artikel am Sonntagmorgen.

Dann setzte er sich an seinen Computer und rief die Datei für die Vorlesung auf.

2

Am Mittwochmorgen pünktlich um acht rief Henry an.

Hi, Letheschlucker, rief er, die Stimme langst frei geräuspert, während Eric noch mit schweren Lidern in seinen Tee blies. Hi, mein Freund, bleibt es bei heute Abend?

Und wie üblich bei diesem rituellen Geplänkel gab er nicht mehr als ein knappes "sure" zum besten und widmete sich weiter der New York Times.

"Return home" hieß der Artikel, den er gerade las. Sehr passend. Und sogar mit einem Zitat von Schopenhauer garniert. Kerns Kommentare zu Schopenhauer fielen ihm ein und manche unerwartet hitzige Diskussion mit Henry.

Henry und die denkwürdige Konferenz in Costa Rica. Eine Konferenz über den Kulturimperialismus der westlichen Welt: Redner mit allzu flinken Zungen.

Eric war schon beim Eröffnungsvortrag aus dem Saal geschlüpft und in der Lounge über einen Korbsessel gestolpert. Ein schwerer junger Mann saß darin. Er trug einen dunklen Dreiteiler, die Weste sorgfältig über einer freundlichen Körpermasse zugeknöpft und betrachtete ihn aus unverschämt blauen Augen.

Leichtfertiges Referat, nicht wahr? hatte er gesagt und sich mit einer überraschend zierlichen, überraschend beweglichen Hand eine Haarsträhne aus der Stirn gestrichen. Abends waren sie in der Bar des Hotels nicht ganz zufällig aufeinander gestoßen, hatten zusammen einen Absacker getrunken, sich wortlos einen zweiten und einen dritten genehmigt und schließlich eine Flasche weißen Rum in Henrys Zimmer bis zur Neige geleert. Sie hatten geredet und geredet, die schwarze Tropennacht stand schweigend vor den Fenstern. Dann wurde der Himmel übergangslos weiß. Brüderlich teilte Henry den Rest aus der Rumflasche, bevor jeder in sein Bett schwankte.

Seit jener Nacht vor vielen Jahren waren sie Kumpane, er der ältere, Henry der jüngere. Und in manchen Situationen war es genau umgekehrt.

Henry hatte zu einer der ersten Ladungen deutscher Fulbright-Stipendiaten gehört; ein Jahr Tennis auf dem Campus, Schach im Universitätsclub und Jazz am Samstagabend, und er hatte nicht mehr zurück nach Deutschland gewollt.

Henry, der große Lehrer, wie Ett ihn einmal boshaft genannt hatte. Denn wie ein doktorierter Santa Claus schleppte er einen Sack voller glitzernder Wörter mit sich, Wörter, die in ständig neuen Kombinationen hervorgezaubert werden konnten. "Guck mal, was ich habe, Mami". Immerhin, und vielleicht war es das, was sie zu Freunden werden ließ: Nie hatte Henry sich der Illusion hingegeben, dass Worte Taten sind, dass Worte Taten ersetzen.

Eric setzte das Teegeschirr in den Ausguss und sortierte seine Unterlagen. Der Rotwein für das heutige Dinner war bereits verstaut; die Mappe mit Kerns Brief legte er dazu.

Kurz nach Sonnenuntergang dann die Fahrt nach Manhattan. Eine Ewigkeit auf tristen Straßen, vorbei an Waschsalons, Kramläden, Einkaufszentren. Alles grell, schreiend, heruntergekommen, wieder aufpoliert und wieder heruntergekommen.

Vor der Tunneleinfahrt der normale Stau. Er stand in der Herde, zwischen unruhig tuckernden Blechmonstern. Polizeisirenen, danach zwei Unfallwagen, die sich mühsam den Weg frei hupten. Er schaltete den Motor aus und ließ seine Gedanken erneut zu Henry spazieren, zum deutschen Heinrich.

Henry fuhr Sommer für Sommer nach Deutschland. Ich war drüben, pflegte er nach seiner Rückkehr zu sagen und eine bedeutungsvolle Pause einzulegen. Er allerdings, er weigerte sich, auf Henrys deutsches Thema einzusteigen. Ein Dauerthema, ein Dauerkonflikt, manchmal ein gemeinsamer Lachsack. Die kleinen Gefechte mochten ja angehen, Sticheleien, um den Kreislauf in Schwung zu halten. Fast zu einer Katastrophe wurde der Oktobertag 1990, als in Berlin die Freudenfeuer brannten und nicht einmal in New York von etwas anderem als der "Deutschen Einheit" geredet wurde.

An diesem Tag war sein Freund Henry jenseits der gewohnten Organisation. Das Schachspiel war nicht aus dem Schrank geholt, und auf dem Herd stand ein Pfanne fettspritzender Würste. Ihr Geruch hatte die Wohnung in eine germanische Eckkneipe verwandelt. Henry hatte ihn auf einen Stuhl gedrückt und eine Flasche Champagner geöffnet. Auf dich, auf uns, hatte er gesagt und die Farbe des Weins geprüft, bevor er trank. Der Fernseher lief; auf dem Schirm die Gesichter deutscher Politiker, dick, streng und feierlich. Danach sang ein gemischter Chor "Im schönsten Wiesengrunde". Und Henry hatte reglos auf das Bild gestarrt; nur sein Kopf schwankte für einen Moment verdächtig.

Wir könnten zusammen nach Deutschland fahren, hatte Henry gesagt. Du und ich.

Oh nein, hatte Eric entschieden geantwortet. Niemals. Ich will nicht in ihren altbackenen Städten sitzen. Ich will nicht ständig in alten Schubladen kramen. Lass mich aus mit deinen nekrophilen Leidenschaften. Im übrigen: Period. Schluß der Durchsage.

Da hatten sie nun gesessen, verstummt, vergrübelt, die Zufälligkeiten ihrer Biografien, ihrer Erfahrungen sperrig in den Köpfen. Und was sie zusammengebracht hatte, was sie zusammenhielt, es war nicht nur der gemeinsame deutsche Sandkasten, es war vor allem ihr Witz, Schmerz zu leugnen und nicht zu leugnen, ihm Namen zu geben, ihn zu verlachen. Nicht nichts, wenn man es recht bedachte. Anderthalb Jahre her, dass sie gefährlich knapp an einem blutigen Streit vorbei geschliddert waren. Seit damals hatten sie Henrys Idee einer gemeinsamen Reise nie wieder aufgegriffen.

Hinter Eric dröhnte jetzt eine Hupe. Er schoss aus seinen Gedanken hoch und startete erneut; der Stau hatte sich in zähflüssigen Verkehr verwandelt.

Endlich rollte der Wagen auf die Tiefgarage zu, die er in Manhattan benutzte. Er griff nach seiner Umhängetasche und lief die vier Blocks, die ihn von der Upper East Side trennten. Der Wettstreit zwischen dem teefarbenen Abendlicht und dem harten weißen Glanz der von innen erleuchteten Gebäude: eine Stimmung, die ihn jedes Mal für die Fahrt über die verstopften Straßen entschädigte.

Das Haus, eine Schuhschachtel in der Betonbauweise der neuen Sachlichkeit, kurz vor dem Krieg hochgezogen und im nachhinein mit gefälligen Brownstones verkleidet. Hier besaß Henry ein Zweizimmerapartment, eins von mindestens fünfhundert. Der größere Teil vermutlich verloddert, aber seins war gepflegt und mit diskreter Eleganz eingerichtet. Mit blitzblanker Küchenbar, englischem Kamin und einem Schlafzimmer im japanischen Stil. Das Bad eine Besonderheit, denn hier hing ein mit Rüschen besetzter Morgenrock, und auf der Spiegelkonsole standen sieben Lippenstifte. Eric kannte längst sein mit Sorgfalt gehütetes Geheimnis. Henry war Transvestit; Frauenkleider waren ein Glück für ihn.

Und wie immer waren die Türhüter von Henry genau instruiert, und wie immer war Eric ein bisschen zu spät oder ein bisschen zu früh. Denn Henry kochte mit Ehrgeiz und entweder war das Soufflé bereits zusammengefallen oder der kompliziert gefüllte Braten nicht fertig, wenn Eric ankam. Heute Abend hatte Henry die Schürze noch vor dem Bauch. Eric war zu früh.

Gefüllter Hase in Rotwein, murmelte Henry und trabte zurück an den Herd.

Ich mixe die Martinis, sagte Eric.

Nach dem Essen saßen sie beim Wein, das Schachspiel zwischen sich, zwei klatschsüchtige alte Männer und ein perfekter Vorwand. Denn neben den Bauern und Springern, die Henry und er über das Ledertuch schoben, bewegten sie die unterschiedlichsten Figuren im Luftraum hin und her und amüsierten sich dabei nicht weniger königlich.

Sehr freigiebig bist du heute nicht, stellte Henry nach einer halben Stunde fest. Er konnte nichts anderes als seinen verbalen Ausstoß meinen, die Wörter pro Minute. Und während Henrys Ergebnisse sich sehen lassen konnten, krebste er im ungenügenden Bereich herum.

Was ist los? fragte Henry. Eine so lausige Eröffnung habe ich selten bei dir gesehen. Hat Chuck an der Börse verloren? Sind bei Steve mal wieder die kleinen weißen Pulver gefunden worden? Oder hat die verehrte Signora Ett einen weiteren Anbau im Sinn? Und hatte damit einen Teil seiner Sorgen abgegriffen. Seine Frau, seine beiden Söhne, oh ja.

Du bist am Zug, wich Eric aus.

Henry war inzwischen aufgestanden, hatte die Schachfiguren in eine Kiste sortiert und rollte das Ledertuch zusammen. Dann ging er in seine Küchenbar, holte eine Flasche Whisky und seinen ziemlich lädierten Humidor.

Eric, sagte er. Hör auf, deinen Nacken zu reiben, als hätte der böse Blick dir ein Mal ins Fleisch gebrannt. Ich kenne die Geste. Ich ahne, was sie bedeutet. Come on, ein Kollege hat mir ein Kistchen Molinos aus Cuba mitgebracht. Lass uns in Ruhe eine rauchen, lass uns zusammen ins Weltall starren, nur trau dich, Flagge zu zeigen. Und ohne auf eine Antwort zu warten, rollte er zwei Zigarren vorsichtig zwischen seinen Fingern.

Weich, sagte er und hielt sie an seine Ohren. Sie knistern, ein Zeichen, dass sie gut gewickelt sind. Er schnitt die beiden Zigarren an und gab ihm eine. Alles mit seinem blauesten

Lächeln. Er wirkte wie eine russische Amme, so rund und warm.

Sie zogen schweigend an ihren Zigarren. Taktvoll wartete er auf den kleinen Flash, ehe er die nächste Bemerkung machte.

Vergangenheit, nicht wahr? Sitzt im Nacken, klammert und klammert.

Hier, sagte Eric und zog den Brief von Kern aus der Tasche. Eine Nachricht von einem toten Havannaraucher. Aus meinem früheren Leben.

Oh, machte Henry.

Lies einfach.

Nein, protestierte Henry, nachdem er die Handschrift inspiziert hatte. Ich hab' was gegen skurrile Oberlängen, gegen As in Form gotischer Dome und Zs, die auf drei Etagen wohnen. Aber dir müssen die Buchstaben doch vertraut sein. Lies vor, wenn ich bitten darf.

Okay, sagte Eric mit einem Seufzer der Erleichterung. Okay.

Rodengrün, November 1991

Lieber Erich!
Erinnerst Du Dich noch daran, daß ich ein Kastanienbäumchen gepflanzt habe, als Du kurz vor Kriegbeginn Deinen Abschiedsbesuch gemacht hast? Jetzt ist der Baum so mächtig, daß ich Hilfe brauche, um die toten Zweige auszuputzen. So viel zu meinem Alter: 92.

Keine Angst, die wichtigen Bilder meiner Biografie verwalte ich noch korrekt. Dich sehe ich vor mir, als wäre es gestern gewesen, das dichte Drahthaar, die Augen in der Farbe wasserdunkler Flußkiesel. In meinem Zustand denkt man nicht mehr in Wochen oder Monaten, man denkt in Tagen. So habe ich keine Ruhe mehr, Deine Adresse zu überprüfen. Mein Notar wird es später für mich erledigen.

Ja, ich fange an, den Tagen zu mißtrauen. Dein Vater, ach, war er jung, er hat den Tagen nie mißtraut. Er hat nicht einmal den Nächten mißtraut, leider, leider. Manchmal wickle ich sein Gesicht vorsichtig aus dem Seidenpapier meiner Erinnerung, sein großzügiges Gesicht, sein großzügiges Lachen. Du wirst kaum glauben, wie sehr ich ihn vermisse, wie sehr ich ihn vermißt habe in all den Jahren.

Keiner konnte eine Zigarre so geschickt kupieren wie er, keiner die Figuren auf einem Schachbrett so liebevoll setzen. Und keiner konnte so freundlich schweigen. Er lud die anderen zum Denken ein, eine der nobelsten Gesten, die ich kenne. Man wußte, in seiner Gegenwart wird einem kein Unheil geschehen. Ich sehe Dich lächeln, denn Du wirst das, was ich schreibe, für unwichtig halten, wie alle jungen Leute gerade die kleinen Rituale, die winzigen Gesten für unwichtig halten.

Man lernt es zu langsam, mein Lieber. Man lernt es vielfach erst, wenn es zu spät ist, wenn keiner mehr da ist für sorgsame kleine Gesten. Überhaupt ein furchtbarer Ausdruck: zu spät.

Noch eine Erfahrung, die ich Dir mitteilen will: Der Mensch wird am stärksten zum Individuum, wenn er stirbt. Dann kämpft er allein, ohne den Ballast der Rede, ohne den Ballast der Rollen. Ärzte mögen das anders sehen, weil sie sich an den Körperfunktionen orientieren. Oh ja, wir haben alles der Messung zugänglich gemacht, beinahe alles. Aber worum das Bewußtsein kreist, wenn der Atem zu fehlen beginnt, welche Wegstellen, welche Ruinenfelder der inneren Welt plötzlich beleuchtet werden, welche Steine herausgebrochen und dem Ich noch einmal präsentiert werden, wer kann solche Fragen beantworten? Und wie soll man das aushalten, das ständige Geplauder der grauen Zellen, wenn die Adressaten all der Geschichten längst hinter jener undurchdringlichen Hecke verschwunden sind?

Draußen, die Straßen entlang, brennen wieder die Buchen. Ich schaue hinaus, bis der Abend das Glimmen abstellt. Neuerdings protzt Neon in die Dunkelheit: nun ja.

Weißt Du, was ein schlimmer Gedanke ist? Ich werde mein letztes Gesicht nicht sehen. Dafür starren andere auf mich. Du merkst, ich springe. Nicht mehr mit meinen Knochen, statt dessen mit meinem Hirn: die Bewegungsform des Alters.

Verzeih, mein Lieber, daß ich Dich so wortreich in Anspruch nehme, obwohl ich weiß, daß ein fernes Leben, ein ferner Tod für andere weniger als eine Unze wiegt.

Ich habe keine Ahnung, wie Du zu Häusern stehst, nicht einmal, ob Du eins besitzt. Eine heikle Frage, fast intim.

Insofern ein intimes Angebot: Ich vermache Dir die Hälfte meines Hauses. Gleichzeitig lege ich Dir eine junge Frau ans Herz, die mir sehr nahe steht. Du kannst sie nicht kennen, weil sie erst nach dem Krieg geboren wurde. Es handelt sich um die Tochter von Angela Stein, meiner liebsten Freundin. Ich weiß nicht, ob Du Dich an sie erinnerst. Sie war Apothekerin. Freilich, als Junge hattest Du vor allem für Deine Stiefmutter Augen. Und als Pennäler für die blonde Kantorstochter, ich habe es durchaus registriert. (Sie ist Lehrerin geworden in einem Nest nicht weit von hier).

Doch zurück zu Regine Stein. Sie war das hübscheste Fohlen, das ich kannte. Sobald ich das Licht in meinem privaten Opernhaus anknipse, tritt sie erstaunlich lebendig an die Rampe. Und so sehe ich Regine, sehe und höre sie bei der Schillerfeier des Kulturbundes, wie sie mit roten Locken und schallender Stimme den Monolog der Jean d'Arc rezitiert.

> *Lebt wohl, ihr Berge, ihr geliebten Triften,/*
> *Ihr traulich stillen Täler, lebet wohl!*

Für meinen Geschmack ein reichlich monotoner Vortrag (vom biederen Text zu schweigen), trotzdem, ihre Mutter neben mir, sie leuchtete vor Stolz.

Leider wurde unser Triptychon bald darauf in seine Einzelteile zerlegt. Regine zog in den Westen. Ein Jahr später wurde die Mauer gebaut; nun, das übliche deutsche Familienbild einer eisigen Periode, mit einem Riß mittendurch oder mit einem Ausriß an einer der Seiten. Und ihre Mutter, sie konnte schon Regines Abfahrt nicht gut verkraften, wie viel weniger den Bau der Mauer. Seit ihrem Tod bin ich der älteste Sonderbrötler der Stadt.

Mit Regine Stein wirst Du Dich einigen müssen. Sie bekommt die andere Hälfte von meinem Bauhaus-Schmuckstück. (Ich kann nicht einschätzen, was der Name Bauhaus hier zur Zeit bedeutet und welchen Wert das Ganze inzwischen hat. Daß der Name Bauhaus bei Euch einiges gilt, daß sich 1937 in Chicago eine neue Gruppe gesammelt hat, ist mir nicht entgangen).

Jetzt ist mir der Brief reichlich deutsch geraten. Du weißt ja, die Deutschen haben gern Blei in den Schuhen. Aber für eine leichtfüßige Version bin ich zu müde.

Ein gutes Leben, Erich.
Truly
Gustav Kern.

Eric faltete die Blätter zusammen und steckte sie in seine Jackentasche. Er hörte Henry atmen und sah ihn die Hand nach der Flasche ausstrecken. Der Whisky floss über die leise klackernden Eiswürfel, und dies blieb für Minuten das einzige Geräusch in seinen Ohren.

Die reinste Prozac-Geschichte, sagte Eric mit einem verrutschten Lacher.

Und häufig kommt man erst dann, wenn alle Messen gelesen sind.

Tja, sagte Eric, die kleinen Gesten.

Jetzt wirst du fahren müssen. Und zwar allein. Ich erspare dir jedes Hättste, Siehste, Dochte.

3

Erics Kater am nächsten Morgen war nicht gerade ein Schmusetier. Die Finger geschwollen, Mund und Kehle ausgedörrt, der Kopf in Eisenzwingen. Oh, diese Henrynächte. Diese mäandrierenden Gespräche, Debatten ohne Ende. Themen, die ihn bis in den Schlaf verfolgten und selbst das Bett zum Tummelplatz längst verstoßener Erinnerungen machten.

Auch in der vergangenen Nacht war es nicht anders gewesen. Im Traum war er über eine Flusswiese geschwebt; er erwachte, als er beide Fersen in seine Matratze rammte. Wiesen mit Schaumkraut und Butterblumen, ein Fluss, der Weiden und Pappeln umspülte. Also keinesfalls der Hudson, keinesfalls New York. Außerdem hatte er seinen Vater lachen gehört. Sein Lachen, ein schweres dunkles Dröhnen, drang ihm direkt zwischen die Schulterblätter, als er seine Arme wie Flügel schwang. Und sein Vater hatte New York nie gesehen. Oh nein. Er hatte seine Schiffchen im Wasser der Moskwa versenkt und war als Student zwischen die Fronten der russischen Revolution geraten; danach eine Flucht durch viele Länder, die ihn zu guter Letzt nach Deutschland brachte.

Wann bist du eigentlich in Deutschland angekommen? hatte Eric einmal beim Mittagessen gefragt. Und wo?

Sein Vater hatte den Teller beiseite geschoben. Berlin, hatte er gesagt. Zossen, hatte er gesagt. Der abschließende Punkt war nicht zu überhören. Und meine Mutter? hatte Eric zu fragen gewagt. Sein "Ach Junge" verschloss ihm den Mund.

Gegen halb neun saß Eric im Breakfast Corner, drei Häuser von seinem Apartment entfernt. Hier ging er immer frühstücken, wenn er verkatert war und sein Magen nach einer gut gewürzten Mahlzeit gierte. Der Wirt, ein schmaler Puertorikaner mit Goldkette um den Hals, brachte Orangensaft und Tee, und Eric bestellte gebratene Eier mit grünem und rotem Pfeffer, von einer scharfen Soße bedeckt.

Feuchte Nacht gehabt? fragte der Wirt mit fachmännischem Blick auf Erics Tränensäcke.

Er aß bedächtig, dem Genuss hingegeben, und tupfte mit Weißbrot die Soße auf, bis sich in seinem Magen eine angenehme Wärme ausbreitete.

Nein, sein Vater hatte New York nie gesehen. Und nichts außer *Schönheits* Augen hätte ihn dazu verleiten können, das Haus an der Pleiße für eine zweite Reise ins Ungewisse zu verlassen. Er war einfach zu lange unterwegs gewesen. Als er Ostern 1928 endlich in Leipzig gelandet war, als er endlich wieder in einem Haus wohnte, und nicht in einem möblierten Zimmer, als er nachts wieder einen Atem neben sich hörte, und ein Lachen bereits am frühen Morgen, *Schönheits* Lachen nämlich, war er ohne sie zu einem neuen Aufbruch nicht bereit. Und *Schönheit*, in dem speziellen Punkt so töricht wie schön, sie wollte, sie konnte nicht gehen. Aber vielleicht war sie gar nicht töricht, vielleicht war sie nur treu. Und Treue und Klugheit sind selten versöhnliche Schwestern.

Es war eine der Szenen, die vor dem inneren Auge blitzartig entstehen, mit allen Details, mit den Farben des Tages, den Gerüchen des Raumes. Szenen, die man niemals vergisst und trotzdem nicht gern in das Licht der Erinnerung rückt. Zeit und Ort: ein Sonntagmorgen im letzten Herbst vor Kriegsbeginn. Die Küche im Haus an der Pleiße. Der Frühstückstisch war schon gedeckt. Brötchen und weich gekochte Eier, Himbeermarmelade, Stachelbeergelee, Butter und Mettwurst; die Kaffeekanne stand unter der Wärmehaube.

Kern sagt, wir sollten nach London gehen. Alle zusammen, zu Dritt. Eric hatte diesen riskanten, diesen aufstörenden Satz in die Luft gesprochen. Mit einer viel zu dünnen Stimme, mit einem Zittern in der Kehle. Doch sein Vater, er rasierte sich mit einiger Andacht und sein fester Rücken füllte die Tür zum Badezimmer nahezu aus, er hatte nach Schönheits Augen geschaut, behutsam den Rasierschaum vom Messer gestreift und schweigend darauf gewartet, dass sie sich äußert.

Und meine Eltern? Wer soll auf Papa aufpassen? hatte sie gefragt, ohne jemanden anzusehen. Hatte einen Krümel von der Decke geschnipst und die Porzellanvase mit den Teerosen auf dem Tisch hin und her geschoben, bis sich ein paar Dornen in dem weichen Stoff der Wärmehaube verfingen. Sie nestelte herum; alle schwiegen.

Das war an einem Oktobersonntag; die Sonne fraß langsam den Nebel, der auf den Flusswiesen stand. Ab und an tropfte ein dürres Blatt in das verwilderte Gras vor dem Küchenfenster. Sein Vater setzte sich auf seinen Platz, frisch und glatt, allerdings nicht so strahlend, so vergnügt wie sonst. Sie tauschten einen Blick, ach nein, sie hatten einen Notenwechsel, bestehend aus Blicken, und an der Entschlüsselung des Inhalts hatte Eric Jahrzehnte mit geringem Erfolg gearbeitet.

Später hatte er in Gedanken stets das gleiche Bild vor sich. Den gedeckten Tisch mit dem Buckel der verhüllten Kaffeekanne. Die Sonne auf dem guten Porzellan. In der Nase den Duft der verblühenden Rosen. Und er hatte noch oft gestaunt, auf welch leisen Pfoten die Entscheidungen eines Lebens daherkommen. Wie harmlos Sätze und Situationen sind, auf die im nachhinein die Etiketten wichtig!! bedeutsam!! geklebt werden. (Nie daraus gelernt. Immer blind geblieben.)

Der Breakfast Corner hatte sich inzwischen gefüllt, Studenten, die aus den Morgenvorlesungen in die Kaffeestube strömten. An Erics Tisch hatten sich gleich drei gezwängt und ihn mit ihren Minirucksäcken und Mappen malträtiert. Sie gähnten ausführlich, sie rochen nach Sex und schlecht gelüfteten Pullovern; Eric machte sich davon.

Besser, Doc? fragte der Wirt, als er die Rechnung beglich. Er nickte und drehte eine kleine Runde durch die kühle Luft, bevor er zurück in sein Apartment stapfte. Dort ließ er dem gelbgrünen Avocadobäumchen neben seinem Schreibtisch einen Drink zukommen und packte die Weekend-Tasche. Nach seiner Vorlesung fuhr er aus der Stadt hinaus. Ett hatte heute Geburtstag; er würde sie überraschen.

Draußen fing jetzt der Ahorn an, eine Art grünes Gezwitscher in den kahlen Zweigen der Bäume, das im Herbst zu einer Orgie in Rot entartete, und kurz vor dem Winter in einer Mischung aus Gold und Braun erstarb. Frühmorgens klebten die Blätter auf den Straßen, nass vom Tau der Nacht, und wurden von den Reinigungstrupps in Parkbuchten zusammengeschoben. Und wahrscheinlich würde außer Henry niemand verstehen, dass ihm der Lärm von Brooklyn, ja sogar der von Coney Island, die candy stores und wonder wheels, der Fettgeruch der Friteusen, das süßliche Geflimmer der Luft nach Zuckerwatte und Hundepisse mehr bedeuteten als die sauber geharkten Biotope rund um die City. "Private property! Private road!" Er hasste die Schilder, die einen mit Ausrufezeichen anherrschten, er hasste Zäune, Tore, Alarmanlagen, all das, was den Besitz zu sichern versprach.

Besitz. Darauf hatte er sich nie verstanden. Sein Vater hinterließ ihm nichts als ein Lächeln; das zog erst die Augen zu Schlitzen, dann traf es den Mund: ein Faunsgesicht, wenn er im Spiegel probte.

Du Glücklicher, hatte Ett gesagt, und in jenen Jahren, den frühen ihrer Beziehung, war sie verrückt genug, den Satz ernst zu meinen. Und so sorglos sie die Schecks ihrer Familie in Gin und Whisky umsetzte, so sorglos, nein, arrogant, lehnte sie überdauernde Formen von Eigentum ab.

Das sind sehr unterschiedliche Schubladen in deinem Kopf, hatte er lachend erklärt. Und sie, die Augen fest auf ihn gerichtet, die Zunge whiskyschwer, hatte mit merkwürdigen Winkelzügen der Dialektik das eine wie das andere verteidigt. Sie waren übermütig; sie lachten und lachten. Damals war ihr Zusammensein so unkompliziert wie Wassertrinken und Ett, sie konnte eine Hürde nehmen, als läge das Paradies auf der anderen Seite.

Tausend Beziehungsknoten später hatte sie von ihrem Vater auf Cape Cod einen Flickenteppich aus Feld und Wald geerbt, der Jahre zwischen gewitzten Maklern und noch gewitzteren Notaren hin- und hergerissen wurde. Zuletzt blieb wenigstens genug, um ein Haus auf dem Land zu kaufen, ein Haus am Hang, inmitten von Bäumen. In jedes Fenster schob sich ein grüner Riese. Der vom Wind gezauste Wipfel im Sommer ein Chaos aus rauschenden raschelnden Blättern; im Winter, wenn der Sturm das Licht im Haus flackern ließ, ein ächzendes Gewirr aus fleckigen bleichen Armen.

Sie hatte den Kauf allein arrangiert, mit einer grübelgrauen Miene, ein bisschen beraten von Chuck, der kurz zuvor die School of Economics absolviert hatte. Eines Tages war sie mit ihrer Staffelei, ihren Leinwänden und Pinseln, dem Geruch nach Farbe und Firnis, der die gemeinsame Wohnung an der Upper East Side Manhattans durchzogen hatte, aufs Land ausgewandert. Und er war nach Brooklyn übersiedelt, ein grauer Single in ein Single-Gehäuse. Das war der Herbst, in dem auch Steve das Alter der Pickel hinter sich gelassen hatte und die Architektenschule in Chicago besuchte. Aber aus dem Architekturstudium wurde nichts Rechtes, vielleicht der kleinen weißen Pulver wegen. Er wechselte zur Medical School und ein Jahr darauf zur Philosophie. Er schrieb ein bisschen und er sang ein bisschen und verdiente Geld als Nachtwächter und was weiß ich, und Eric merkte, wie sein Magen sich zusammenzog bei dem nachlässigen "Was weiß ich". Denn hinter den raffinierten Gespinsten aus wahren und möglichen Storys, die sein Sohn Steve gelegentlich produzierte, tauchten in seinem Hirn häufig Uniformen und Handschellen auf, Polizeisirenen und Käfige, in denen statt Bären und Wölfen sabbernde würgende Menschen kauerten. Stop it, sagte er zu sich, stop it. Er schnitt den Gedankenfaden energisch ab; wenige Minuten vor seiner Ankunft wollte er sich nicht die Stimmung verderben. Gleich würde am westlichen Hang die Siedlung erscheinen, zu der Etts Haus gehörte.

Ett stand in der Küche, als Eric ankam. Er betrachtete ihren noch immer makellosen Nacken, den das blaue Arbeitshemd freigab, als sie den Kopf über die Kochmulde beugte. Sie hatte ihn nicht kommen gehört. Sie schüttelte geräuschvoll eine schwere Pfanne mit glasieren Zwiebeln, offensichtlich die Cipolle agro dolce ihrer italienischen Mutter, und fuhr zusammen, als er mit einem permesso, Signora, dicht neben sie trat.

Ja, mir geht es gut, sagte sie, ohne eine Frage von ihm zuzulassen. Und Chuck und Steve, ihnen geht es ebenfalls gut. Soweit das möglich ist in diesen Tagen. Ich bin inzwischen froh, dass ich mein Erbe nicht abgelehnt habe.

Sie schwang die Pfanne ein weiteres Mal, drehte sich nachdrücklich zu ihm um und gab die Gästeliste für den Brunch am Sonntag bekannt. Er sah den mürben Stoff unter ihren Augen, der dem Blick eine herzzerreißende Tiefe gibt, als seien Jahrzehnte unter einem einzigen Wimpernschlag versammelt und wusste, dieser Blick lädt Männer zu Gesten der Freundschaft, nicht aber zu denen der Liebe ein. Und er wusste noch mehr. Dass sie wusste.

Ich ziehe mich um, sagte er und verschwand in das Bad im Obergeschoss. Auf dem Handtuchhalter hingen trockene Badetücher und über dem leuchtend rot gestrichenen Herrenbutler lag ein gewaschener und mit Sorgfalt gebügelter Sportpullover. Sie hatte ihn zweifelsohne erwartet.

Und schlagartig fühlte er das gewohnte Unbehagen. Das Unbehagen, das ihn überkam, wenn er die Tage und Nächte bei ihr auf dem Land verbrachte. Nach dem Lärm New Yorks fiel die Stille über ihn her. Morgens tarnte er sich mit Arbeit; tatsächlich überflog er wieder und wieder die Sätze eines Artikels, den er manchmal allein, manchmal mit Peggy zusammen schrieb, und lauerte auf die Geräusche, die Natur produzieren kann. Nachmittags lief er seine Rennstrecke ab, zehn Meilen, mitunter fünfzehn. Danach klopfte er umständlich die Erde von seinen Schuhen und verkroch sich in den japanischen Whirlpool. Am Abend, der erst zu lange ausblieb, und dann eine kleine Ewigkeit zwischen den Mauern hockte, mixte er trockene Martinis. Nicht zu viel, pflegte Ett im Vorbeigehen zu sagen. Anschließend schürte er den Kamin und starrte auf die gnadenlosen Bilder, die sie malte. Das war der übliche Ablauf; er würde ihm nicht entrinnen. Er duschte seufzend, ausgiebig heiß, ausgiebig kalt, zog den vorbereiteten Pullover über und stieg die Treppe hinab. Nun schon auf der Hut vor Übergriffen, schon gewappnet, ausfluchtbereit.

Aber heute Abend überwachte sie weder das Mixen der Martinis noch die Gläser, die er trank. Stattdessen fabrizierte sie ein Festessen, mit italienischen Vorspeisen, mit delikaten Krabbencocktails, gegrillten Filets und kalifornischem Chablis. Nach dem Dinner saßen sie mit dem Rest des Abends, mit dem Rest ihres Lebens vor dem Kamin. Er legte ihr den Brief von Kern neben das Weinglas und sah auf ihr weißgesträhntes Haar, als sie die Brille nahm und sich darüber beugte.

Eine Art Romananfang, sagte sie, und hob den Kopf von den Seiten. Ihr Gesicht wurde vom Kaminfeuer beleuchtet, mattes Elfenbein mit rosigen Schatten, die sehr blauen Augen dämmerungsdunkel. Und in der ihr eigenen Direktheit: Was willst du dort finden? Das Geld kann es ja kaum sein. Schließlich könnten das die Notare regeln, nicht wahr? Kennst du sie, die besagte Regine Stein? Die Miterbin, meine ich. Ist sie mit dir verwandt?

Nein, nicht mal den Namen.

Davon hast du mir nie erzählt, fuhr sie fort. London, der Krieg, USA. Sogar Leipzig konnte ich mir einigermaßen vorstellen. Aber Sommerferien in einem Nest in irgendwelchen Wäldern, ein Mann namens Kern... Du willst fahren, nicht wahr? Und zwar allein.

Ja, beantwortete er alle Fragen. Eine Reise in einer Zeitmaschine, in ein Land, ganz ohne unseren Glamour. Außerdem werde ich die Deutsche Bücherei in Leipzig besuchen. Unter Millionen Bänden wird sich das eine oder andere zu meinem alten Thema aufstöbern lassen...

Ah, unterbrach sie ihn und hob zögernd die Schultern. Die Pause vermutlich ein Geschenk an den Frieden des Abends. Nein, keine abgestandenen Diskussionen über seine Arbeit, über sein Forschungsprojekt mit unverständlichem Ausgang.

Denn nicht nur Ett hatte vergeblich auf sein "opus magnum", seine große Veröffentlichung gewartet. An einem Lexikon der Todesstrafe hatte er Jahre gearbeitet; er war gerade bei S angekommen, staatlich erzwungene Selbsttötung, ein umfangreiches und äußerst kompliziertes Stichwort, als seine Arbeit stockte. Er mochte keinem erklären, warum er plötzlich die Vielzahl der Fälle nicht auseinanderhalten konnte. Die Beispiele, die er gesammelt hatte, die unterschiedlichen Todesarten und Instrumente, alles wurde von einem Nebel überlagert, völlig andere Namen spukten ihm durch das Hirn, und weil er die Namen zu kennen glaubte und doch nicht kannte, begann er zu zaudern. Zwölf Jahre her und nicht vergessen.

Etts Stimme rief ihn zurück.

Wenn ich deine Reise malen könnte, würde ich dich durch bewegliche Labyrinthe schicken. Nein, nicht durch die Irrgärten mit festgefügten Alleen und den Ausgang findet man mit Geduld oder mit Schläue. Oh nein. Das wäre viel zu simpel. In Wirklichkeit setzt jedes Gespräch, jeder Satz, womöglich ein Blick die Barrieren um. Neue Sackgassen, andere Schlupflöcher. Das Ganze steht nur für einen winzigen Moment, dann ist es wieder anders: closed doors und wo steckst du? Davor, dahinter, dazwischen? Ein Strichmännchen, das durch die Gänge irrt. Eben waren sie gut passierbar, jetzt, jetzt schlägt die Falle zu.

Er blickte an ihr vorbei, auf die Bäume draußen, die regennass ihre Zweige schwangen.

Aber deutsches Bier wird es ja wohl noch geben, sagte er in die Gegend ihres Gesichts.

4

Immerhin hat er ein Faxgerät, dieser Notar, dachte Eric, als er die Ankündigung seines Besuchs nach Rodengrün faxte. Er dachte es nicht ohne Verwunderung. Denn bei dem Namen "Zorn" und der Anschrift "Am Buchengrund" entsann er sich der zehn, zwölf Villen, die unterhalb des Städtchens gestanden hatten. Haus an Haus residierten hier die Honoratioren, die Fabrikanten, Ärzte, Notare. Schmale, hohe Fenster, Portale mit mächtigen Türen, von traurigen Thujen streng bewacht, die engbrüstigen Vorgärten schmiedeeisern vergittert. Nach hinten die Gärten bis hinunter zum Fluss: mannshoch die Taxushecken.

Wenige Tage später lag eine Nachricht von Regine Stein auf seinem Schreibtisch. Regine Stein schlug ein Treffen in Rodengrün vor. Vielleicht passt Ende Mai auch für Sie, schrieb sie in dem gewundenen Queen's-English halb verwelkter Lehrerinnen.

Wow, sagte er mit leisem Unbehagen. Aus besonders hübschen Fohlen sollen manchmal recht säuerliche Ladys werden. Aber dann schrieb er artig zurück. Schrieb, dass er am siebenundzwanzigsten Mai im Ratskeller auf sie warten würde, gegen neun Uhr abends, mit einer New York Times unter dem Arm.

Er überschlug die Wochen bis dahin. Knapp vier. Vier kleine Waggons, jeder randvoll beladen, sie würden rasch nacheinander im Maul des Jahres verschwinden. Vorlesungen, Prüfungen, Päckchen-Lunch mit den Studenten, Dinner mit den Kollegen, Schluss.

Fast in letzter Minute ließ er sich im Reisebüro an der Ocean Avenue über Flüge aufklären. Ein hochgewachsener Schlacks mit Silberring im linken Ohrläppchen rief am

Computer die Routen auf. Er würde also von New York nach Frankfurt und weiter nach Leipzig fliegen und dort einen Zug nach Thüringen nehmen. Wie in jenen fernen Sommern, als er am Leipziger Hauptbahnhof einstieg, um zu *Schönheits* Eltern in die Ferien zu fahren. Zu den Hübners in der Luthergasse. Sommer für Sommer fuhr er dahin, bis er aus den kurzen Hosen herausgewachsen war.

Der alte Hübner ein Goldschmied, der auf seinem nackten Schädel ein Käppchen trug. Praktisch für meinen kahlen Nischel, hatte er lachend erklärt. Wärmt. Und seine von giftigen Pulvern und harschen Säuren verfärbten Hände befühlten erst die eindrucksvolle Rundung über seinem Nacken, dann die ewig erkaltete Zigarre.

Der Käppchengroßvater mit seinen verfärbten Händen, jetzt tauchte er aus langjährigem Nebel auf, weil der Schlacks hinter der Ladentheke mit nikotinverfärbten Fingern hantierte. Ungeschickt versuchte er die vier Flugscheine in Umschläge zu stopfen.

Und Großmutter Clara tauchte auf, wie sie den Teig für den Sonntagskuchen rührt. Bring meinem Bruder Kern ein Stück, hatte sie zu ihm gesagt und hatte ihn forschend gemustert, als er zurückkam.

Ein *Sonderbrötler*, sagte sie und sah ihn mit ihren schwarzen Augen an. Sie zog Wörter überraschend zusammen und traf den Punkt. Alle lachten.

Und bei seinem letzten Besuch: Derart närrsch ist Kern früher nie gewesen. Er sei völlig verdreht. Der Grund sei weiblich und trüge den Kopf ein bisschen zu hoch. Sang sie und sang den Namen Eric. Damals noch mit dem deutschem h: Erich.

Erich, soll ich dir Eierscheck backen? In London gänse nich gochen. In London soll das Essen rein gornischt sein. Er hatte wie ein Kind genickt, obwohl er schon siebzehn war.

Seitdem war er nie wieder in dieser deutschen Provinz. Die mit den weichgeschlagenen Ks, dem freundlichen Singen.

Karten für den Zug können wir nicht ausstellen, Sir, sagte der Schlacks, als er die Kuverts mit den Flugtickets endlich fertig hatte. Er lächelte ein dünnes Lächeln, das er als unverbindlichen Rest auf seinem Gesicht stehen ließ. Eine neue Masche, das dünne Dauerlächeln. Rationierte den Einsatz. Eric zahlte und genoss die Frühlingssonne vor dem Ladeneingang. Er schlenderte die Straßen entlang, den Kopf voll mit deutschen Gedanken.

Die Zugfahrt würde ihm guttun, er konnte seine Augen schweifen lassen. Es war eine umständliche Reise. Daran erinnerte er sich genau. Einen D-Zug erinnerte er, danach die altmodischen Bummelzüge, die durch endlose Fichtenschneisen kriechen. Ein zweites Mal umsteigen. Wo? Den Namen der Stadt hatte er vergessen. Aber das wäre heute sowieso anders. Und wenn er die Hausgeschichte hinter sich hatte, war Zeit genug, sich für eine Weile in Leipzig einzumieten und in der Deutschen Bücherei zu sitzen. Mit Vergnügen stellte er sich den Staub und die Stille des Lesesaals vor.

Sein Apartment konnte er für den Sommer einem Kollegen überlassen. Brett, einer von den Gastprofessoren am Brooklyn-College, hatte schon nachgefragt. Unrecht war ihm das nicht. Ersparte ihm die ängstliche Vorsorge für seine Behausung.

Brett war einer von den europäischen Langweilern, die einen Aufenthalt an der City University für ihre Karriere brauchten. Er würde ein, zwei Sommerkurse halten und durch die leeren Räume schleichen. Die Kurse sparsam entlöhnt, das Schleichen umsonst. Trotzdem könnte er sich den Aufenthalt in New York an sein Revers heften.

Ecco fatto, dachte er, als er am letzten Tag des Semesters in die Zielgerade vor dem College einbog. Ecco fatto. Und war sich selbst nicht sicher, ob er den Lieblingsseufzer seiner Schwiegermutter für die Arbeit mit den Studenten, für seine diversen privaten Kalamitäten oder für die Reise nach Deutschland benutzt hatte.

5

Ett hatte am Kennedy-Airport einen Beutel über seine Schulter gehängt.

Eine Überraschung für dich. Sie hatte gelächelt, ein Lächeln nur mit den Augen, das ihn an ihre Katze erinnerte. Take care, sagte sie mit ihrer rauen Stimme. Und ruf mich an, wenn du in Rodengrün angekommen bist. Und ihr schlichtes "take care" hatte ihm die Kehle zugedrückt; er war schon lange nicht mehr allein verreist.

Im Flugzeug verstaute er sein Gepäck und schnallte den Sicherheitsgurt fest. Nach dem Start inspizierte er Etts Beutel.

Sie hatte einen Walkman hineingepackt und drei Kassetten mit Tesafilm unter das Gerät geklebt. Er sah auf die winzige Beschriftung und wusste, das hatte sie Mühe gekostet; er kannte den Schwung ihrer Buchstaben.

Es war Henzes "Floß der Medusa", Elvis Presleys "Heartbreak Hotel" und Schuberts "Winterreise". Bestimmt in hohem Tone gesungen.

"Fremd bin ich eingezogen, fremd zieh ich wieder aus", sang ein unsäglicher Tenor den unsäglichen Text. Deutsche Buchhandlung in German Town, Manhattan. Sie hatte ihn ausgespäht; sie hatte seine Gedanken belauert. Ihn gestellt, als ginge es um eine heimliche Liebschaft.

Einen Whisky, sagte er matt zu der lackierten Lady, die das Kostüm der Fluggesellschaft trug.

Fühlen sie sich nicht wohl, Sir? fragte sie zurück.

Ein Mineralwasser, ein Aspirin, ergänzte er die Bestellung, setzte die Kopfhörer auf und schloss die Augen.

Aber da zog er wieder lang, dieser Bursche, zog mit "Am Brunnen vor dem Tore" in das Netz seiner Neuronen ein, und was der verrückte Amerikaner mit seinem "Heartbreak

Hotel" nie bei ihm geschafft hatte, das tat ein längst verwester Wiener ihm an. Er mußte seine Läuferbeine verschränken, um ihr Zittern zu verbergen.

Er trank den Whisky mit vorsichtigen Schlucken, später den Rotwein, der mit dem Dinner gekommen war. Die Putenbrust, eingerahmt von Tomatenscheiben und Paprikastreifen, ließ er unberührt zurückgehen, bevor er hinter den dunklen Gläsern seiner Autobrille verschwand.

Etts Tenor war unterdessen "bei der Liebsten Haus..." angekommen. Er hörte seinen Großvater in der Werkstatt mitsummen, wenn er das Lied auf dem Klavier inszenierte. Die Werkstatt neben dem Wohnzimmer; die Schiebetür war im Sommer halb geöffnet.

Die tempi, Erich, konnte sein Großvater rufen. Du hältst sie nie ein. Sicher, getragen blieb da kaum etwas, wenn er dem Schwall seiner Hormone folgte; da rauschte es im Crescendo, da wurde gehämmert, da wurde gezogen. Das hing von der Vornacht ab, von den Lichtern im Hause des Kantors. Nein, natürlich war nicht der gemeint, sondern seine Tochter Sieglinde. Und manchmal hing das Crescendo auch von Fritz ab. Fritz, das war sein Sommerfreund. Sie trafen sich, wenn er die Ferien in Rodengrün verbrachte.

Hinter den Weißdornhecken, die den Weg vor dem Haus des Kantors säumten, waren sie zusammengestoßen. Zwei voyeuristische Knaben, die Knie kalt vom abendfeuchten Gras. Die Fenster des Hauses waren fast alle dunkel; zwei standen als gelbe Rechtecke in der mondlosen Nacht.

Vom Kantor sah man nicht mehr als den Kopf, mit dem er sich über die Blätter seiner Partitur beugte. Er schreibe an einer großen Kantate, flüsterte man in der Stadt. Und sie wurde 1939 sogar aufgeführt, an Hitlers fünfzigstem Geburtstag, unterlegt mit einem schallenden Ruf zum Ruhme des *Führers*. Da war Eric schon in London und Kern erwähnte das Ereignis in einem seiner Briefe, trockenen Tons. An jenem späten Abend allerdings war eine liebliche Melodie zu hören, ein schluchzendes Adagio, von Sieglinde auf die Tasten des Klaviers getupft. Die Mullgardinen vor ihrem Fenster waren bei Licht ein Schleier, der besonders verführerisch freigab, was er eigentlich verhüllen sollte. Erst das Klavier, und sie fraßen schon dabei jede ihrer Bewegungen und nachher der abendliche Striptease. Denn anders konnte man das Spiel mit Hemd und Hose nicht nennen. Mitunter hatte er sich gefragt, ob sie das wusste, das von den Jungen im Gebüsch. Sie lief durch den Ort wie eine germanische Maid, die Haare zu Zöpfen geflochten. Sie stieg pünktlich in die braune Kluft und führte die Gruppe der Jungmädel singend durch das Städtchen. Aber abends zog sie sich aus wie eine Göttin, die Zeus verführen will. Und bisweilen schien es so, als wollte sie den atemlosen Jungen ihr Baumwollhemdchen zuwerfen wie eine von den Revuetänzerinnen, die er in einem UFA-Film gesehen hatte. Heimlich. Na klar.

Jedenfalls, hinter den Weißdornhecken hatte er Fritz kennengelernt. Wer von den beiden Voyeuren ein Geräusch gemacht hatte, konnte später keiner mehr erinnern. Sie packten sich, sie rangen miteinander. Als sie endlich keuchend stoppten, war das Licht in Sieglindes Fenster erloschen. Sie starrten auf den dunklen Fleck, sie starrten einander an. Jungengesichter, das Haar in gleicher Weise gescheitelt, den gleichen Dreck auf Hosen und Hemden.

Ich weiß einen Platz, wo junge Eulen sind, sagte Fritz, als er wieder Luft bekam. Sie schlichen gemeinsam davon und waren verschworen für sechs, sieben Sommer. Einer nach dem anderen lang und heiß und voll der Schwermut halbwüchsiger Knaben, die vieles ahnen und nichts oder das Falsche wissen.

Und plötzlich, ohne ein Zeichen, ohne eine Warnung, stand Fritz auf der Seite der Braunen, war er beyond.

Die Lichter in der Kabine erloschen, allmählich wurde es still. Die Passagiere in ihren Plastiksitzen nickten ein. Er ließ sich vom Atem der Nachbarn wiegen; er hörte ein Knistern hier, einen Seufzer dort und bald nur noch ein Rauschen: das Flugzeug auf seiner Bahn durch die Nacht.

Der Morgen zunächst über der Wolkendecke. Gegen fünf riss sie auf. Ein Muster darunter, das er nicht erkannte. Die Vorkriegsware seiner Erinnerung, was würde daraus geworden sein? Dieser sorglos gefertigte Quilt aus Fluß und Wiese, aus dunklem Busch und hellem Strich, mit Flachs, Korn und Weizen besetzt, das Grün der Kartoffeläcker im Mai, Klee und Luzerne, Wiesen mit trägem Vieh, die Gatter und Windschutzhecken, Weißdorn, Holunder. Eher schmale, eher unregelmäßige Felder, dazwischen die Dächer der Häuser und Scheunen, rote Pfannen, Schindeln aus Schiefer.

Und heute? Was war zu erwarten? Er hatte Henry nie um eine Auskunft gebeten. Vielleicht waren die Landschaften ausgeräumt, die Flüsse begradigt, die Alleen verschwunden?

Sie verloren an Höhe, der Flugkapitän gab das Wetter durch. Mild, sagte er, wechselhaft, gelegentlich Schauer.

Er räumte seine Sachen in die Bordtasche ein; er kramte herum. Für Regen hatte er nicht vorgesorgt. Wie konnte er den Regen in deutschen Flusstälern vergessen? Den Regen von damals, sanft, beinah weich, er streichelt die Haut, er kühlt sie, er bleibt als feuchter Schimmer auf *Schönheits* Gesicht.

Nimm den Schirm, Lieber, ruft sie dem Vater zu. Du wirst ja nass, du erkältest dich. Sie läuft ihm nach, an die Pforte des Gärtchens, unten in der Flussaue. Kleine Häuser, kleine Leute. Sein Vater schwamm wie ein Fisch im freundlichen Geplätscher der Umgebung. Er sang, er lachte, die Augen blitzten. Arbeit genug und Freunde genug, die Gärten am Abend ein vielstimmiges Konzert.

Halt, sagte Eric zu sich, halt, du ziehst alles zusammen, all die Jahre, all die Tage, die Täuschungen der Monotonie. Alles, was rhythmisch kam und ging, schien die Beschäftigung eines einzigen Jahres gewesen zu sein. Ein einziges Fest, ein einziger Winter, eine einzige Abfolge von Tränen.

Wie ungenau wir sind. Wie das Gedächtnis versagt bei den Harmlosigkeiten des Tages, wie es sich festhakt bei dem, was das Herz beschleunigt. Heiß wie die Liebe, heiß wie der Schmerz, kalt, eiskalt wie das, was man nicht mehr ungeschehen machen kann.

In den Gängen der Maschine rückten die Getränkewagen vor, die Gesichter der Stewardessen waren frisch angemalt.

Kaffee, Sir? Wir landen in fünfzig Minuten.

Er trank und sah auf das Netz da unten, ein Netz aus Lichtern im Dunst des Maimorgens. Nach dem Frühnebel würden die Blätter der Bäume glänzen und aus der Nähe betrachtet das Blattgerüst freigeben. Ein Filigran, das er seit seiner Kindheit kannte.

Sieh es dir an; es ist eine Kostbarkeit, sagt seine Stiefmutter, und hält ein Blatt gegen die Sonne. Ihre Hände waren von der Gartenarbeit geschwärzt und die Nägel an beiden Mittelfingern eingerissen.

Was machst du, *Schönheit*? fragte der Vater. Unkraut ist eine Glaubensfrage. Was ruinierst du dir deine Sammetpfötchen? Sie reckte sich lachend und schwang das Haar in den Nacken zurück.

Blumen, kein Unkraut, mein Lieber. Und mit dem von Großmutter Clara vermachten Witz: Wo sollen deine Lötkolben denn hin, wenn nicht mehr zwischen die Rosenbüsche?

Eins der Dramolette der beiden. Beliebtes Thema: Das Perpetuum mobile. So nämlich hatte Kern die bizarren Gebilde genannt, die sein Vater auf der Wiese zum Fluß hinunter aus rostigen Eisenteilen und den Eingeweiden von Uhren installierte. Zahnräder schnurrten, Klöppel schlugen, Pleuelstangen bewegten sich fleißig. Arme, die sich im Sekundentakt hoben und wieder sanken. Ein närrisches Spiel, voller Anmut, und gänzlich sinnlos. Und selbst die

Protagonisten der Nützlichkeit, denen das WofürundWozu schon von den Lippen gesprungen war, standen widerwillig und doch fasziniert vor den seltsamen Strukturen. Paris fiel ihm ein und das Café an dem berühmten Brunnen vor dem Centre Pompidou. Vor Jahren hatte er da gesessen und die funktionstüchtigen Fantasien von Tinguely und Niki de St. Phalle im Licht der Mittagssonne bestaunt. Er hatte sich eine Flasche Chablis bestellt, in die Sonne geblinzelt und seinem Vater und seinen zu frühen Konstruktionen einen Becher des Gedenkens gewidmet. Welch ein Unglück, zu früh zu sein. Die zu Frühen, sie bleiben für immer in den Häusern der Toten.

Inzwischen hatte das Flugzeug den Boden berührt und rollte aus. Eric sah auf die graue Piste, sein Magen krampfte ein bisschen. Er war angekommen. Er würde aussteigen müssen. Er griff nach seinem Gepäck; jemand stieß ihm eine schwere Tasche in die Kniekehlen. Alles normal soweit.

Nach einer halben Stunde saß er bereits in der Morgenmaschine nach Leipzig. Neben und hinter ihm Geschäftsleute; sie ließen die Schlösser ihrer Koffer klacken. Akten wurden auf den leeren Sitzen ausgebreitet und rutschten bei einer Böe auf den Teppichboden. Er kam sich müßig vor. Ein alter Mann zwischen Machern, die meisten nicht über vierzig.

Nein, keine Zeitung, nein, danke, kein Frühstück, sagte er zu der Stewardess, und starrte durch das Fensterchen, als sei unter der dichten Wolkendecke eine spezielle Botschaft zu entziffern. Einen Flughafen gab es damals nicht. Oder doch? Vielleicht einen Militärflughafen oben im Norden der Stadt? Er würde fragen müssen, schon, um sein tuckerndes Hirn zufrieden zu stellen.

Er ließ sich mit dem Bus zum Bahnhof schaukeln; durch die flache flache Landschaft, bis zum fernen Horizont glatt wie ein straff gespanntes Tuch, stellenweise aufgepeppt mit Gewerbegebieten, Industrieparks, Einkaufszentren. Bagger, enorme gelbe Rüsseltiere fraßen sich in die riesige Flussaue, unter deren verletzlicher Haut die Mammut- und Oleanderbäume aus archaischen Zeiten lagerten. Braunkohlenflöze, darüber die Äcker mit Roggen und Gerste, mit Klee und Raps.

Nein, im Norden war er selten gewesen. Wenn er an Leipzig dachte, dachte er an die südlichen Auen, die Auen zwischen Elster und Pleiße. Die fetten Wiesen zwischen Wasserarmen: die Mühlenpleiße, die Färberpleiße, der Elstermühlgraben, der Floßgraben. Die Häuser mit den aufgeschürzten Dächern, die spitznasige Gaube als freundlicher Ausguck über der Eingangstür. Rote Ziegel, gelbe und rote Klinker, die häufig klamme Luft, die Üppigkeit der Gärten von Frühjahr bis Herbst. Jägerzäune, das sauber geschälte Holz längst überwuchert. Erbsen und Bohnen ranken sich am Sitzplatz hinter dem Haus. Rosen blühen bis in den November. Apfelbäume mindestens zwei, Früh- und Spätäpfel. Die frühen mit ihrem lauten Knacken, wenn man hineinbeißt, die roten Backen der späten. Und wenn die Tage wieder kürzer wurden, das Glühen der Dahlien, das Leuchten der Ebereschen.

Und mit seinem Vater zu allen Jahreszeiten in den Auen. Pass auf, Erich, flüstert er. Drüben hinter dem Kolk brüten Reiher. Er lässt einen Stein ins Wasser fallen, wirft einen zweiten.

Jetzt, fügt er hinzu. Sie steigen auf, beim leisesten Geräusch. Sieh dir den Flugbogen an, das Gefieder, und welch eine Technik. Er sah ihn lächeln, das hinreißende, das überwältigende Lächeln, das Menschen auf dem Gesicht steht, die selbstvergessen bewundern können.

Im Frühling mit Gummistiefeln durch die sumpfigen Wiesen, und nach dem Regen der Ansturm von Blüten. Weiß die Märzenbecher, gelb die Himmelsschlüssel, später der Bärlauch, bleicher als sein Name zugibt, und endlich das flirrende, fließende Rosa des Wiesenschaumkrauts.

Und gegen Abend steigt langsam der Nebel aus den Flusstälern auf, der Nebel, der die Stämme der Bäume, das

Gebüsch, ja sogar *Schönheits* Rosenstöcke verschlingt. Lediglich die Kronen der Eichen schweben beinahe schwerelos über dem Dunst.

Ach ja, und zwei Mal im Jahr das Hochwasser, mit dem Novemberregen, mit der Schneeschmelze. Wenn im Keller das Wasser stieg, wurde der Kahn bereitgestellt und die Eingangstür zugemauert. Endlose Lesetage, auch wenn der Strom wegblieb; *Schönheit* hatte Kerzen gegossen, bevor die Dahlien verblühten. Sein Vater füllte die Petroleumlampen.

Und die Abende mit dem geheimen, dem wortkargen Dialog zwischen *Schönheit* und ihm. Jene fremde Bewegung, mit der sie die roten Haare schüttelt, wenn sein Vater zu lange auf sich warten ließ.

Fuchsbau, sagt sie und die Locken fliegen, und erst nach Jahren begriff er, dass damit die Kneipe "Wilder Eber" gemeint war. Die Männer, die dort ihr Bier tranken (häufig und keine geringen Mengen, darauf würde er wetten), hatten den Kellerausschank nach dem fuchsigen Schopf der Wirtin getauft. Stimmen erinnert er, tief in der Nacht, erst ihre, dann seine. Das Knarren der behutsam geöffneten Zimmertür, der strenge Geruch nach Tabak und Bier, wenn sein Vater ein Spitztütchen mit Himbeerbonbons direkt auf sein Kissen legt. Immer schlafend gestellt, nie danke gesagt.

Und eine Zentnerlast aus schwärzester Trauer, aus schwärzestem Schuldgefühl stürzte auf seine Schultern herab.

Nein. Er würde dorthin nicht fahren können. Er würde die südlichen Auen nicht besuchen. Denn für immer würde er den vermissen, der fünfzig Jahre zuvor im schweigenden Mondschein lag.

Der Bus fuhr mittlerweile durch die Straßen der Stadt. In zehn Minuten würden sie auf dem Bahnhofsplatz halten.

Sofort weiter, auf der Stelle, dachte er. Und wenn ich ein Taxi nehmen muss.

6

Das Taxi hatte die Autobahn verlassen, jetzt fuhren sie eine frisch geteerte Landstraße entlang. Vor den Panoramascheiben tauchte in der Ferne ein Kirchturm auf, daneben eine Kuppel im matten Goldton. Das Stadtbild von Rodengrün. Rechts ein Fichtenwald, links die Spiegel der Karpfenteiche, beschattet von Birken und Weiden. Dann kam schon der Friedhof mit seinen Thujenhecken; der Turm der Kapelle war eingerüstet. Auf dem Platz vor der Kirche stand noch immer die Friedenseiche, die ausladenden Arme in jungem Grün, die Kirchstraße wie damals mit Katzenkopfpflaster. Der Wagen dröhnte und stolperte den steilen Berg hinunter ins Herz der Stadt. Das war der Marktplatz, der im Licht der Maisonne lag. Ein strenges Geviert von unstatthaftem Ausmaß, und die lächerlich bescheidenen Bürgerhäuser ringsum, sie waren nur der Rahmen für das Rathaus, das gelb in die grauen Häuser protzte, gekrönt von Justizia mit blanken Augen.

Trägt sie keine Binde? Ist sie nicht meistens blind?
Nu, warum denn nich? Soll sie die Glubschen doch aufmachen. Drunner vorgeschielt hat sie schließlich immer.

Ja, dieses Rathaus, der Stolz der Stadt. So geräumig, dass keine Metropole sich dafür ducken müsste. Ein Rathaus, das einer gebaut hat, der mehr wollte, als alle anderen in der Region. Eine Straße war nach ihm benannt, und in den hehren Zeiten umbenannt worden. Inzwischen, das hatte er bereits registriert, trug sie wieder den Namen des Baumeisters.

Berühmtheiten gab es wohl weiter nicht. Hatte der Schulmeister Duden im *Goldenen Reiter* übernachtet und in der

Wirtsstube Grüne Klöße gegessen? Schon möglich. Residiert und sein Regelwerk ausgeheckt hatte er in einem Gymnasium der Nachbarstadt, der Zitadelle deutscher Orthographie. Seitdem hing das Rutenbündel der Rechtschreibregeln über jedem Schüler, auch über Fritz, seinem Freund Fritz, der Jahr um Jahr gegen fast jede Regel verstieß und später, und vielleicht sogar deswegen, die ausgeklügelten Regeln der Kälte freiwillig akzeptierte.

Soll ich Sie an einem Hotel absetzen? fragte der Taxifahrer.

Nein, sagte Eric. Halten sie einfach neben dem Brunnen. Ich werde zu Fuß gehen. Dann schulterte er seine Tasche.

Die Pflastersteine des Marktplatzes leuchteten in der Sonne. Marktfrauen hatten an sechs, sieben Ständen Obst und Gemüse ausgebreitet; Käufer waren nur wenige zu sehen. Thüringer Rotwurst, erinnerte er sich mit einigem Behagen, und wie das Brot mit den dicken Wurstscheiben darauf den Mund ausfüllte. Und auch wenn man längst vom Tisch aufgestanden war, haftete an Gaumen und Zunge der Geschmack nach Majoran, gerührtem Blut und weißem Speck.

Er blieb vor dem Stand mit Würsten und Schinken stehen und ließ sich ein Brötchen belegen. Zwei Frauen hantierten schweigend.

Schön dick, die Scheiben, sagte er. Wie gut, dass er im Flugzeug auf ein Frühstück verzichtet hatte.

Auf einmal hatte er Lust, in ein Geschäft zu gehen, die alltäglichen Dinge zu mustern, Würste, Käse und Marmeladen, an den Gewürzen zu riechen, Brotlaibe in der Hand zu wiegen. Vielleicht würde er eine vergessene Kindheitswonne wiederentdecken, womöglich eine Spezialität für Ett oder für Henry erstehen können. Vielleicht würde er in den Gesichtern der Frauen, der Männer etwas Verlorenes wiederfinden, in ihren Stimmen, in ihren Sätzen etwas Vergessenem auf die Spur kommen, einem Klang, einem Wort, einer Wendung.

Er sah sich auf dem Marktplatz um. Das Kaiser's Kaffeegeschäft mit dem Geruch nach Schokolade und Kaffee, der Theke mit Himbeerbonbons und Pfefferminzplätzchen in hohen Gläsern, war einem Video Shop gewichen. Daneben warb ein Tattoo Studio mit dem Schriftzug "Trau Dich".

Genau an dieser Ecke hatte die Witwe Kneisel ihre Schankwirtschaft; Bier, Limonade und Kaffee gab es da, im Sommer auch Eis, mit einem großem Löffel auf Waffeltüten geschmiert, und an den Jahrmarktstagen Bratwürste vom Rost, billiger als im *Goldenen Reiter* oder sonstwo in der Stadt. Die Tische aus blankem Fichtenholz, am Morgen feucht von der Seifenlauge, mit der sie geschrubbt wurden, am Abend verschmiert: Bierkränze, herunter getropftes Eis und Zigarettenasche.

Und noch ein Haus weiter die Futterhandlung, die neben Sämereien und Holzpantoffeln auch Sammeltassen, Kreisel und Peitschen verkaufte, Kreisel, die man mit der Peitsche vor sich herjagen konnte, über die Straßen und Gassen hinweg bis zum Haus des Großvaters. Kinderfreuden, den Autos geopfert.

Nein, der Marktplatz verweigerte sich seinen Einkaufsplänen. Auch auf der anderen Seite war nichts zu machen. Eine Sparkasse, eine Bank, ein Immobilien-Corner. Die einzige Weinstube der Stadt war ebenso verschwunden wie das Modehaus der Dame und das Tabakgeschäft mit den Pfeifen aus Bruyerewurzeln und Meerschaum. Hinter einer riesigen Hinweistafel "Wir bauen für Sie das City-Center" entdeckte er endlich die Werbefahnen eines Supermarkts. "Lidl" buchstabierte er und warf einen Blick auf die lange Liste der Preisknüller. Na also.

Im Supermarkt ein Durcheinander, als sollte in Kürze der Umzugswagen vorfahren. Pappkartons waren in den schmalen Gängen zwischen den Regalen aufgetürmt. Ein Lagerist klirrte mit Flaschen und klackte Dosen aneinander; ein zweiter schob Eric eine beladene Sackkarre in die Hacken. Schweigsam, wie alle anderen zuvor. Eric strich um die Kuchentheke;

der Eierscheck sah verlockend aus. Doch er war vergeblich stehen geblieben. Keiner wollte ihn bedienen. Er nahm sich eine Flasche Orangensaft und ging zur Kasse.

Die Kasse war unbesetzt; zwei Frauen und ein alter Mann warteten darauf, ihre EierundGemüse-Einkäufe bezahlen zu dürfen. Sie verharrten in so grauer Stille, dass Eric nicht zu grüßen, nicht zu sprechen wagte. Er rollte die Saftflasche in seinen Händen hin und her. Dann beschloss er, den Laden kommentarlos zu verlassen. So schweigsam wie sie.

Nein, das hatte Henry ihm nicht erzählt. Er war über die Sandalentypen im Berliner Institut hergezogen, die weltläufig die "Asche des Kommunismus" diskutierten. Sie hatten gemeinsam über ihre Müslisucht, die Bioläden und den nicht endenwollenden Ablasshandel mit dem Tod gelacht. Aber eins hatte Henry ihm wortreich verschwiegen. Dass ihnen die Tugenden des freundlichen Alltags abhanden gekommen sind. Das Lachen, wenn ein anderes Gesicht erscheint, das WoherundWohin, das Nicken und Grüßen, so kostenfrei wie kostbar.

Die Sonne war hinter Wolken verschwunden und die ersten Regentropfen klatschten auf die Planen der Verkaufsstände, als er über den Marktplatz zum *Goldenen Reiter* lief. Zeit für eine Dusche, für eine Rasur.

7

Er wollte Thüringer Klöße essen, bevor er Regine Stein gegen neun Uhr traf. Unschlüssig stand er neben der Tür der Gaststube und sah durch die Fenster. Die Scheiben eines Aquariums, so war es ihm früher erschienen, und hinter der spürbaren Härte der Trennwände geheimnisvolle Wesen, die geheimnisvolle Dinge trieben.
Denn Fritz und er, sie schlichen abends nicht nur zu den Büschen vor Sieglindes Haus, sie schlichen auch zum *Hirschen*, zum *Bären*, zum *Stadtpfeifer* und zum *Goldenen Reiter*, um die Männer bei ihren Feierabendgeschäften zu belauern. Und dann standen sie vor den verschlossenen Türen, hörten den Lärm, hörten Gelächter, manchmal Krakelen, häufig das Klatschen von Karten auf hölzernen Tischen. Gewöhnlich waren die Vorhänge vor den Fenstern zugezogen, nur ein paar Lichtstreifen drangen in die stille Dunkelheit der Straßen. Und sie beide, sie standen draußen und wollten nur eins: da drinnen sein.
Wie klein der Raum war, den er durch die unverhüllten Fenster sah. Erstaunlich klein und mit schweren Möbeln vollgestopft. Eiche, vom Alter gedunkelt und mit Sorgfalt poliert. Vor Jahren saßen sie hinten in der linken Ecke, Kern und Fritz und er. Kern hatte sie hereingeholt, als sie an einem Samstagabend vor der Tür herumlungerten. Zwei Gymnasiasten von sechzehn, siebzehn Jahren in sommerlich kurzen Hosen. Komm nur rein, Erich, hatte Kern gesagt, als er überraschend im Eingang erschienen war, und bring den Fritz Bergmann mit. Trinken wir ein Bier zusammen. Und sie, in ihren viel zu kurzen Hosen, mit ihren viel zu nackten Beinen, sie waren in das Lokal gestolpert, unter seiner Deckung, in seinem Schutz.

Eine Packung Eckstein für die beiden, hatte er dem Ober zugerufen, und die Stühle gerückt. Dann das Bier in beschlagenen Gläsern. Die Zigarettenpackung geöffnet angeboten. Selbst die Streichhölzer hielt er schon bereit.
Und er? Rauchte er nicht mit?
Nein, keine Zigaretten, seit einer Bronchitis nicht mehr. Nur Zigarren. Mittags ein deutsches Kraut, nach dem Abendbrot eine Havanna. Komm vorbei, Erich, und probier eine.
Mehr als fünfzig Jahre her, dachte Eric, und trotzdem kann ich ihn beinahe sehen. Ein Mann mittleren Alters, glatt rasiert, stets im Anzug, stets in gedeckten Farben, die Hüte passend. Drahtig, nie quirlig, die Augen hinter dicken Gläsern verborgen. Ein verborgener Mann, überlegte er erstaunt. Ein hinter Manieren, Ritualen versteckter Mensch. Auch ein Herr. Einer, der für jede Situation die passende Geste, das passende Wort hatte.
Dein Vater ist mein "alter Ego", pflegte er zu sagen. Hände wie ich, nur härteres Material darin. Aber ein Herz, so weich, so riesig wie die, die man bunt und mit Zucker bestreut auf der Kirmes kauft. Und das Maul, sorry, Erich, so offen, dass man für ihn fürchten muss. Wenn man nicht gerade lacht über ihn.
Eric hatte schon geraume Zeit vor der Tür gestanden; er ging hinein. In der Gaststube war Popmusik der sechziger Jahre zu hören: "Like a Bridge over troubled Water", die Originalversion mit dem aufdringlichen Tremolo der Geigen. Ein Kellner mit roter Weste lehnte am Büffet. Hinter dem Kachelofen klickte ein Spielautomat, den zwei Kids lautstark traktierten. Rechts im Winkel blies ein Silberkopf den Schaum von seinem frisch gezapften Bier.
Eric bestellte Wildragout mit Grünen Klößen und Wernesgrüner Pils. Der Silberkopf im Winkel hatte sein Gesicht vom Bier gehoben und gaffte ihn ungeniert an. In New York waren solche Blicke verboten. In New York starrten Fremde

einander nicht an. Wer fixierte, war ein Feind, vielleicht auch ein Dummkopf, den man anmachen konnte.
Dann sah er sein Essen kommen und gleichzeitig ging die Tür auf. Nicht die Eingangstür, sondern die vom Hotel und was da sichtbar wurde, ließ New York vergessen, auch den Alten da drüben, auch die Klöße, die der Ober hingestellt hatte. Denn in der Tür erschien eine Lady, erschien zögerlich, das Kinn ein bisschen vorgeschoben, das wie Perlmutt schimmernde Gesicht unter rötlichen Locken. Nein, rötlich war viel zu unspezifisch, es war rostrotes Gold, das ihr um den Kopf stand, und dieses Verb war präzise, da war er sicher. Das Haar stand, nicht aufgepustet, nicht künstlich gepuscht, es stand, als stünde sie unter Strom oder als hätte sie das Struwelpeteralter nicht hinter sich. Hatte sie aber. Jung war sie nicht mehr. Außerdem spielte ein einziges Wort keine Rolle, wenn es um etwas anderes geht. Darum, dass einer glänzt und strahlt und die Augen tröstet, nein, nein, nicht nur die Augen, das Herz erwärmt, es zieht sich schmerzhaft zusammen, dann voller Glück auseinander. Eine Zeile von Eichendorf, seit wer weiß wann verschollen, ging ihm durch den Sinn: "Als flöge sie nach Haus"; die Romantikerseele war damit gemeint und jetzt bekam er seinen Knabenblick wieder unter Kontrolle und hatte zumindest seine Miene gerichtet, auch wenn er seinen Kopf nach ihr drehte, als zerre sie an einem unsichtbaren Strick.
Take care, sagte er zu sich selbst. Take care. Sie ist die leibhaftige Schwester von allen, die dich in Katastrophen gestürzt haben.
Auch alle anderen Männer hatten die Köpfe zu ihr gedreht, bemerkte er. Selbst die Kids am Spielautomaten gaben für einen kostbaren Moment Ruhe, um dann lauter als vorher zu lärmen. Der Kellner flitzte und putzte, als müsste er den Raum renovieren, bevor sie sich setzen konnte. Aber sie hatte sich bereits gesetzt und studierte die Karte.

Thüringer Klöße mit Schmorbraten, sagte sie, und ein Bier. Die Stimme klar und trocken. Eric sah auf den Alten im Winkel. Der sah nach ihr, mit einem Blick, der aus fernen Zeiten zu kommen schien. Sie fragte den Kellner nach Feuer; der Kellner rannte und kehrte eilfertig zurück. Sie hatte sich mit der Zigarette zu ihm gebeugt, das rote Haar musste seine Nase kitzeln.
Danke, sagte sie, als er ihr die Streichhölzer überreichte.
Das kam ohne jede Flirtmodulation in der Stimme. Sie war ganz ernst und daran erkannte er, dass sie schüchtern war. Nein, sie machte sich wohl nichts aus ihrer Goldkrone, nichts aus ihrem Fließen und Schimmern. Sie schien so selbstverständlich schön, wie er das nur bei Italienerinnen erlebt hatte, oder bei den Frauen der West Indies, schwarzsamtenen Königinnen mit Babies im Arm und Einkaufstaschen am Handgelenk.
Der Alte da drüben blies in das nächste Bier, ohne die Augen von ihm zu lassen. Er wärmte es mit den Händen, alle Finger sorgfältig um das Glas gelegt. Der Ringfinger der rechten Hand war augenfällig verkürzt. Eine Hand, die ihm bekannt vorkam. Eine Hand, die seinen Arm umschloss, vor aberhundert Jahren. Damals, als er sich mit seinem Freund Fritz Bergmann prügelte. Er suchte nach dem Grund und konnte keinen finden. Jedenfalls, Fritz' älterer Bruder stürzte aus dem Haus der Familie Bergmann, um die Streithähne zu trennen. Gabriel Bergmann. Gabs wurde er genannt.
Lass uns in Ruhe, schrie Fritz, lass uns bloß in Ruhe, du Musterschüler. Wir prügeln uns, wann es uns passt. Sie hatten sich gegenseitig auf die Schultern geschlagen, sie waren lachend, nein, johlend davon gejagt und hatten den verdutzten Primus einfach stehen lassen. Längst entschwundene Szene; er hatte nie wieder daran, nie wieder an Gabs Bergmann gedacht.
Ein zweiter Alter hatte sich eben zu ihm gesellt. Sie saßen stumm an ihrem Tisch. Veteranen, vermutete Eric. Nur dass

es für diese Veteranen momentan keine Heldengeschichten gab. Die Heldengeschichten wurden an anderen Tischen erzählt. Sie hingegen, sie mussten ihre Zunge hüten, wenn sie nicht jammern wollten. Über Nacht Fremde im eigenen Land, Fremde, die zwar die Alltagssprache verstanden, nicht aber den neuen Wirtschaftscode. All die erlesenen Wörter der anderen: "man power" oder "lean management", "share holder value" oder "Dax". Das vertraute Gemurmel ihres Systems war ihnen abhanden gekommen. Was sollten sie also reden? Weißte noch? Männer in seinem Alter, jünger gar, die binnen kürzester Frist zu täppischen Greisen geworden waren. Sie tranken ein Bier zusammen, sie schoben die Gläser hin und her. Vielleicht räsonierten sie gelegentlich. Nur die eigentliche Wunde berührten sie nie, die Wunde, dass keiner sie fragt, dass keiner sie braucht. Er stellte sich die Leere nach dem Verlust der Macht vor. Bilder, Wörter, die das Hirn nach wie vor produziert. Anweisungen, Tonlagen, für die ein Zuhörer fehlt. Am Morgen des neu beginnenden Tages die Augen früh um fünf wachgerieben, wie gewohnt. Der Waldlauf, die Dusche, das Frühstück. Bis sie begriffen, dass keiner mehr wartet, dass keiner mehr hinhört. Mit Terminen randvoll besetzte Tage: heute ein Band endloser Stunden, dahin schleichender Minuten. Kein Gruß, kein Kopfnicken, sobald sie ein Büro, einen Saal betreten. Statt dessen die wieder und wieder abgespulten Erinnerungen, kaum durch einen Telefonanruf gestört. Und wie oft hatte es früher geklingelt, pausenlos, eine Qual konnte das werden. Lasst mich endlich in Ruhe... Ja, nun ließen sie sie in Ruhe. Es war eine kalte Ruhe, und Zeit blieb, um bis zur Erschöpfung die gleichen Schleifen zu drehen: Was haben wir falsch gemacht? Wo stecken die Fehler? Lesen sie Zeitung? Lesen sie befriedigt, wie das zerbröckelt, was sie selber aufgebaut haben? Verfolgen sie die Ziffern der Arbeitslosen? Sagen sie heimlich "siehste"?

Summen sie manchmal die alten Lieder, mit aufsteigenden Tränen, mit aufsteigender Wut? Überwachen sie erbittert die Neider von einst? Bespitzeln sie die alten Widersacher? Nicht zu vergessen jene Genossen, die die Wende schnell und glatt geschafft haben und im neuen Outfit, im neuen Wagen an den Kumpanen von gestern vorbeiziehen, flink in einer anderen Zeit angekommen. Nur sie, widerborstig früher, widerborstig heute, sie stehen fest zu den alten Parolen.
Und all die Ungerechtigkeiten…Wie oft habe ich jemanden rausgehauen, weißte nich mehr? Der Walter mit seinem Biermann-Tic, und Irmchen mit der ewigen Westfamilie. Ihre Kritik, ihre Einwände, vorsichtig zur Sprache gebracht. Nein, einstürzen wollten sie ihre Kirche nicht. Sie wollten sie bewohnbar machen.
Henry, das wusste Eric mitten in sein Sinnieren hinein, Henry würde nur lachen. Rührseliger Narr, würde er sagen. Sieh sie dir an, die Helden von gestern. Unbelehrbar, verbohrt. Sie werden am Roten Altar knien bleiben, bis sie in die Grube fahren. Sie werden sich für die verkannten Retter der Menschheit halten. Sie werden sich schützen. Sie werden sich gegen jeden Zweifel immunisieren. Sie waren die Stützen des vergangenen Systems, sie trugen es mit ihren Schultern. Jetzt sind sie zu Zombies geworden. Weck sie nicht auf. Und vergiss nicht, die Bilder, die Fahnen, sie brauchen sie nicht. Sie brauchen keine Tempel mehr. Reiß den Palast der Republik nieder, sie werden nur höhnisch mit den Schultern zucken. Versteinerte Männer, die alles besser wissen.
Im übrigen, musst ja nur mich oder dich selbst ansehen. Würdest du die Internationale der Zyniker verlassen, weil die Büsten der alten Griechen zerstört wurden? Brauchen wir Büsten? Nein!
Ach was, dachte Eric, über sich selbst belustigt. Der Alte da drüben, der mich an Gabs erinnert, er ist vermutlich ein

Tischler, der irgendwann die Kreissäge achtlos bedient hat. Period.
Die Rechnung, sagte der Rotschopf am Tisch vor ihm; er hörte, wie ein Teller weggetragen wurde und sah auf seinen. Die Klöße waren kalt, trotzdem schmeckten sie köstlich. Er probierte den Gedanken "wie nirgends sonst" und verwarf ihn wieder. Für einen einzigen Tag hatte er sich genug Sentimentalitäten geleistet.
Er sah auf die Uhr, zahlte und ging.

8

Eric hatte das Sturmfeuerzeug seines Vaters, das er auf jeder Reise wie einen Talisman bei sich trug, in seine Jackentasche gesteckt und war quer über den Marktplatz gelaufen. In fünf Minuten würde er Regine Stein im Ratskeller treffen. Ein Name. Ein Vermächtnis von Kern.
Sieh dich vor, lüfte dein Hirn, bevor dich hier alle mit ihren Geschichten einzudecken versuchen.
Den Ratskeller gibt es noch, hatte Regine Stein ihm seinerzeit zurückgeschrieben. Sie werden mich an der "London Times" erkennen.
Mit dem Ratskeller verband ihn nichts. In den Nazi-Jahren trafen sich hier die Goldfasane und die schwarzen Uniformen; man machte besser einen Bogen darum. Und genau das war ihm recht. Keine Erinnerung würde seine Aufmerksamkeit stören.
Er lief die wenigen Stufen zum Eingang hinunter und warf einen schnellen Blick durch die erleuchteten Fenster. Männer beim Bier, manche beim Skat. Am Stammtisch eine Runde von Frauen. Er setzte sich an die Theke und orderte einen Whisky. Bourbon, wenn möglich, fügte er noch hinzu. Er trank und behielt die Tür im Auge.
An die Fensterscheiben schlug plötzlich Hagel und eine Sturmböe schien die Tür aufzudrücken. Hinter der Tür war ein Schirm zu sehen, der kurz darauf unmittelbar vor seinen Augen zusammengefaltet wurde.
Sorry, sagte eine Sie zum Fußboden, und strich sich die rote Fahne aus der Stirn. Und noch einmal sorry, direkt in sein Gesicht.
Hinter dem Schirm war die Schöne vom *Goldenen Reiter* aufgetaucht. Sie trug ein schmales Jackett, das den Blick

auf Busen und Taille freigab. Erst jetzt konnte er unter dem flammenden Schopf ihre Augen sehen. Die Iris wie dunkle Erde, und über die Augen zogen sich feingefiederte hellblonde Brauen. Ein überraschender Kontrast.
Sie hob die fehlfarbenen Brauen und lächelte ihn mit ihren erdigen Augen an. Unter ihrem rechten Arm hatte sie die "Times" geklemmt, die zu Boden klatschte, als sie ihm ihre Hand entgegen streckte.
Hallo, sagte sie. Ich bin Regine Stein. Sie hatte die Schultern hochgezogen und die Hände tief in den Taschen ihres Jacketts vergraben.
Ein nicht unpassender Vorname, sagte er.
Deutsch oder Englisch? fragte sie zurück.
Versuchen wir es mit dem Gemurmel der Kindheit. Er stürzte sein Glas so schnell, dass er den Alkohol bis in die Zehen spürte.
Tja, sagte sie, und schob ihr Haar aus der Stirn. Eigenartig, nicht wahr? Sitzen hier wie Verwandte bei einer Beerdigung und kennen uns nicht einmal. Sie zündete sich eine Zigarette an und bestellte einen Kognac.
Später liefen sie durch die Straßen, durch das geisterblaue Licht der Fernseher, die in den Wohnzimmern flimmerten. Der heftige Regen hatte die Luft geklärt. Ein schwacher Duft nach Flieder entströmte den Vorgärten.
Man muss es erlaufen, um es wiederzuerkennen, sagte er zu ihr; die Namen haben ja dauernd gewechselt.
Ja, antwortete sie. Ein deutsches Problem.
Oh nein, kein Problem, ein Symptom. Man könnte einen höchst witzigen Essay darüber schreiben. Witzig und bissig, womöglich schneidend.
Wann haben Sie hier gelebt?
Ich? Nie. Ich war nur der Feriengast von *Schönheits* Eltern, und *Schönheit* war die zweite Frau meines Vaters. Und dann erzählte er ihr, wie gern er bei seinen Großeltern war. Sechs,

sieben Sommer hintereinander. Heute kämen ihm diese Sommer wie ein einziger vor, anfangs unüberschaubar lang und gegen Ende sehr kurz. Sie waren heiß und angenehm eintönig, denn fast nichts geschah außer drei Mahlzeiten am Tag, Kino am Sonnabend und sonntags Café Central. Mit C wohlgemerkt. Am Sonntag gab es dort Fürst Pückler Eis und eine Kapelle im Pinguinlook, die Operettenmelodien zum besten gab. Auf der Tanzdiele drehten sich die Paare, die jungen Männer ein paar Jahre älter als er, die Mädchen so unnahbar und fremd, dass ihm der Atem stockte, wenn er in ihre Gesichter sah.

Und sind Sie ins Schwimmbad gegangen? fragte Regine. Mit Schwimmhose, Klappbroten und einem Klarapfel, alles in ein Handtuch eingewickelt?

Er nickte.

Was war auf den Klappbroten?

Schmierwurst, sagte er.

Sie lachte, bis ihr die Tränen kamen. Sicher. Schmierwurst war drauf, auch zwanzig Jahre später. Die Brote von der Hitze verzogen, wenn man sie gegen Mittag aus dem Pergamentpapier packte. Und haben Sie das auch gespielt: Bemmen tauschen? Willst du meine, fragt einer und wirft sein Päckchen und man fängt und wirft das eigene zurück. Wenn man will. Sie drehte sich noch immer lachend zu ihm um, die Zähne sehr weiß und oben, zwischen den Schneidezähnen eine winzige Lücke. Ah, ich verstehe. Das wichtige war das Ritual, nicht das Brot. Und das zweitwichtigste war die Nachricht, auf die Innenseite des Papiers gekritzelt, ergänzte sie. Ein Treffpunkt, eine Frage, eine Liebeserklärung.

Oh nein, diese Stammessitte gab es zu meiner Zeit noch nicht. Oder doch und ich war nicht beteiligt. Weil ich nie mit Mädchen, sondern mit meinem Freund Fritz Bergmann unterwegs war. Und der wiederum hatte höchstens seinen Bruder Gabs im Schlepptau.

Bergmann? Gabs Bergmann? Der saß vorhin im *Goldenen Reiter*, der mit der Flagge aus weißem Haar über steiler Stirn. Saß dort und fraß uns abwechselnd auf mit seinen kohlschwarzen Augen. Übrigens wirkte er viel kleiner, als ich ihn im Gedächtnis hatte. Kleiner und stiller. In jeder Hinsicht geschrumpft.

Hab' ich mich also doch nicht getäuscht. Der verkürzte Ringfinger der rechten Hand war nicht zu übersehen.

Trotzdem eine mächtige Hand, als ich hier Kind war. SED-Genosse, Mitglied im Rat der Stadt, Volkskammerabgeordneter. Das war nicht wenig. Und für viele mag die eine oder andere Rechnung offen geblieben sein.

Klingt so. Aber bleiben nicht häufig Rechnungen offen? Sie stapften den Kirchberg hoch und schwiegen von Bergmann. So ausdrücklich, dass er erleichtert war, als sie am Friedhof ankamen.

Hier liegen sie alle, sagte er, nachdem er an dem verschlossenen Tor gerüttelt hatte. Die Dasslers, die direkt neben seinen Großeltern gewohnt hatten, die Zorns, die Stemmlers, die Ruckdeschels. Und dazwischen der eine oder andere Name auf itz und witz, auf i und ski, Zuwanderer, aus dem Osten herangeschwemmt, die Lischinskis, die Roschwitz, die Noschitz. Angekommen, den Staub abgewaschen, den von Kiew, von Warschau, von Danzig. In die Hände gespuckt, ein Geschäft eröffnet, Familien gegründet, Häuser gebaut. Und deren Kinder Jahre später wieder die Koffer gepackt und weiter gezogen, immer gen Westen, als wohnte dort das Glück.

Ja, wiederholte sie. Hier liegen sie alle. Auch Kern. Und der war beinahe der Letzte, den ich in diesem Ort gekannt habe.

Sind Sie verheiratet? fragte er.

Länger her, sagte sie. Und länger her, dass ich als Kandidatin in einem Quiz auftreten mußte. Er lachte und zog sie vor dem nächsten Regenschauer in eine Eckkneipe.

Hier war die Stimmung weniger gedämpft als in den Lokalen am Marktplatz. Streitlustige Trinker zerfledderten lautstark die neuen Steuergesetze. Auf dem Tresen standen Steingutschüsseln mit Bouletten und eingelegten Gurken, und der Wirt dahinter agierte, als handele es sich um den Kommandostand eines nicht mehr ganz seetüchtigen Frachters.

Sie waren mit Bierkrügen in einem Winkel verschwunden, die Ohren halb taub in diesem Getümmel. Blaue Schwaden teilten den Raum. Der Tabakrauch hatte die niedrige Holzdecke verfärbt, gelblichbraun mit einem Hauch Karamel, einem Schimmer Nougat. Über Regines leuchtendem Schopf starrte ein Fuchs mit gläsernem Blick in die Ferne.

Er hob sein Glas in ihre Richtung. Wir haben wenig Zeit, sagte er. Wir sollten damit aufhören, trash zu reden. Und dann, sie übergangslos duzend: Erzähl mir was von dir. Du bist jünger als ich. Erzähl mir, was du hier suchst. Das Haus, das kann es doch gar nicht sein. Das hätte jeder Notar geregelt. Jedenfalls hat das meine Frau gesagt und sie hat meistens Recht.

Meine erste Liebe, erwiderte sie mit schmal gewordenem Mund. Sie lockerte ihre rote Mähne mit den Fingern, bevor ihr Gesicht hinter dem Vorhang aus Haar verschwand.

Und so erfuhr er, dass sie den Sohn von Gabs Bergmann suchte. Mohrle, ein Junge mit dunklen Locken, ein paar Jahre älter als sie. Ihn suchte sie und das, was sie zusammen mit ihm in diesem Nest zurückgelassen hatte. Etwas, was ihr selber unklar war, zumindest, wenn sie in Frankfurt daran dachte. Und hatte er in New York nicht das gleiche überlegt? Wenn er hier noch einmal durch die Straßen liefe und sich die Fassaden der Häuser ansähe, wüsste er wieder, was es war. Was ihm fehlt, seit er mit Groll außer Landes gegangen war.

Am Nebentisch wurden Stühle gerückt, massige Männer versammelten sich zu einer Skatrunde. Sie bestellten Bier und ließen die Blicke schweifen. Machten Stielaugen, nachdem sie Regine entdeckt hatten. Vorsicht, Leute. Diese rotgoldene Lady gehört zu mir, nicht zu euch.

That's your turn, Mister America, sagte sie mit einer etwas zu klein geratenen Stimme. Sie sind dran mit Bekenntnissen. Was suchen Sie denn hier? Sie sah für eine flüchtige Sekunde in seine Augen; die ihren erdig braun mit weit geöffneten Pupillen.

Meinen Freund Fritz Bergmann, sagte er. Und die Kantorstochter, in die ich vor abertausend Jahren verliebt war.

Und wollen Sie die beiden finden? Wollen Sie sie wirklich finden? Sie betrachtete ihn prüfend, den Oberkörper weit über den Tisch gebeugt.

Die Frage gebe ich zurück, red lady oder brown lady, und letzteres läßt sich nicht leicht entscheiden. Sie schwiegen in ihre Gläser, so lange und gründlich, wie nur alte Freunde oder völlig Fremde miteinander schweigen können.

Erzähl mir mehr aus deinem Leben, sagte er irgendwann. Erzähl mir von deinem Mann, zum Beispiel.

Sie lächelte an ihm vorbei und schob ihr Haar aus der Stirn.

Tja. Er ist so ein Veteran der 68er-Frontsoldaten. Gesinnung, politisches Bewusstsein mit sehr großen Buchstaben geschrieben. Er konnte sich nicht genug daran tun, jede Äußerung auf ihren politischen Gehalt zu prüfen. Sein Hirn ein marxistisch geschultes Dosimeter. Welchen Satz ich auch formulierte, er schwebte kaum in der Luft, schon hatte er ihn zensiert und verwandelt. Es war nicht mehr mein Satz. Es waren nicht mehr meine Gedanken. Schließlich packte ich meine Sachen.

Und so hatte sie sich von der schnurrenden Katze verabschiedet, ein paar Bilder abgehängt und war aus der komfortablen Altbauwohnung mit den ertrödelten Stühlen und Schränken in ein Neubauapartment gezogen.

Jetzt habe ich mich mit Stahl und Glas eingerichtet, sagte sie. Ein Gegenprogramm. Sie nestelte an den Alpenveilchen herum, die in einer weißglasierten Vase auf dem Tisch standen.

Und während sie weitersprach, versunken in ihre Geschichte, stellte er sich diesen Mann und seine Welt vor. Vermutlich annehmbar. Keineswegs nur an Karriere interessiert. Keineswegs an der Börse oder in der Politik durchgeknallt. Auch nicht verkommen in Klügeleien über den Reinheitsgrad von Weinen, die Maserung naturbelassener Hölzer, das Alter handgeformter Ziegel. Was sie schilderte, kam ihm bekannt vor. Es gab sie auch drüben in New York, diese versponnenen Alleswisser, die mit Thermoskannen und Lunchpäckchen in den Bibliotheken sitzen und Buchseiten fressen. Er hörte erst wieder genauer zu, als sie zu den Gründen kam, ihren Gründen.

Wir haben Stellvertreter-Diskussionen geführt, sagte sie. Wir haben uns angeschrien mit den Bauchstimmen unserer Eltern. Wir blieben in diesem unterirdischen Kanalsystem, in dem sich die Erinnerungen von Familien tummeln wie einander bekämpfende Rattenstämme. Nicht einmal ein Kulturanthropologe wird sich vorstellen können, dass akademisch gebildete Bürger ihr Sonntagsfrühstück mit erbitterten Diskussionen über die Politik in Ost und West verbringen konnten. Dass sie im gleichen Bett lagen, und die deutsche Geschichte mit all ihren Verwerfungen ging wie ein Priel mitten durch das gemeinsame Lager und kühlte die Haut. Verstehen Sie?

Sie strich sich erneut das Haar aus der Stirn und holte ein Zigarettenetui aus der Tasche.

Eric ließ sein Feuerzeug klicken, bevor er den Gesprächsfaden wieder aufnahm.

Ja, ja, er verstand sehr gut. Und dann auch wieder nicht. Denn was sie da erzählte, klang nach geringem Einsatz. Konnte er bis heute nicht so recht glauben. Für ihn, für viele seiner

Generation waren die Nächte eine schwarze Messe und das einzige Heiligtum, vor dem Beschwörungen ohne Zahl inszeniert wurden: das glückliche Paar. Immer am gleichen Verhandlungstisch, immer das gleiche Unrecht, das zur Verhandlung steht: Nicht zu genügen. Und die Verhandlungsdauer, sie bemisst sich anfangs nach Gläsern, später nach Flaschen. Am Morgen danach, in der Kälte des Spiegels verwüstete Gesichter und unter der Watteschicht von Erschöpfung verwüstete Gefühle.

Seid froh, dass ihr gelernt habt, euch zu trennen, sagte er zu Regine. Andererseits, was habt ihr dafür eingetauscht? Soll man das Freiheit nennen? Wir mit diesen komplizierten Tangoschritten, diesem vorsichtigen Balancieren zwischen Nähe und Distanz, ihr mit euren Trennungen, wenn es ein bisschen zu eng, ein bisschen ungemütlich wird. Rennt auf und davon und verfitzt euch trotzdem mit jeder neuen Wahl in die alten Konflikte. Habt ihr so viel Zeit? Habt ihr so viel Energie?

Er trank den Schnaps, den der Wirt neben die frisch gefüllten Biergläser gesetzt hatte. Eben habe ich dir mehr erzählt als jedem sonst seit vielen Jahren, sagte er.

Me too, erwiderte sie, ohne von ihrem Glas aufzusehen.

Sperrstunde, rief der Wirt. Eric erwischte noch einen Blick aus ihren erdigen Augen, bevor sie gingen.

Die Häuser waren inzwischen dunkel, die Rollläden heruntergelassen. Die Bäume glänzten feucht im Licht der Straßenlaternen. Hin und wieder schlugen Tropfen auf den regenschweren Grund, ein gedämpftes Geräusch, das die Lautlosigkeit der Nacht vertiefte. Sie gingen wortlos nebeneinander her, und dann war er es, der die Stille nicht aushielt.

Dies Straßenschild ist ziemlich neu, pladderte er los. Aber wenn ich den Namen lese, auch reichlich alt. Küpperstraße. Durch die bin ich schon als Kind gelaufen. Wie die Straße hieß, als ich nach London ging, ist leicht zu raten.

Als ich wegging, hieß sie Engelsstraße, sagte Regine. Führte am Thälmann-Haus vorbei zum Platz der Deutsch-Sowjetischen-Freundschaft.

Ihr seid die Meister, sagte er. Die Meister im Ungeschehen machen. Die Ruinen verschwunden, die Kirchen mit Sorgfalt wiedererbaut. Die Schlösser prunken, die Bürgerhäuser sind restauriert: Es gab keinen Krieg. Und keine Straße wird man mehr finden. Aus der Kaiser-Wilhelm-Allee wird die Friedrich-Ebert-Allee. Danach Adolf-Hitler-Straße; die Bäume der Autos wegen gefällt. Dann kam Väterchen Stalin, danach stand Karl Marx auf dem Schild. Und jetzt? Hauptstraße? Breite Straße? Was also jetzt? Und gar keine anderen Sorgen? Wäre ich nicht nur ein abgeklapperter Professor, sondern ein Künstler, ich würde eure Geschichte an Straßenschildern demonstrieren. Ein Pfahl mit Schildern, und ein deutsches Jahrhundert wird vorgeführt. Klack, klack, klack, kippen sie nacheinander weg, die Wilhelms und Adolfs, die Josefs und Erichs, klack, und noch einmal klack. Und dann ein völlig leeres Schild, sauber emailliert. Was jetzt? Second Avenue / East 60th Street, kein New Yorker schätzt, wie solide solche Adressen sind. Da weiß man doch, wo man wohnt. Da hängen die Schilder und überdauern: Main street, Broadway, Ocean Boulevard. Wer hätte gedacht, dass ausgerechnet die Neue Welt so verlässlich sein kann. Ihr hingegen, ihr seid nicht mal eurer Ortsnamen sicher. Wie mag das sein, wenn man ein Claim abgesteckt hat, und ein anderer schnarrt: nenn es so, nicht so. Wie heißt dein Platz? So nicht! Okay, okay! Heißt er eben anders. Was macht das mit den Bewohnern? Was geht in ihrem Bewusstsein vor? Haben Sie ein Haus? fragte er; das Du hatte er in seinem Wortschwall vergessen.

Nein, bisher nicht. Manchmal ein Traumbild, manchmal ein Alb.

Kippfiguren, sagte er. Sie sind das deutsche Gretchen, zeitgenössisch natürlich. Erst schwarz, dann weiß. Erst das

Glühen der Romantik, dann der Schneeglanz der Technik. Kaum Zwischentöne. Warum müsst ihr mit so starken Kontrasten malen? Melodramatik als genetische Komponente, gibt es das? Nein. Selbstverständlich nicht. Das kann es nicht geben. Das ist eine Art von kollektivem Wahn, eine überreiche Sammlung zu schreiend gemalter Bilder, zu wüster Metaphern. Sie liebt ihn, sie mordet für eine zärtliche Stunde mit ihm. Und dann der berühmte Schluss: Heinrich, mir graut's vor dir.

Sie kroch in ihr Jackett und dementierte nichts. Alter Esel, schalt er sich, nachdem er einen Punkt gemacht hatte. Seit wann hast du das Maul in so schneller Bewegung? Ständig den Luftraum besetzt. Lehrt Frauen und Kinder. Die Edelvariante der Dominanz.

Hier bin ich zur Schule gegangen, sagte sie nach einer Weile und blieb vor einem Backsteinbau stehen. Die Werner-Seelenbinder-Schule.

Er kannte sie. Damals trug sie Hindenburgs Namen. Links war der Eingang für die Volksschüler, rechts der für die Oberschüler; die Schulhöfe nur durch eine halbhohe Mauer getrennt. Regine war flink durch eins der offenen Tore gelaufen.

Zwischen den losen Steinen direkt unter der Mauerkrone hatten wir unser Versteck. Da haben wir Briefchen getauscht, Moritz Bergmann und ich. Sie tastete die Steine ab, als läge dort in den Ritzen einer von den verbotenen Kassibern.

Diesen Werner Seelenbinder kenne ich aus meiner Kindheit. Stammte aus der Arbeiterbewegung. Ein erfolgreicher Ringer. Ein Bursche, der den Hitlergruß strikt verweigerte. Sogar bei der Siegerehrung, sogar, wenn die Nationalhymne gesungen wurde. Ich wusste lange nicht, was aus ihm geworden ist.

Er wurde im Oktober 1944 hingerichtet, sagte sie. Stand in meinem Lesebuch. Ein ordentlicher Antifaschist.

Ja, ich weiß. Ich habe es Jahre später gelesen, als ich mich beruflich mit dem Thema Todesstrafe befasste. Ich kann dir alle Details seiner Hinrichtung erzählen. Er saß im Zuchthaus Brandenburg-Görden und sie haben an jenem Oktobertag siebenundfünfzig Menschen mit dem Fallbeil hingerichtet. Aber nicht bäuchlings über dem Block, sondern rücklings, das Gesicht zum hängenden Eisen. Kannst du dir diese Augen vorstellen, Regine? Kannst du dir diese Sekunden, diese Minuten vorstellen, in denen der Angeschnallte, aufgebockt wie ein Tier, auf das breite Messer blickt, das sofort, sofort, aber wann? jetzt gleich, jetzt, auf ihn niedersaust, und dann saust es, das zumindest kann er noch sehen, es löst sich und saust und wird ihm den Hals durchschneiden und für eine winzige, aber unendlich erscheinende Zeitspanne wird das Hirn ein Feuerwerk sondergleichen veranstalten. Kannst du dir das vorstellen, Regine?

Ich versuche krampfhaft, es zu vermeiden. Leider nicht sehr erfolgreich. Hast du darüber geschrieben? Sie hatte ihn zum ersten Mal geduzt.

Wenig. Ein paar Aufsätze über die Todesstrafe, mehr nicht. Alles nur Vorarbeiten zu einem größeren Werk. Es sollte ein vergleichendes Standardwerk werden, mein "opus magnum", wie es so schön heißt. Er hatte sich an die Hauswand gelehnt und den Hinterkopf fest an den harten Untergrund gepreßt.

Ich bin steckengeblieben, sagte er nach einer schnellen Drehung und sah in ihre aufmerksamen Augen. Ich bin steckengeblieben, weil sie mir nachstellten, weil sie meine Träume besetzten, weil sie sich in mein Leben einmischten, Männer, Frauen, halbe Kinder.

Ich fürchte, nicht einmal meine Familie hat das verstanden. Und dann mein Verleger. Er hatte ein wunderbar feines Gespür für die meterhohe Schlagzeile, den verkaufsträchtigen Skandal. Grausamkeit und Gewalt, er war wild darauf. Und alles unter dem Deckmantel achtbarer Wissenschaft. Ich konnte ihn vor mir sehen, wenn ich mit ihm telefonierte. Wie er sich seine Hände rieb, wie er sich über die Bilanzen beugte. Todsicher hat er seine Nase in die Luft Manhattans gesteckt, die Luft, die er für die entscheidende der Welt hielt, und ein Bombengeschäft gewittert.

Er hatte ohne Pause geredet, dann seufzte er und schwieg; sie hatte sich zu ihm an die Mauer gestellt; sie lehnten so eng nebeneinander, dass er durch den Stoff seines Jacketts ihre Wärme fühlte. Ihre Haare, in der Luft feucht geworden, ringelten sich in dichten Locken um ihr Gesicht. Der Nieselregen hatte aufgehört. Hinter den flink ziehenden Wolken war der Mond aufgetaucht und ließ die Ziegel der Schule aufleuchten.

Vom Turm der Stadtkirche waren vier dünne Töne zu hören, dann folgten zwei dumpfe Glockenschläge. Zwei Uhr.

Komm, sagte Regine. Komm, "let's call it a day".

9

Als Eric den Frühstücksraum des *Goldenen Reiters* betrat, saß Regine bereits hinter der Tageszeitung.

Kaffee im Eimer, hörte er sie zum Kellner sagen. Tee für mich, gleiche Portion, ergänzte er rasch und setzte sich zu ihr. Sie lächelte ihn an und schwieg ohne Aufwand.

Und? Gespannt auf das Haus? fragte er, nachdem er sich ausführlich mit dem heißen Tee beschäftigt hatte.

Eher auf den Notar. Wir sind zusammen zur Schule gegangen. Sie guckte an ihm vorbei auf die Buchen hinter den verbleiten Fensterscheiben. Die Morgensonne ließ ihr Haar aufflammen und stellte die Fältchen unter den Augen scharf.

Tja, sagte sie gedehnt und schob ihr Haar aus der Stirn. Eigentlich mag ich keine Überfälle. Schon gar nicht am frühen Morgen.

Wrpf, machte er. Darauf kann man nur wie eine Comic-Figur antworten.

Kurz darauf lief er durch die Straßen des Städtchens, Regine an seiner Seite. Sie trug einen Anzug und Schuhe mit hohen Hacken. Er lief langsam, langsamer als sonst und hörte dem Klappern ihrer Absätze zu. Auf den Schieferdächern der Häuser lag die Sonne. Ein angenehm frischer Wind fuhr durch die Zweige der Rotdornbäume und ließ die Fahnen des neuen Einkaufszentrums knattern.

Vor Kerns Haus glänzte ein BMW, spiegelblank poliert. Ein blauer Anzug stieg aus dem Wagen und wandte sich an Regine.

Regine, rief er. Von weitem an ihrem Haar zu erkennen. Zündholz haben wir sie in der Schule genannt, sagte er zu Eric. Lang und dünn und der ewig brennende Kopf. Nicht sehr originell, zugegeben. Heute würden jedem völlig andere Namen einfallen.

Eric hatte wortlos eine feuchte Hand geschüttelt. Nein, reden wollte er nicht, nicht mal mit einem Fremden. Lieber wollte er prüfen, um wie viele Meilen sich seine Erinnerungen von der Wirklichkeit entfernt hatten.

Was er sah, war ein verwunschener Fleck. Flieder hing in schweren Dolden über den weiß verputzten Mauern, die Büsche dicht und aufgeschossen. Das flache Haus dahinter war kaum ausfindig zu machen. Ein Haus, geduckt vor Blicken, geduckt vor der Zeit.

Er ging durch die Gartenpforte, vergaß die anderen. Der schmale Pfad zum Hauseingang war kürzlich mit Sorgfalt gepflastert worden, das konnte er auf den ersten Blick erkennen. Neben der Eingangstür raschelte eine Eberesche im Wind und eine Drossel schwirrte durch die Blätter.

Dann nahm das Haus ihn auf. Ja, das war das richtige Wort, dachte er. Es nahm ihn auf, so wie es ihn vor fünfzig und mehr Jahren aufgenommen hat, wann immer er vor der Tür stand. Und sofort hatte er den einzigartigen Grundriss wieder vor seinen Augen. Ein langgestrecktes, zum Garten hin geöffnetes Hufeisen, das sich an der Straßenseite als simpler weißer Kubus zeigte. Man musste hineingehen, um die Absichten des Baumeisters zu erkennen. Die Abschottung nach außen, die helle Grenzenlosigkeit nach innen. Drei Bereiche erinnerte er: die Werkstatt, den Wohnraum mit den tiefen Fensterbändern und das Privatissimum, wie Kern es genannt hatte. Im Privatissimum gab es eine Küche, ein kleines Bad, eine exquisit ausgestattete Doppelkoje zum Schlafen.

Die Werkstatt schien seit langem nicht mehr benutzt. Spinnweben zogen einen Schleier vor die Ecken und die Werkzeuge, Feilen, Beitel und Hobel, warteten in kahler Stille auf ihren Besitzer. Der Wohnraum dahinter nur karg möbliert, die Wände weiß. Alles an seinem Platz, Plätze, die er seit fünfzig Jahren kannte. Der Lehnstuhl, das Schachspiel, die Bücher, das Bild vom jungen Napoleon auf der Brücke von Arcole. Alles beim alten, alles wie damals, als er mit sechzehn, siebzehn Jahren seine Besuche abstattete.

Einen Sherry, Erich? Eine Zigarre? hörte er eine ferne, fast vergessene Stimme.

Danach das Ritual des abendlichen Tabaktrinkens. Kerns Lehnstuhl und ein weiterer Sessel standen um den hohen Intarsientisch; ein Holzspan, ein Abschneider lagen griffbereit. Und um die kostbare Oberfläche des Tischchens zu schonen, waren die übrigen Utensilien, die Sherryflasche, die hauchfeinen Täfelchen aus englischer Schokolade und der Aschenbecher auf ein Tablett gesetzt. Kern holte den Humidor vom Küchenbord; seine Rolltür wurde mit unübersehbarer Feierlichkeit aufgeschlossen. Sie saßen, sie schwiegen. Kern prüfte die Zigarren aus Havanna, sog ihren Duft ein, ehe er zwei herausnahm, sie mit präzisen Bewegungen abschnitt und ihm und sich zuteilte. Langsam floss der Sherry in die beiden Gläser.

Anzünden, Erich, hatte Kern gesagt, und nun ganz einfach paffen, bis sie gleichmäßig glüht. Du musst ihr lange Asche lassen; ich streife höchstens zweimal ab.

Erst wenn die weiße Asche erschienen war, wenn sich am Aschenrand die feinen Öltröpfchen gebildet hatten, durfte gesprochen werden.

Weißt du, dass die norddeutschen Zigarrendreher um die Jahrhundertwende überzeugte Sozialisten waren? Dass sie einen bezahlten Vorleser ausgehandelt hatten, der ihnen bei ihrer eintönigen Arbeit die linken Schriftsteller vortragen mußte? Mehring zum Beispiel. Und mit Sicherheit fehlten Engels, Bebel und Heine nicht. Zu der Zeit bedeutete Bildung viel, gerade, wenn man von unten kam.

Nie fragte er den Unsinn, den andere einen Pennäler fragen. Nie fragte er nach Schulnoten oder gar nach Mädchen.

Und nie war Politik ein Thema. Kern war in seiner Jugend in England gewesen, der deutsche Humbug interessiere ihn nicht, wie er sagte.

Hopeless. Unbelehrbar dieses Volk. Nicht eine Spur vom hellen Licht der Vernunft in ihren Köpfen. Ich würde sofort wieder nach London gehen, wäre ich nicht zu alt. Du hingegen, du hast noch alle Karten in der Hand. Ein seriöser Grund, den Englischunterricht ernst zu nehmen. Sprachen erleichtern die Flucht.

Meistens waren die Sitzungen bei Kern Privatvorlesungen über Kunst und handwerkliche Techniken. Die Dresdner 'Brücke', 'Dada', 'Blast', das waren Namen von Künstlergruppen, die er in Kerns weißem Haus zum erstem Mal hörte. Auch das 'Bauhaus' wurde gelegentlich erwähnt, nicht ohne Stolz. Schließlich hatte Kern zwei Studienjahre in Weimar verbracht. Bis die Inflation den letzten Spargroschen seiner Familie aufgezehrt hatte.

Dazwischen das Glas mit dem Sherry gehoben. Sehr kleine Schlucke.

Wie geht's deinem Vater? das war gewöhnlich das Zeichen für den Aufbruch.

Ich habe zwei Bücher für ihn. Nimm sie mit. Ich weiß, er liebt die alten Bände über Mechanik. Fabriziert er nach wie vor seine Maschinenmenschen? Übrigens ginge er besser weg. Ihr alle solltet gehen, nicht nur du. Wenn Krieg kommt, und er kommt gewiss, wird man russische Emigranten in Deutschland nicht mehr dulden. Nein, niemals. Und einen Eigenbrötler wie Fedja, einen, der sich in keine Schublade stecken lässt, wird man nicht aussparen.

Sein letzter Besuch in Rodengrün, sein letzter hier im Haus, im Sommer 1938. Er war nach London gegangen, mit den Reisepapieren, die Kern ihm über alte Freunde besorgt hatte. Und Kern, er hatte in allen Punkten Recht behalten.

Regine war es, die ihn zurückrief. Hi, Eric, rief sie. Jetzt ist Jetztzeit, rief sie. Du bist in einem anderen Jahrzehnt, wenn ich dein Gesicht nicht falsch verstehe. Verlass die Zeitkapsel der dreißiger Jahre. Sie zog ihn mit sich.

Den Teil des Hauses kenne ich nicht, sagte sie, als sie vom Wohnraum in den schmalen Flur zwischen Schlafzimmer und Bad kamen. Sie bewunderte die Küche mit den offenen Borden, die Apothekerdosen aus weißem Porzellan, mit den verschiedensten Teesorten gefüllt, den runden Esstisch aus Kastanienholz.

Ein Bauhausschüler hat das Haus geplant. Muss ziemlich viel Gerede im Ort gegeben haben. Nicht wenige Rodengrüner sind an dem Rohbau vorbei spaziert, haben von Kleinamerika gesprochen und mit dem Zeigefinger bedeutungsvoll an ihre Schläfe gepocht, sagte Eric.

Der Ami-Kasten, so hieß das Haus in unserer Kindheit. Der Notar rückte seine Krawatte zurecht und sah sich nach Regine um.

Das Objekt ist im gegenwärtigen Zustand nicht viel wert, sagte er, als sie zu Dritt am Esstisch saßen. Nur unter uns, wer will solch ein Haus denn kaufen? Für Familien viel zu klein, im übrigen den meisten zu exzentrisch. Der Baugrund, das ist eine andere Sache. Wir müssen die Einkaufstempel, die nach und nach bis an den Garten herangerückt sind, etwas anfüttern und genau die richtige Zeit warten. Mindestens einer würde seine Werbespots zu gern auf diesen Mauern leuchten lassen, würde einen Stehimbiss einrichten, vielleicht ein romantisches Cafe. Erlebniskauf, wie man heute so sagt. Das höchste Angebot beläuft sich auf...

Die Stimme des Notars rauschte an Eric vorbei; er war zu tief in alten Zeiten versunken, um mit anderen Monopoly zu spielen. Und ein kurzer Blick auf Regine überzeugte ihn davon, dass sie seine Komplizin war. Dabei konnten sie nur die Bewegung des Versinkens teilen, nicht die Bilder, die im Hirn entstehen.

Sie blieb nicht sitzen, sie stand auf und lief in den Garten hinaus. Er folgte ihr mit den Augen. Ihr Haar leuchtete zwischen den Fliederbüschen, unter dem Kastanienbaum, an den weißen Mauern.

Komm zu uns, Regine, so der Notar. Sie reagierte nicht auf ihn; sie hatte ihr Jackett ausgezogen und streifte durch den Wohnraum. Sie neigt den Kopf über das Schachspiel, sie probiert den Lehnstuhl.

In meiner Gegenwart hat er ihn nie benutzt, ruft sie Eric zu. Ein Stuhl für Geschichtenerzähler. Kern jedoch, er hat mir nie Geschichten erzählt. So schweigsam wie das Holz auf seiner Werkbank. Sie hebt die Arme und lehnt sich nach hinten. Der Ausschnitt der dunkelgrauen Bluse gibt sommersprossige Haut frei, der rote Schopf verfängt sich im Samt der Kissen. Ein Sonnenfleck war vom Boden auf den Stuhl gewandert und tauchte sie in Helligkeit.

Eric hatte nur beiläufig genickt. Er hätte sie am liebsten berührt.

Gibt es keinerlei Aufzeichnungen oder sonstige Papiere? fragt sie den Notar. Ein Mann, der älter als das Jahrhundert war, sogar Kalendereintragungen würden jeden faszinieren.

Mir ist nur das Testament bekannt.

Regine öffnete Schublade um Schublade. Rein gar nichts, murrt sie. Leer, sagt sie. Kein Kalender, keine Notizen, nirgends ein Adressbuch. Im Bildband über Napoleon scheint sie etwas entdeckt zu haben; sie springt aus dem Wohnraum in die Küche, um einen Stapel Karten auf der Tischplatte auszubreiten.

Schauen Sie sich in Ruhe um, sagte der Notar. Ich erwarte Sie morgen um halb zehn in meinem Büro. Mein Bruder ist Bauunternehmer; er wird sie beraten. Er winkte zwischen linkisch und lässig. Regines Hand streichelte kurz die Luft, bevor sie sich weiter ihrem Fund widmete.

Eric sah eine Serie verhuschter Schwarz-Weiß-Fotografien. Eine Frau mit dichtem dunklen Haar lächelt ihn mit Regines Augen an.

Meine Mutter, sagte sie. Sie sagt es ohne Staunen, sie spricht mit einem Glucksen in der Stimme. Sie lacht ihn an, als enthielten die Schnappschüsse Nachrichten über ein mitteilbares Glück. Er hingegen, er sah nichts weiter als starre Locken über einer längst verblassten Kleidermode.

War sie seine Frau? fragte er. Bist du seine Tochter?

Nein, sagte sie. Sie hebt lachend die Schultern.

Er war aufgestanden und in der Küche umhergelaufen, weil er seinen Blick nur schwer von ihr lösen konnte. Angelegentlich betrachtete er Kerns Humidor, ein perfekt lackiertes Zigarrenschränkchen, innen mit spanischem Zedernholz ausgekleidet. Es stand zwischen Tellern und Tassen, so lang er das Haus kannte, seit mehr als fünfzig Jahren.

Wie war Kern zu dir, als du ein Kind warst? Er drehte seinen Kopf in ihre Richtung. Sie stand neben dem Fenster und zupfte an einer vertrockneten Salbeipflanze.

Er war mir fremd, sagte sie. Aber das war er wohl allen außer meiner Mutter. So deplaziert wie ein Leuchtturm im Gebirge. Seine Scheinwerfer bestrichen meine Mutter und mich, als stünde er nur für uns auf Wacht. Sogar sein Gesicht sei ihr fremd geblieben, erzählt sie. Eine Mischung aus Intelligenz und Schwermut, hatte ihre Mutter eines Tages überraschend erklärt. Eine Mischung, die man eher bei den Söhnen Jacobs fände als bei einem transelbischen Kunsthandwerker. Die Rauchfahne einer Zigarre erinnere sie. Hände, deren Gepflegtheit auffiel. Nie habe sie ihn anders als im Anzug erlebt, grau oder braun, die Hüte passend. Und wenn er sprach, falls er sprach: Halbe Sätze, die sie selten verstand.

Lakonisch würde sie das heute nennen. Feste Gewohnheiten, ein fester Mann.

Und das Haus? Warst du oft bei ihm?

Nein. Nur einmal im Jahr, am Neujahrsmorgen, pünktlich um elf. Neujahrswünsche sagen. Ein blaues Kleid, weiße Strümpfe, vergiss das Taschentuch nicht. Und vor lauter Gestotter sei wenig Zeit geblieben, sich Einzelheiten einzuprägen.

Sie sortierte die Aufnahmen neu und schob ein Bild über den Tisch. Da. Dies Stelzenbein bin ich. Er sah ein aufgeschossenes Mädchen mit etwas zu dünnen Beinen, das Kleid merkwürdig gemustert, bestickt vielleicht, die krausen Haare zu straffen Zöpfen geflochten und mit dunklen Schleifen gebunden. Eine Welt, die ihm fremd war.

Manchmal frage ich mich, ob meine Mutter und Kern ihre Proteste gegen das System nicht allzu sorglos auf meinem Rücken ausgetragen haben, sagte Regine. Ein bisschen wenig, gegen alles und jedes zu sein. Ein bisschen wenig, verbissen an überkommenen Formen festzuhalten: gestärkte Servietten als Kampfansage. Sie strich sich ihr Haar aus der Stirn und ihr Blick streifte nur knapp sein Gesicht, nur knapp seine Augen. Sie hatte die Fotografien ausgebreitet und baute mit flinken weißen Fingern ein Kartenhaus, das viele Male zusammenstürzte. Und während ihre flinken Finger auf dem Tisch herumturnten, zählte sie ihm die Weihnachtsgeschenke her, die sie von Kern bekommen hatte. Einen Satz Klötze, einen Kaufmansladen mit Regalen und winzigen Schubladen, einen Schlitten mit zwei Sitzen, einen Tretroller. Alles von Hand gebaut, sagte sie. Und als sie lesen konnte, kamen die Bücher. Lederstrumpf, Schiller, Heine. Doch das allerschönste Geschenk war wohl ein graugestromter Kater, so klein, dass er noch schielte und sein Futter aus einer Pipette saugen musste. Regine hatte die Arme hinter dem Kopf verschränkt. Ein warmer Duft nach Vanille und Zimt schwebte in der Luft.

Unter der eng anliegenden Bluse zeichneten sich ihre Brustwarzen deutlich ab. Und so, als hätte sie seinen Blick bemerkt und stillschweigend missbilligt, beugte sie sich wieder über den Tisch und sammelte die Fotografien ein.

Später beschrieb sie ihm die Romanze zwischen Kern und ihrer Mutter. Kannst du dir Papi und Mami im Bett vorstellen? fragte sie mit hochgezogenen Brauen. Jedenfalls habe sie sich Jahre nicht zusammenreimen können, was zwischen den beiden vorging. Kern muss ihrer Mutter lange nachgestiegen sein. Sie allerdings, sie hatte eben Stein genommen, den Maler Stein, der im Krieg verschollen ist. Als Kern heimkehrte, konnte das Spiel neu beginnen. Kern und Regines Mutter. Saßen jeden Freitagabend in diesem Haus. Platten hören, ein Gläschen Wein. Fuhren in die nächste Stadt ins Theater. Blieben dort über Nacht.

Meine Mutter schlief bei einer Studienfreundin, sagte Regine mit eifrigem Gesicht.

Eric hatte laut gelacht. Jetzt bist du es, die sich Mami und Papi nicht im Bett vorstellen kann. Ich, ich stelle mir gerade einen Gentleman vor, der morgens übernächtigt einen Bus verlässt, seine Kleidung wechselt und mit sonderbar abwesendem Gesicht, mit glücklicher Leere im Hirn seinen Tagesgeschäften nachgeht. Und die dazugehörige Lady, sie kommt erst mittags an der Alten Eiche an, damit keiner in der kleinen Stadt auf die einzig richtige Idee kommt. Sie ist vergnügt, lacht mehr als sonst; sie zeigt die fabelhafte neue Tasche vor und hat auch für die Tochter eine Kleinigkeit.

Ja, ja, hatte Regine lächelnd zugestimmt. Aber mit dreizehn, vierzehn Jahren waren diese Abende und diese Nächte ein Geheimnis für sie. Und als sie Mohrle kennengelernt hatte, als sie mit Mohrle ging, waren diese Abende ein Fest.

Haus ohne Hüter, Nächte ohne Sperrstunde, sagte sie. Wir hatten uns, wir entbehrten nichts. Sie schüttelte ihre Mähne und zündete sich eine Zigarette an.

Ein Morgen, der unversehens in den Nachmittag schwamm. Die Sonne fiel auf die Borde mit Meißner Porzellan. Er hatte Wein in Kerns Keller gefunden. Wein von der Unstrut. Sie saßen am Küchentisch und kauten die helle Säure, bis der Magen nachgab. Gegen drei hatte Eric in einem Laden Brot und Käse aufgetrieben und als er wieder am Tisch saß, fuhr Regine mit dem Satz fort, den sie begonnen hatte, als er einkaufen ging.

Warst du jemals wieder irgendwo zuhaus?

Er schnitt den Käse und riss ein Stück von dem weißen Brot.

Meinst du einen Ort? Er dachte über Orte nach, und da gab es viele, und das schien ihm kein gutes Zeichen zu sein. Er trank und sagte nein, und dann trank er noch einen Schluck und sagte ja. Und dann sagte er wieder nein. Nein, keine Orte. Orte meine ich nicht. Ich meine Momente. Augenblicke mit Menschen.

Er saß bei Ett, wenn sie malte. Das war sehr selten, denn sie ließ es kaum zu. Sie ließ es nur zu, wenn das Bild fertig wurde. Er wartete abgewandten Gesichts, bis sie die Pinsel weggelegt und ihren über und über bekleckersten Overall gegen die sorglose Kleidung intellektueller New Yorkerinnen vertauscht hatte. Ihre Augen strahlten, als sie sich endlich setzte. Er hatte eine Ecke von ihrem Arbeitstisch gesäubert und für einen festlichen Brunch gedeckt. Er hatte kalifornischen Chablis im Kühler, dazu Riesenkrabben mit einem Dip, der auf der Zunge schmolz. Sie tranken und aßen, auch Ett aß ein bißchen, aber das Wichtigste war die schier grenzenlose Unbeschwertheit, ein Atmen tief aus dem Bauch, ein Dehnen der Glieder, weil eine Arbeit gelungen war.

Und so saß er manchmal mit Peggy zusammen. Sie hatten einen Artikel geschrieben, sie waren erschöpft und sein Apartment quoll über von Datenlisten, Papieren, Fehldrucken und angetrockneten Kaffeetöpfen. Sie faxten das Paper zum

Herausgeber der Zeitschrift und bestellten den Pizzaservice. Der brachte Chianti von zweifelhafter Qualität und eine riesige Pizza piccante. Der Käse zog sich in langen Fäden, wenn man die Stücke schnitt, trotzdem lachten sie. Sie waren fertig und aßen und tranken, eine Mahlzeit mit beschmierten Händen, voller Hunger und Harmonie.

Also bei Frauen zuhaus? fragte Regine. Er hatte gar nicht bemerkt, dass er laut in ihr Gesicht, in ihre aufmerksamen Augen gedacht hatte.

Ja, das war nicht ganz falsch. Das war beinahe richtig. Es war nur nicht vollständig. Denn etwas anderes musste dazukommen, etwas drittes, eine Anstrengung, die alles Sonstige vergessen ließ, ein Augenblick weltferner Erkenntnis, der haargenau die Welt betraf; ein Augenblick selbstvergessener Großherzigkeit, Worte, die eine neue Sicht möglich machten, Sätze, die sich zu einem endlosen, verschlungen Band fügten.

Er hatte in ihre Augen geschwiegen, weil beide begriffen, was gerade geschehen war. Und weil er sich plötzlich wie der Pennäler von damals vorkam, hoffnungslos in eine Schöne vergafft, hatte er sie mit seinem Körper bedeckt, als könnte seine Haut sie vor seinen Blicken schützen.

10

Regine schlief fest, den Kopf tief in den Kissen, als Eric in Kerns kleines Badezimmer schlich. Er duschte ausgiebig und versuchte erst gar nicht, seine Gedanken zu sortieren. Statt dessen füllte er ein Wasserglas zur Hälfte mit dem polnischen Wodka, den er zwischen Kerns Büchern gefunden hatte. Nein, noch kein Licht. Er holte den Humidor vom Küchenbord und schloss die Rolltür auf. Keine einzige Havanna, keine einzige Zigarre. Aber was hatte er von einem uralten Mann erwartet? Trotzdem zog er einen Sessel an den Intarsientisch. Gegenüber der Lehnstuhl. Der Stuhl von Kern.
So long, ol' fellow, er hob sein Glas, als könnte er ihn dort sitzen sehen.
Geisterbeschwörung? fragte Regine; sie war in der Tür erschienen und lächelte in die Luft. Das duschfeuchte Haar ringelte sich um Kopf und Hals.
Applaus, Beleuchtung, sagte er und knipste das Licht der Stehlampe an.
Ich werde Tee für uns kochen, sagte sie.
Er trank seinen Wodka aus und lehnte am geöffneten Fenster, bis Regine mit der Kanne kam. Sie setzte schweigend die Tassen hin, sie tranken schweigend, die Augen sorgfältig an den Blicken des anderen vorbei gerichtet.
Er suchte nach einem Satz, der den Knoten von selber löste, einem Satz, der die Leichtigkeit der Beziehung wieder herstellt, die heftige Nähe gern zerstört. Henry hätte den Satz gewußt, diesen Satz, der alles verwandelt, der alles erneut zum Schweben bringt. Aber Henry war weit.
Da machte Regine sich bemerkbar. Sie war aufgestanden, sie hatte das Geschirr in die Küche geräumt, alles mit dem

energischen Gesichtsausdruck, den nur Frauen abliefern können. Sie reckte sich und griff nach ihrem Jackett.
Lass uns essen gehen, sagte sie. Nach zehn wird man in dieser Gegend kaum eine ordentliche Mahlzeit bekommen. Und mit dem Gelächter, das er an ihr mochte: Ich bin hungrig wie ein Bär nach dem Winterschlaf.
Doch sie wurden aufgehalten. Denn als er die Pforte zu Kerns Haus verschloss, lehnte eine Frau am Gartenzaun.
Ich habe Licht gesehen, sagte sie. Ich wohne gegenüber und hab' ihn ein bisschen betreut. Wenn du der Erich aus der Luthergasse bist, der vom Goldschmied Hübner, dann hab' ich was für dich. Sie holte ein Päckchen aus ihrer Umhängetasche. Das hat er mir gegeben, bevor er ins Krankenhaus ging. Er wollte nicht, dass es in falsche Hände kommt. Und dem Notar hat er nie so recht getraut. War ihm zu systemnah, wenn du verstehst, was gemeint ist. Und dann streckte sie ihm lächelnd ihr Gesicht entgegen: Ich bin die Jüngste von den Kneisels, die mit der Kneipe zum Tuchermarkt hin. Wo's im Sommer immer selbstgemachtes Vanille- und Himbeereis gab, die Himbeeren aus dem eigenen Garten. Du warst jeden August an unserem Stand, zuletzt im Sommer 1938. Da wurde ich sieben und durfte in die Schule. Ich habe dich und Fritz Bergmann angestaunt; ihr habt schon Zigaretten geraucht wie die Großen. Und dann wart ihr weg. Alle beide.

11

Als sie im griechischen Lokal neben der Alten Eiche einen Grillteller bestellt hatten, öffnete Regine Kerns Päckchen: ein Notizbuch, Fotografien, Briefe, alles in Pergamentpapier eingeschlagen. Ein Blatt obenauf, das an Eric gerichtet war.

Lies vor, sagte sie.

Lieber Erich, schrieb Kern, von meiner Generation habe ich jetzt alle überlebt, ein Nachlaßverwalter ohne Ende. So sind auch diese Kleinigkeiten an mich gekommen. Das Notizbuch und die Photographien stammen von Deiner Großmutter Clara, sind also für Dich bestimmt.
Die beiliegenden Briefe hat Regines Mutter mir vor vielen Jahren geschrieben. Sie handeln nur von Regine. Als ich sie las, hat mich das mehr als befremdet. Heute bin ich froh, daß ich ihr so lebendige Berichte aus ihrer Vergangenheit überlassen kann.
Truly, Kern.

Wow, sagte Regine und steckte die Briefe weg. Kern könnte dein Vater sein; genau so trocken und strikt wie du. Und unvermutet über die Maßen gefühlig.

Mein Vater? Oh nein. Mein Vater war völlig anders. Er schwieg, weil der Kellner mit zwei Bierkrügen auf den Tisch zukam. Der Kellner versuchte sich in einer eleganten Wendung, zu elegant vielleicht, denn Regine hatte plötzlich einen Schwall Bier im Nacken und flüchtete auf die Toilette. Und Eric trank einen Schluck und dachte über seinen Vater nach.

Wann immer er ihn vor Augen hatte, sah er ihn lachend einen Kinderroller treten, ein schmales Holzgerät, das seinen groben Arbeitsschuh kaum aushielt. Werktags Bartstoppeln im Gesicht der russischen Ebenen. Und die Bartstoppeln gern Anlass für ein Dramolett. Den Dialog zwischen Schönheit und ihm hatte er noch heute im Ohr.

Komm und rasier dich, Lieber, ruft sie und greift nach dem Wasserkessel.

Was machst du dir Arbeit, *Schönheit*, ruft der Vater mit blitzenden Augen zurück. Maschinen wissen von nichts. Was soll ich sie denn hofieren?

Sonntags dagegen stand er lang vor dem Spiegel. Der Rasierschaum ließ die Haut noch dunkler erscheinen, die Augen fast schwarz. Nachmittags im guten Tuch, weißer Kragen, strahlende Zähne unter dem Schnurrbart. Die Schultern dehnten den Stoff des Anzugs, ein stattlicher Mann. Zusammen spazierengehen an der Pleiße entlang oder am Völkerschlachtdenkmal vorbei. Zweiundzwanzigtausend Russen liegen in dieser Gegend begraben. Da wird auch einer wie ich noch ein Plätzchen finden. Schönheit geputzt an seinem Arm, und für den Sohn, der nie ohne Neid auf ihn und sie und ihre roten Locken guckte, ein kleiner Trostpreis am Wege. Ein Erdbeereis, die ersten reifen Kirschen, Zuckerwatte oder türkischer Honig, im Winter heiße Kastanien.

Und nach seinem sechzehnten Geburtstag abends das Raucherstündchen, nur für Vater und Sohn. Sein Vater eine dicke Zigarre, er ein, zwei Zigaretten.

Schönheit huschte dann draußen über die Wiese, hierhin und dorthin, um den Maschinenmenschen, die der Vater in seinen freien Stunden konstruierte, die Arme zusammenzubinden. Denn jene bizarren Konstruktionen: sie regten sich fleißig im nächtlichen Wind. Sie klingelten leise, sie klirrten und einige klapperten sogar. Nicht jeder Nachbar überstand diese Attacken auf seinen Schlaf ohne Protest. Und *Schönheit*, eine frühe Meisterin der Moderation, sie bestand auf der täglichen Gymnastik des Bindens und Lösens, abends und morgens, und sein Vater ließ sie in dem Glauben, dass er davon nichts wusste. Wahrscheinlich hat er nie wieder ein so verliebtes Paar gesehen, dachte Eric überrascht. Selbst ihren Streitereien fehlte es nicht an gegenseitiger Bewunderung. Die Eifersucht eines Knaben wacht mit Sorgfalt.

Eric sprang auf, als Regine wieder erschien. Sie schüttelte vergnügt die nassen Haare und nahm ihn sofort ins Verhör.

Wie alt warst du, als deine Stiefmutter ins Haus kam?

Neun oder zehn Jahre.

Warst du in sie verknallt?

Stop it, sagte er und prüfte das Päckchen von Kern. Er legte das Notizbuch beiseite und blätterte die Fotografien auf; eine zog er hervor und schob sie über den Tisch. Fedja, Sommer 1937 stand auf dem unteren Rand.

Dieser erstaunlich gut aussehende Bursche ist mein Vater. Wie jung er auf dem Foto ist, vierzig Jahre, mehr nicht. Seltsam, keine einzige Erinnerung zeigt ihn mir jung. Er war mein Vater. Väter altern sofort, wenn Kinderaugen sie ansehen. Er dachte für einen Augenblick an seine eigenen Söhne und an den Brief, den Steve ihm neulich geschrieben hatte.

Und hier steht Fritz vor dem Goldenen Reiter, wandte er sich wieder an Regine. Daneben stehe ich. Fritz war größer als ich, groß und sehr blond. Morgens klatschte er die Haare mit Wasser fest an den Kopf. Die Sonne krauste sie, er mochte das nicht. Und irgendwann wurde es wichtig, dass er elf Monate älter war. Vorher hatten wir kaum ein Wort darüber verloren. Plötzlich wurde es entscheidend. Weil er ein neues Leben starten konnte, ein Männerleben, ein Leben ohne mich. Und wie das häufig geschieht, ein letztes Mal trafen wir uns zufällig und keiner von uns beiden hat geahnt, dass wir nie mehr miteinander sprechen würden.

Der Kellner stellte eine riesige Platte mit Fleischspießen auf den Tisch. Regine belud ihren Teller. Erzähl mir, wie ihr euch zum letzten Mal begegnet seid, Fritz und du. Klingt wundervoll. Nach großem Melodram.

Die Szene erinnere ich so genau, als sei sie taghell ausgeleuchtet. Ich war für meine Großmutter auf dem Wochenmarkt einkaufen gegangen. Ich trug einen Gemüsekorb und schlenderte nach Haus. Im Eingang zum Ratskeller stand Fritz. Stand dort vor dem Stammlokal der Bonzen. In der Uniform der SS, mit Kragenspiegeln und hohen Stiefeln. Nur wenig verlegen vor meinem Blick.

Wir werden die Herren sein. Wirst schon sehen.

Dann mach's gut.

Mach's selber gut.

Aber wir gingen noch nicht auseinander, keineswegs. Wir liefen über den Markt und dann die Goethestraße hinunter. Ich kam mir in meinen kurzen Hosen nackt vor, nackt und ein bisschen schäbig. Underdressed, würde ich heute sagen. Er bot mir eine Zigarette an. Wir rauchten schweigend.

Und die Schule? fragte ich, als die Zigarette zu Ende war.

Ich bin doch kleben geblieben, sagte er. Er sagte es mit einem Frosch im Hals. Er hatte es Wochen verheimlicht. Jetzt war er nackt. Nackter als ich.

Macht ja nichts, log ich. Eric bedeckte seine Augen mit den Händen. Eine qualvolle Erinnerung für ihn. Er hatte gelogen, seinen besten Freund angelogen, und auch jetzt, wenn er seine Stimme diese Belanglosigkeit sagen hörte, fühlte er sich miserabel.

Wir waren also rauchend die Goethestraße hinunter getrabt und Fritz warf den Zigarettenstummel weg und drehte in einen Seitenweg ab. Und so sehe ich ihn nach wie vor, erst beinahe rennend, dann in heftigem Marsch. Nie sehe ich sein Gesicht, seine Augen, sein Lachen. Nie sehe ich ihn so, wie ich ihn all die Jahre zuvor gesehen hatte. Sondern stets seinen Rücken. Den sauber ausrasierten Nacken. Die Schultern steif in der Uniform. Den weit ausladenden Schritt, einen Schritt, den man im Ohr knallen hört.

Eric legte Gabel und Messer neben das kaum berührte Essen. Er orderte einen Kognac und wartete wortlos, bis das Glas auf den Tisch gestellt wurde.

Inzwischen frage ich mich, ob die Uniform für viele nicht nur ein Versteck war. Ein Versteck vor dem, was sie nicht bewältigen konnten.

Drei Wochen später ging ich dann nach London. Ende der Geschichte.

Was wurde aus ihm? fragte Regine.

Ich weiß nicht mal das. Gefallen? Wohl kaum. Leute mit Totenkopf auf der Mütze hielten sich kriegsüber frisch. Selbstmord? Erschossen? Oder verschollen in Deutschland? Auch davon gibt es nicht wenige.

Und willst du es wissen?

Ich bin mir nicht sicher. Mal ja, mal nein. Eher wohl nein. Ich fürchte, wir haben nichts mehr abzugleichen. Und im Grunde geht es ja darum, wenn man einen Menschen trifft. Man gleicht etwas ab. Seine Erfahrungen, seine Werte. Das eigentliche Abenteuer eines Gesprächs. Und manchmal ein Irren durch Labyrinthe.

Ich bin überwach, unterbrach er sich selbst. Wie ist es mit dir? Du musst vermutlich schlafen.

Regine schüttelte den Kopf.

Was hast du getrieben, nachdem du in den Westen gegangen warst? fragte er.

Oh, haspelte sie. Die Schule besucht, was sonst?

Das meine ich nicht. Ich meine, wie hast du das verdaut, den Wechsel der Seiten, den Wechsel der Systeme?

Wieder ihr Oh, als hätte sie nie darüber nachgedacht. Sie zog die Luft scharf und kurz durch die Nase und lächelte ihn überrascht an.

Alles gelesen, was den Osten entlarven konnte. Ich habe sie verschlungen, die Bekenntnisse ehemaliger Kommunisten, die Renegatenberichte. Ich habe mir die Bücher von Koestler, von Leonhardt und sonstwem in mein Hirn gehauen, weil ich vor Heimweh verzweifelte. Und weil mir im Westen so rein gar nichts gefiel. Ich musste mich anscheinend gegen meine Erinnerungen immunisieren.

Das Gegengift, sagte er. Ja, das braucht man, ein solches Gegengift. Ich habe ziemlich das Gleiche gemacht. In London, in der von Kern arrangierten Lehre als Schriftsetzer.

Er starrte auf die Wand neben dem Eingang. Dort war mit grobem Pinsel eine griechische Tempelszene fixiert. Azurblau der Hintergrund, davor Säulen und Portale. Die blaue Fremde. Kälter als kalt, wenn man ankam. Wenn man seine Sprache verloren hatte.

In den ersten Wochen in London hatte er nur noch Augen. Augen, die angestrengt in den Mienen der Sprecher forschten. Ein überfordertes Kind, das einen zusätzlichen Hinweis aufschnappen möchte, um die Flut der Wörter zu verstehen. Er fühlte sich ausgesetzt und verstummte für Wochen und Monate. Er verstummte und hasste die anderen dafür. Bis ein blasser Ire ihn in den "Left Book Club" mitschleppte.

Im Left Book Club, das Hirn von Heimweh vernebelt, hatte er Koestler gehört. Koestler, damals selbst noch Kommunist, sprach gut, nein, glänzend, und der Setzerlehrling sog gierig ein, was ihm den Abschied von Deutschland erleichterte. Nicht, dass ihm jemand die politischen Zusammenhänge hätte erklären müssen. Nein, nein. Aber er wollte nicht so allein mit seinen Gedanken sein. Er wollte das Murmeln einer Gemeinschaft hören.

Die linke Internationale, das war mein Gegengift, sagte er; es wirkte noch, als ich nach dem Krieg in die Vereinigten Staaten ging. Und ich brauchte Jahre, um in der Renegatenprosa mehr als die Texte beleidigter Ehrgeizlinge oder schmuddeliger Verräter zu sehen.

Und was war das Schlimmste an deinen ersten Londoner Wochen? Regine hatte eine gigantische Portion Fleisch und Salat verputzt und deponierte Messer und Gabel auf dem geleerten Teller.

Es mag sich abseitig anhören und vermutlich wird man darüber kaum Berichte anderer Emigranten finden: Wenn ich aß, war ich einsamer als sonst. Wenn ich aß, war ich ausgeliefert. Vielleicht, weil das Riechhirn uns einen Streich spielt, vielleicht, weil jede Kindheit mit Riechen und Schmecken zu tun hat, weil Familien zusammen essen, weil sämtliche Rituale des menschlichen Lebens mit Essen verknüpft sind.

Abends saß er in seinem möblierten Zimmer und würgte Brote hinunter, weiße lappige Schnitten mit bleicher Wurst. Er würgte sie mit angehaltenem Atem hinunter, um seinen Geschmackssinn zu betäuben. Und trotzdem blieben diese fetten, kalten Brote in seinem Gedächtnis. Sie rochen und schmeckten nach Alleinsein. Bisweilen flüsterte er ein paar Wörter, nur um ein Geräusch zu hören. Doch die vernachlässigte Stofftapete verschluckte jeden Laut. Er war verbannt und das schrecklichste war, die Verbannung fing jeden Tag von neuem an. Sie fing an, sobald er die Augen aufschlug. Es gab kein Entrinnen. Und im Krieg gab es lange Jahre nicht einmal Hoffnung.

Wahrscheinlich habe ich die Uniform der Royal Army nicht aus Tapferkeit angezogen, nahm Eric den Gesprächsfaden wieder auf. Sie war auch für mich ein Versteck. Ein Versteck vor der Einsamkeit.

Kann ich nicht überbieten, sagte Regine.

Und du, brown lady? fragte er in ihre Augen. Hattest du niemals Wut? Was war mit deiner Wut?

Regine sah ihn überrascht, fast ärgerlich an. So sieht man jemanden an, der eine verbotene Schublade öffnet.

Hat mich noch keiner gefragt. Noch keiner, wiederholte sie.

Er schwieg und trank sein Bier. Falsches Thema? meinte er nach einer Weile.

Nein, nein, sagte sie. Ich habe nur nie darüber nachgedacht. Ich habe es weggeschoben. Wenn ich es heute bedenke: Ich war wütend. Ich war so maßlos wütend, dass ich gar nicht wusste, wohin mit meiner Wut.

Und konntest du mit irgend einem Menschen darüber reden?

Nein, das konnte ich nicht. Ich wurde in den ersten Monaten bei vielen Leuten herumgereicht und die Besuche, tja... Ihre Hände formten die Luft, als sei das, was sie erzählen wollte, ein Päckchen, das jetzt auszupacken war.

Ah, die Kleine aus der Ostzone. Bist sicher froh, dass du endlich hier bist. Dann gab es Kaffee und Kuchen. Iss nur tüchtig! Anschließend wurde der Kleiderschrank durchsucht, wurden Blusen mit Schweißrändern, Kleider mit Rissen oder ausgetretenen Säumen zutage gefördert. Ist ja schnell gewaschen. Ist ja schnell geflickt. Zum Abschied noch eine Tafel Schokolade. Und jeder ging davon aus, dass ich für ewige Zeiten das große Los gezogen hatte. So war das. So ungefähr. Sie faltete die unruhigen Hände und warf ihm einen kurzen Blick zu.

Und keiner hatte sich erkundigt, ob ihr etwas fehlt, ob sie etwas vermisst. Anfangs kam nicht einmal ihr der Gedanke, dass sie etwas verloren haben könnte. Erst allmählich seien Personen und Bilder aus der Vergangenheit aufgetaucht und hätten an den Rändern ihres Bewusstseins herumgelungert. Gesichter, die ihr seit Kindertagen vertraut waren. Ein Lächeln, das sie mochte, ein Gespräch am Küchentisch an einem Sonntagmorgen, der Geschmack eines Kuchens, der tägliche Gutnachtkuss, das Schnurren des Katers, das Rauschen der Bäume vor dem Fenster, das Quaken der Frösche aus der Ferne. Wie konnte man das mit Schokolade aufwiegen?

Außerdem war sie in eine andere Zeitkapsel geraten und hatte es nicht begriffen. Mit Skepsis sah sie auf die Menschen in dieser Zeitkapsel, auf die Männer, auf die Frauen. Auf die grauen, grauen Lehrerinnen in der Schule, auf die bunten, bunten Gattinnen am Familientisch. Die Männer hatten die Frauen zu grauen Mäusen oder zu glitzernden Geschenkpackungen degradiert. Und die Gattinnen, diese glitzernden Geschenkpackungen, degradierten die halbwüchsigen Töchter zu kleinen Mädchen:

Mach' deine Hausaufgaben!

Was schmökerst du da?

Wo gehst du jetzt wieder hin?

Sie war diese kontrollierenden Litaneien nicht gewohnt. Schließlich stand ihre Mutter Tag für Tag in der Löwenapotheke, hin und wieder auch nachts oder an den Wochenenden. Deswegen konnte Regine längst kochen, einen Haushalt organisieren und in den freien Stunden alle Bücher lesen, die zu ergattern waren.

Sie lernte auch, ein Kontobuch zu führen oder Kasse zu machen. Alles noch im Handbetrieb. Scheine glätten und zählen, die Münzen der Größe nach auf der Ladentheke stapeln und mit Spezialpapier in feste Rollen packen. Und am Jahresende die Inventur, nur mit Strichlisten, und Regal für Regal die Döschen und Schachteln sortieren und abhaken. Ihre Mutter und sie, sie haben manche Arbeit geteilt, und beim Teilen fallen auch Freiheiten ab. Und in ihrem letzten Jahr in Rodengrün haben sie gelegentlich ein schallendes Lachen über männliche Marotten geteilt. Ihre Mutter, eine Frau mit scharfem Blick, mit trockenen Sätzen. Da gab es erwachsene Pflichten für die Halbwüchsige, da gab es Respekt voreinander. Das war die Welt, die ihr vertraut war, bevor sie sie für eine andere eintauschen musste. Und diese andere Welt, sie wurde lange nicht zu ihrer.

Eric hatte noch nie über den merkwürdigen Begriff Heimat nachgedacht. Mag sein, es ist genau das: dass man sorglos im Nest hockt, und dass Fragen stellen die obstruktivste aller Gegenbewegungen ist. Wer beobachtet, wer registriert, hat den Ethnologenblick, gehört nicht dazu, wird nie dazugehören. Mag sein, dass man über Heimat nicht nachdenken darf, dass solche Vokabeln wie Wissen und Heimat einander ausschließen. Wer Heimat befragt, hat sie schon verloren.

Der Kellner tauchte auf, um die Teller abzuräumen. Nachtisch? fragte er Regine. Regine ließ sich ein Eis mit heißen Kirschen bringen und Eric sah zu, wie sie Eis und Sahne flink auf die flinke Zunge löffelte. Rosig und appetitlich. "Nicht mit gar zu fauler Zungen" aus "Wie er wolle geküsset sein". Von jenem Paul Fleming, den Schönheit so gerne zitiert hatte.

Als Regine ihr Eis aufgeschleckt hatte, begann er wieder. Und was tat deine Mutter? Hast du ihr geschrieben, was los war?

Ach nein. Das nun wirklich nicht. Regine wieder mit Kinderstimme. Sie glaubte ja auch, dass im Westen das Paradies zu finden sei. 'Der Goldene Westen'. Die Schaufenster leuchteten in den Farben des Regenbogens; es gab Dinge, die sie nie zuvor gesehen, nie zuvor gekostet hatte. Und die Lügen all derer, die weggegangen waren. Wenn sie nach Jahren angereist kamen, rochen sie wie ein Blumengarten und gaben sich nobel und überlegen. Und noch in der Tür wurden die westdeutschen Erfolgsgeschichten erzählt. Nur durchhalten müsse man. Durchhalten.

Hat sie dich je besucht?

Ja, hat sie. Im Juli 1961. Kurz nach ihrer Heimkehr wurde die Mauer gebaut. Ich spar mir triviale Äußerungen dazu. Ich denke, jetzt brauche ich einen Kognak.

War wohl doch das falsche Thema, sagte Eric. Aber dann lass es uns auch zu Ende bringen. Hat sie bemerkt, in welchen Schwierigkeiten du gesteckt hast?

Wir haben nie darüber gesprochen, erzählte Regine. Es war ein Tabu. Mutter und Tochter, sie trauten sich nicht zu reden.

Regine hatte sich in ihr Jackett verkrochen und schob die rote Fahne nicht aus dem Gesicht.

Bühnenreife Pause, sagte Eric. Sein Kommentar hatte wohl zu scharf geklungen; die Männer am Tresen drehten die Köpfe.

Hey, Rotschopf, schrie einer. Lass den Typen sausen und setz dich zu uns.

Regine rief lachend, danke für das Angebot, ehe sie fortfuhr. Weil alles schief ist, weil alles nicht stimmt, weil sich diese Geschichten in vielen Versionen erzählen lassen. Weil man nie auf den Grund kommt, oder?

Ihre Mutter kam für zwölf Tage zu Besuch und in dieser Zeit haben sie sich wie zwei Katzen umschlichen. Zögerliche Nähe, viel Distanz. Und sie zauderten, wenn es darum ging, in den eiskalten See der Wirklichkeit zu springen. Sie haben beide die entscheidenden Fragen nicht gestellt.

Und wie hießen die Fragen?

Mohrle? hieß eine. Wo ist er, was macht er? Und eine zweite, viel verschwiegenere: Wolltet ihr das, du und Kern, wolltet ihr das, was jetzt ist? Und sie, meine Mutter, sie schien etwas anderes fragen zu wollen, etwas, was ich bisher nicht entschlüsseln konnte. Vermutlich hat sie in Köln viele Sätze einfach verschluckt, weil sie zwei Dinge heftig wünschte: mich wiederzuhaben und mich fernzuhalten, fernzuhalten von sich und Kern.

Abgeschoben? Oder noch anders, verraten?

Das eine und das andere, wenn ich genussvoll ungerecht bin. Und dir wird nicht verborgen geblieben sein, wie ungerecht Kinder sein können.

Und wie ging es weiter, Regine? Was war zum Beispiel, als die Mauer gebaut wurde?

An diesen dreizehnten August 1961 erinnere sie sich sehr genau, sagte sie. Es war ein heißer Sonntag; sie hatte den Dom geschwänzt und ließ sich am Rhein von der Sonne rösten. Sie hatte sich Brot und Äpfel eingepackt und las "Der Fremde" von Camus. Die Stunden schlichen in angenehmer Trägheit dahin. Bis jemand schrie.

Se mochen Ostberlin dichde, brüllte einer, der deutlich hörbar aus Sachsen stammte. De Genossen mochen dichde. Und was dann auf diesem beschaulichen Fleck am Fluss passiert sei, ließe sich nur schwer in eine Sequenz bringen: Erst gab es ein wirres Hin und Her von Menschen und Stimmen. Die meisten schnatterten durcheinander und drängelten zu dem halbnackten Besitzer des Transistorradios. Dann ein atemloser Zuhörerring, danach erneuter Tumult und hastiger Abmarsch. Ein wunderliches Ballett, begleitet von endlosen Kommentaren aus dem knatternden Kofferradio. Zurück blieb deutscher Kartoffelsalat, blieben angebissene Bouletten und fettige Papiere.

Die Mauer wurde gebaut und sie weigerte sich, es zu begreifen. Sie graste ihr Hirn nach Lösungen ab und stieß wieder und wieder mit dumpfem Schrecken auf diese tödliche Barriere aus Beton. Und dahinter zwei Menschen, für die sie das Wort Liebe zu buchstabieren gelernt hatte: Mohrle und ihre Mutter.

An diesem dreizehnten August lief sie nach den Radiomeldungen den Rhein entlang, Camus' Roman unter dem Arm. Sie rennt und rennt. Sie will an einen Ort, an dem Informationen einigermaßen verlässlich sind. Sie ist zum Kölner Rundfunk gelaufen, zu Fuß, so wie sie war, in ihren Sommershorts, und hat dem Pförtner so lange schöne Augen gemacht, hat ihn so lange beschwatzt, bis er sie ins Haus ließ. Und die Jungs, die da in die westliche Welt berichteten, waren von den Tagesereignissen ziemlich mitgenommen und von ihrem roten Schopf nicht unbeeindruckt. Sie haben ihre Informationen und ihre Tricks kameradschaftlich mit ihr geteilt. Sie zeigten ihr sogar, wie sie ihrer Mutter in einem Geheimcode telegrafieren konnte. Und das war dieser Tag und dann kam ein anderer. Und jeder Tag danach war ein bisschen mehr der Dasistnunichtmehrzuändern-Tag. Und die Zonenflüchtlinge waren - und jetzt kam es auf den Standpunkt an - verbannt, glücklich dran, arme Schlucker, Rucksackdeutsche, Versorgungserschleicher, BrüderundSchwestern. Und die Meinungsmacher hüben zurrten wieselflink ihre Deutungsnetze über die dürren Fakten und die staatlich bezahlten Maurer drüben schichteten dieses monströse Bauwerk auf. Das kleine Land ein einziges großes Lager. Ende dieser Story.

Eric sah, wie Regine die hochgezogenen Schultern sinken ließ. In langen Sekunden des Schweigens verschwand die Anspannung aus ihrem Gesicht. Vor ihm saß ein Kind, ein Kind, das bei Papi Trost suchte. Vielleicht auch Anerkennung. Mein tüchtiges kleines Mädchen.

Uff, sagte sie, und schob sich ihr Haar aus der Stirn. Uff. Gegen frische Luft wäre jetzt nichts einzuwenden.

Ja, sagte er. Ja. Gehen wir ein paar Schritte durch dieses Städtchen.

12

Das Pflaster vor der Eingangstür glänzte feucht, aber der Regen hatte nachgelassen. Regine lief vor ihm her zum Eingang des Rosengartens. Hier roch es nach nassem Gras und regenschwerer Erde. Die einzige Bank vor dem lächerlich kleinen Teich, in der Stadt nicht ohne Prahlerei Schwanensee genannt, ächzte unter einem Liebespaar.

Auf dem Platz dort drüben mit der Kantorstochter zu sitzen, davon habe ich mehr als einmal geträumt. Eric blieb vor dem dunklen Wasserspiegel stehen und ließ einen Kieselstein über die Fläche springen. Zwei Enten flogen auf und ratschten durch die Nacht.

Viel zu öffentlich, meinte Regine. Sie streifte mit ihrem Kopf einen tiefhängenden Ast; ein Schwall Regenwasser prasselte auf sie nieder und Eric mußte daran denken, dass er den Weg in einer genauso nassen Mainacht mit seinem Vater gegangen war und vor ihm hatte *Schönheits* rotes Haargespinst im Schein einer Lampe mit tausend Tröpfchen aufgeleuchtet.

Am besten rennen wir in die Kneipe von gestern Abend, in die mit dem Seemann hinter dem Tresen, sagte Regine. Sie sprang voraus, als wären Jahre von ihr abgefallen.

Erzähl weiter, Regine, sagte Eric, nachdem sie in dem verräucherten Raum die Plätze des Vortags gesucht hatten. Solche Geschichten hört ein New Yorker selten. Was war nach dem Mauerbau? Wie ging es weiter?

Tja, meinte Regine, und strich sich das Haar aus der Stirn, tja. In diesem Trainingscamp mit dem Lernziel "Leben im Kalten Krieg" bin ich in manche Falle getreten, with good success, um es mit zeitgenössischer Ironie zu formulieren.

Und konkret? Was war für die beiden Deutschland spezifisch?

Sie sah ihn mit ihren erdfarbenen Augen an.

Das Berlin-Seminar, sagte sie. Ein Ausländer könne sich die Einrichtung kaum vorstellen. Schulklassen und Studentengruppen aus der westlichen Republik in der Frontstadt Berlin. Dort wohnten sie in der Nähe der Mauer, und in den Seminarräumen wurden Rüstzeiten für Kalte Krieger abgehalten. Die Referenten schlecht bezahlte Vikare der Kapitalistischen Kirche, keineswegs smart, eher verbohrt. Und sie, die Kölner Abiturientinnen, wurden über den Aufbau des kommunistischen Systems belehrt, und der Referent, er ließ die Führungsriege des Feindes aufmarschieren: den kommunistischen Papst und seine Kardinäle, die Priester und Ministranten. Danach wurden die Dogmen der Partei und die Rituale aus Kritik und Selbstkritik zerpflückt.

Genau wie die Katholiken mit ihrer Inquisition, hatte Regine dazwischen gerufen. Der Satz schwebte eine Weile im Raum und man konnte die Stille, die eingetreten war, an den letzten Silben messen: sie blieben lange hörbar. Und plötzlich ein Stimmengewirr, Tonlagen zwischen schrill und betulich.

Wie konnte sie nur?

Ja, wie konnte sie nur? Sie hatte zu Ende gedacht, weiter nichts. Sie hatte gesagt, was sie gedacht hatte, weiter nichts. Die anderen redeten von zwei Seiten auf sie ein. Regine schwieg, die Kiefer zusammen gepresst, der Referent forderte lautstark Ruhe, die Klassenlehrerin führte eine schluchzende Biggi, die nach dem Abitur in einen Schweigeorden eintreten wollte, in den Waschraum, und Regine warf eine Entschuldigung in die Luft, obwohl sie wusste, dass sie Recht hatte. Und seit jenem Tag wusste sie auch, dass sie zu allein war, um Recht zu haben. Also war zwei mal zwei wieder fünf, und ihrer vorwitzigen Zunge gönnte sie nur noch selten eine öffentliche Aufführung.

Der Winter des Kalten Krieges, sagte Eric. Nicht leicht für den, der die Fronten gewechselt hatte.

Und schwer in Worte zu fassen. Ich merke erst jetzt, welche Eiterbeule du mit deinen Fragen angestochen hast.

Und später?

Später habe ich meine Biografie geschönt. Ich habe sie geglättet. Ich bin in Köln zur Schule gegangen. Mehr gab ich nicht preis.

Und warum?

Ich wollte dazugehören, endlich dazugehören. Sie sah ihn an, ein fragender, ein ängstlicher Blick. Jedenfalls: Als sie die Schule hinter sich hatte, wollte sie durch nichts mehr festgelegt sein. Sie machte sich nach Frankfurt davon. Und noch im Zug warf sie den Ballast ihrer Geschichte ab. Dann saß sie in Seminaren über Marx, über Camus, über französische und russische Literatur. Das ging wie von selber. Argumente, die ihr vertraut waren, Figuren, die ihr vertraut waren. Sie fand sich in einer linken Gruppe wieder, sie fand sich in einer Wohngemeinschaft wieder, und von der Konformität, mit der sie lebten, von den ewiggleichen Maisstrohteppichen, Ballonlampen, Möbeln vom Sperrmüll, hat sie lange nichts bemerkt. Reichlich großspurig und ohne einen Funken Humor setzten sie ihr Inventar gegen das Inventar ihrer Eltern: Sie waren anders.

Und gab es keinen Streit? fragte Eric mit wachsender Neugier. Er hatte nie in einer Wohngemeinschaft gelebt; für Jahre die gemeinsame Wohnung mit Ett und den Kindern, heute die Wochenenden in Etts Haus: Nähe war ihm selten geheuer.

Streit bekam ich, wenn ich die Funktionäre hinter der Mauer angriff, sagte Regine. Und, hörte sie sich spät in der Nacht schreien, als einer der Genossen von seiner Reise in die DDR berichtete, und warum dürfen die Studenten im Osten die westlichen Philosophen nicht lesen?

Kein Papier, erwiderte er.

Ah, kein Papier, um Sartre und Camus zu drucken, schrie sie. Aber dies Buch, das konnten sie drucken, dafür holzen sie die Taiga ab. Sie hat einen Roman aus ihrem Bücherregal gerissen, den sie in Rodengrün als Preis bekommen hatte. Auf dem Titelblatt die Widmung: Für einen hervorragenden Aufsatz zur Deutsch-Sowjetischen Freundschaft.

Die belanglose Schwarte, sie stammt nicht von Gogol, nicht von Tolstoj, nicht von Dostojewski oder sonst einem der russischen Klassiker, oh nein. Das ist realsozialistischer Edelkitsch. Dafür ist Papier da. Für ein Machwerk, in dem die Guten wie die Bösen kenntlich sind. Den Faschisten trieft das Blut aus dem Maul, sie geifern, wenn sie sprechen. Und den Arbeitern, redlich und mit blanken Augen, steht die Güte, die Gerechtigkeit auf der zerfurchten Stirn geschrieben. Eine schlichte Welt. Nur leider nicht wahr. Kitsch entsteht aus Verklärungssucht, hüben wie drüben. Ob "Geteilter Himmel" oder "Veruntreuter Himmel" oder "Spaniens Himmel breitet seine Sterne...", wer vor lauter Himmel den Menschen nicht sehen will, gierig und machtbesessen, der lügt, lügt, lügt.

Es war ein furchtbarer Ausbruch, den sie damit beendete, dass sie eine gerade geleerte Retsina-Gallone mit einem einzigen Schlag an der Flurwand zertrümmerte.

Danach waren alle ebenso fassungslos wie ich, sagte Regine. Selbst das Haschpfeifchen hörte auf, die Runde zu machen.

Und, fragte Eric, hast du dich von ihnen getrennt?

Nein, sagte Regine. Habe ich nicht. Sie waren meine Freunde. Sie waren meine Familie. Ich teilte das Licht am Ende des Tunnels mit ihnen, das kleine Stückchen Utopie, ohne das ich nicht leben wollte. Denn hinter ihrem Diktat von Begriffen stand eine Angst, die wir geradezu schamhaft voreinander verschwiegen: die Angst, so zu werden wie unsere Eltern. Regine setzte sich in ihrem Stuhl zurecht. Sie schüttelte sich, wie sich Hunde schütteln, die aus einem heftigen Regen ins Trockene kommen. Na, Mister Amerika. War das spezifisch genug? War das deutsch genug? fragte sie.

Bemerkenswert deutsch, sagte Eric. Und ebenso bemerkenswert: Keiner kann einen Antrag stellen, aus seiner Generation auszutreten.

Und trotzdem. Wie schnell ich auf meine Erfahrungen verzichtet habe. Wie schnell ich die spitzfindigen Unterscheidungen nachgefaselt habe, die ich im Osten nie übernommen hätte. Subjektiv und objektiv, zum Beispiel. Deine Absichten interessieren mich nicht; objektiv schadest du. Welch ein Satz.

Und welche verräterische Nähe zur Sprache der braunen Bataillione, zu den Schädlingen und ihren fleißigen Bekämpfern. Im übrigen: Welcome to the company, sagte Eric und hob sein Glas. Ich kann dir gar nicht sagen, wie sehr ich dazugehören wollte. Er erinnerte sich nur zu gut, anfangs war er von der Hitlerjugend begeistert. Er sah ihnen zu, wenn sie aufmarschierten. Er hörte sie singen, eine Kindheit mit Dauergesang, und fühlte sich nutzlos, vereinzelt, ausgeschlossen. Außerhalb der allgemeinen Erregung. Zu gerne wäre er dabei gewesen, wenn die anderen Jungen so munter und wichtig marschierten. Er war viel zu klein für sein Alter, er hatte beträchtliche Probleme, erkennbare Muskeln zu produzieren und die Uniformen, die Landsknechtstrommeln, die Zeltlager mit Erbsensuppe und Sonnwendfeuer, dieser Männerkult, diese Naturburschenherrlichkeit haben ihn über die Maßen fasziniert. Hätten seine Eltern ihn mitmachen lassen, er hätte die Pimpfuniform angezogen. Wurde nie darüber gesprochen. Es war ein Tabu. Schon der Wunsch war ein Verrat, das wusste er. Sein Vater erhöhte kommentarlos den Schnapskonsum und *Schönheit*, sie wurde entweder sehr geschäftig oder sehr ernst, wenn er bei Tisch die Freunde erwähnte, die in die Kluft der Braunen gestiegen waren.

Nein, Regine, ein Held war ich damals nicht, war ich nie. Habe ich nur nicht erzählt, nicht einmal meiner Frau, nicht einmal, als wir uns noch das meiste erzählten.

Weil Ett es überhaupt nicht verstanden hätte. Weil Protestaktionen und Sitzblockaden zu ihrem Leben gehörten; weil sie so verdammt entschlossen war. Weil sie sich lieber hätte an den Kaukasus schmieden lassen, als einen Schritt zurückzuweichen. Und hat nicht jeder das Recht, sich etwas heldenhafter zu machen, als er ist?

Feierabend, rief der Wirt. Gehen wir, sagte Regine.

Inzwischen hing der Mond am leer gefegten Himmel. Die Bäume flüsterten in der nur ihnen bekannten Sprache und die Luft war so lau, wie es sich für eine Maiennacht gehörte. Gute Kulisse für einen alternden Mimen wie mich, dachte er und legte vorsichtig seinen Arm um sie.

Sie kamen an einer Werkhalle der Gründerzeit vorbei, langgestreckt, mächtige Fenster, die Scheiben da und dort zerbrochen.

Maschinenbau, sagte Regine. Tot. Wie viele Fabriken in der Gegend. Hier war ich als Kind für Wochen zum Mittagstisch. Schwerarbeiter bekamen Extrarationen und ein, zwei unterernährte Kinder wurden in den Kantinen durchgefüttert. Und während er ihre trockenen Sätze hörte, sah er ein dünnes Ding mit roten Zöpfen, das an der Essensausgabe eine weiße Steingutschüssel fasst und vorsichtig vor sich her balanciert, das Gesicht fast röter als das Haar. Tische mit acht Plätzen. Männer, die schweigsam aßen. Einer rückt, löffelnd und schweigend. Ein anderer schnappt sich ihre ausgekratzte Schüssel und bringt sie gefüllt zurück.

Jetzt dürften sie alt sein, wenn sie denn noch leben. An das kleine Mädchen werden sie sich kaum erinnern. Sie jedoch, sie sehe sie deutlich vor sich: kräftige schwere Figuren, kein Wort zu viel.

Ah, sagte Eric. Auch du hast deine Ikonen. Und wer hat sich so eindrucksvoll über linken Kitsch und sozialistische Krippenfiguren hergemacht?

Sie waren am Tuchermarkt angekommen; die Jugendstilgiebel, vor kurzem restauriert, blinkten im Schein der neuen Peitschenlampe. Eric bog in die Luthergasse ein. Das Katzenkopfpflaster hallte unter ihren Tritten.

Sieh es dir an, flüsterte er und wies auf ein schmalbrüstiges Haus mit Schieferdach und Mansardenfenstern. Nummer elf, das war es. Das Haus von Großmutter Clara und dem Käppchengroßvater, den Eltern von *Schönheit*. Ich war acht, als ich zum ersten Mal bei ihnen zu Besuch war. Ich saß an ihrem Küchentisch, starrte auf die blau-weiß bestickte Tischdecke und Großmutter Clara fütterte mich mit selbst gebackenem Eierscheck. Der Großvater hatte sich dazugesetzt, eine Halbbrille auf der Nase, und musterte mich so ungeniert, dass ich aus lauter Verlegenheit immer mehr in mich hinein stopfte. Plötzlich zog er seine Uhr aus der Westentasche, betrachtete sie ausführlich und sagte: Sechs. Sechs Stücke in fünfunddreißig Minuten. Bringst ihn ja um mit deinem süßen Zeug.

Damit hatte er beinahe recht; wieder draußen auf der Gasse, lief ich so schnell ich konnte um die nächste Ecke. Ich musste mich übergeben und wollte nicht, dass die beiden Alten mir dabei zusahen. Zum guten Schluss kam ich grün um die Nase und mit bekleckertem Anzug bei meinem Vater an.

Klingt nicht besonders einladend.

Das täuscht, erwiderte Eric. Er lehnte an einem Laternenmast und schlich mit seinen Gedanken in das unbeleuchtete Haus. Nein, außer Kern war er keinem liebevolleren Kauz als seinem Stiefgroßvater begegnet. Der Goldschmied Hübner; feine Hände, ein feines Handwerk und viel zu wenig Aufträge für Schmuck und sonstigen Zierat. So reparierte er alles, wozu man geschickte Finger und scharfe Augen brauchte. Die beiden Bogenfenster im Erdgeschoss gab es noch, die Fenster seiner Werkstatt. Früher wurden sie abends mit hölzernen Läden verschlossen; jetzt waren Metallrollos eingebaut. Durch das Tor ging man in die Werkstatt hinein, links stand sein Arbeitstisch. Da saß er zehn, zwölf Stunden von Montag bis Samstag, wortkarg und listig. Und hinter der Werkstatt, ein Treppchen hinunter, ein Lagerraum, ein Treppchen hinauf das Wohnzimmer mit einem überdimensionierten Flügel. Dort hatte Eric Beethoven und Schubert gespielt und nur, wenn er zu wild hudelte, bestand der Großvater auf der Einhaltung der Zeiten.

Das Lieblingsbuch meines Großvaters lag neben dem Ohrensessel für den Mittagsschlaf, die *Wahlverwandschaften* von Goethe. Eigentlich brauchte er das Buch nicht mehr; er konnte lange Passagen zitieren. Meine Stiefmutter, seine einzige Tochter, hatte er mit dem Namen der unglücklichen Ottilie bedacht. Mein Vater mochte das nicht; er hat sie nach kurzer Zeit *Schönheit* getauft. Und der Name *Schönheit* beschrieb sie so treffend, dass es für immer dabei blieb.

Hast du die Großeltern oft besucht?

Nachdem mein Vater geheiratet hatte, jeden Sommer bis ich wegging. Und die beiden Alten, sie gehörten seitdem in seine ganz private Ruhmeshalle. Ein sturmerprobtes Paar, das jeden Streit wohl temperierte. Er stichelte gegen ihr chronisches Gehätschele, das Gemähre um *Schönheit* und ihn. Und sie, sie stichelte gegen seinen Geiz. Dabei hatte er für den Enkel stets Geld in der Jackentasche. Er steckte es ihm verstohlen zu. Da, hast zwei Taler. Sein „Verprass sie nicht", zwischen den Zähnen genuschelt, hatte er noch heute im Ohr. Welch ein Wort: verprassen.

Und bevor du fragst, Regine. Irgendwann kam diese Truppe von Schädlingsbekämpfern vorbei und schlug die Geräte, die Tische und Schränke hinter den Bogenfenstern kurz und klein. Er soll dabeigestanden haben, ohne ein Wort zu sagen. Er hat nur sein Käppchen auf- und wieder abgesetzt, und hat Haltung angenommen, als sei er wieder der Unteroffizier, der im Weltkrieg für den Kaiser in den Kampf gezogen war. Zum Schluss warfen sie eine Schachtel Chemikalien nach ihm; vermutlich dachten sie, er ginge von selbst in Flammen auf. Ging er aber nicht. Setzte sich still in Claras Badewanne. Dort saß er lange. Zu lange vielleicht; denn als er wieder rauskam, rosig wie ein Alpenveilchen im Winter, wie Großmutter Clara meinte, hatte sie einen anderen Mann. Aber die neue Ehe dauerte nur ein paar Stunden, dann war sie zwei Männer los. Den einen, den mit dem Käppchen und den listigen Augen ebenso wie den anderen, der seine Uniform trug und damit in seine zerschlagene Werkstatt ging.

Ich nagele die Fensterläden zu, hatte er gesagt und das Werkzeug geholt. Und: geh nur schlafen und sie geküsst. Rechts und links, und dann auf den Mund. Geh schon, Clärchen, sagte er, geh schon, der Tag war anstrengend. Sprich mit Kern morgen früh, weiß manchmal Rat. Bin eine Last für dich und das Kind, müssen wir baldigst regeln.

Als sie früh um fünf hochschreckte, weil ihr sein Atem fehlte, und sie ihn suchen ging, war er längst tot. Er hatte Zyankali aus dem Giftschrank geholt und über die Uniform des Kaisers den Gebetsschschal seines Großvaters gelegt, der Jahrzehnte unbenutzt im großen Wandschrank gelegen hatte. Bin Skeptiker, pflegte er zu sagen, wenn man ihn nach seiner Religion fragte.

Ich liebe Dich, Clara, hatte er auf die Habenseite seines Kontobuchs geschrieben, gegen seine Gewohnheit ein "Ich" benutzend. Und auf die Sollseite: Wie das jetzt zeigen? Genau so! Mehr Auskunft gab er ihr nicht. Und in ihrer Wut darüber, dass er sie verlassen hatte, soll sie bei der Beerdigung zu Kern gesagt haben: Verprasst das kostbare Zyankali, als wäre es so wohlfeil wie Mäusebutter.

Ihr mit euren Zisternen der Erinnerung, sagte Regine. Immer kramt ihr das Schlimmste raus. Immer habt ihr das letzte Ass, den einzigen Joker im Ärmel. Ihr mit euren Geschichten, ihr macht uns stumm. Warum dürfen wir nie die Geschichte unserer Väter erzählen? Haben wir sie nicht geliebt, weil sie uns in die Luft geworfen, weil sie mit uns gelacht, ihre kleinen Vaterspäße getrieben haben? Was hatte das, was sie draußen taten, mit dem Hoppe-hoppe-Reiter, den Kitzelorgien, den Luftballons, dem heimlichen Eis an der Ecke zu tun? Was war an ihnen so anders, wenn sie mit uns den Vater spielten?

Frag deine Eltern, nicht mich. Wir haben das Script nicht geschrieben, und wenn eure Scripte gegen unsere verblassen, ein Teil des Erbes. Und verschon' mich mit deutscher Larmoyance, nichts ekelt mehr.

Der Mond war verschwunden, das spärliche Licht der Straßenlaterne zeigte ihm Regine mit einer von Müdigkeit und Erbitterung gezeichneten Miene. Eine Fremde mit verfallenen Zügen, das Haar von bestürzendem Rot über neonblauer Stirn. Und er selbst, das war ihm klar, er stand da mit dem Schrecken des Alters, nein, mit dem Schrecken gelebten Lebens in seinem Blick.

Im Nu eine eiserne Klammer um seine Brust; er hätte sich auf dem Absatz umdrehen und weggehen können. Wie grauenhaft, wie unwirklich sie doch sind, die Momente, die aus Vertrauten Feinde machen. In solchen Momenten kann alles geschehen, jede Verletzung, sogar ein Mord. Und weit eisiger als seine Gedanken: Ihr Gesicht im Schein der Lampe. Ein Spiegel seiner eigenen Kälte, seiner eigenen Ratlosigkeit. Das konnte er ahnen. Und er ahnte noch mehr in diesem bösen Licht: Wie sie einmal aussehen würde, wenn sie eine wirklich alte Frau wäre.

Take care, sagte sie, als hätte sie die Schatten in seinem Hirn erraten, take care. Sie probte ein Lächeln, nur mit dem Mund, erst dann mit den Augen. Ihr störrisches Haar stand vom Kopf ab wie elektrisch geladen und der anrührend wehrlose Hals lag bloß.

Du aber auch, antwortete er und drückte seine Lippen für eine Sekunde rechts und links auf ihre nachtkühlen Wangen.

Was denkst du über Kerns Haus? fragte er, als sie an der Hotelpforte des *Goldenen Reiters* ankamen. Was sollen wir damit machen?

Schwänzen wir morgen den Notartermin? fragte sie zurück. Schwänzen wir, gehen wir auf den Deiwel, gucken wir das Ganze von oben an?

Ach, Regine, sagte er.

13

Eric hatte bereits seine Joggingschuhe angezogen, als er den Frühstücksraum betrat. Regine stand am Frühstücksbüffet und stopfte zwei Äpfel in ihre Umhängetasche. Sie trug eine Strickjacke aus glänzendem schwarzen Garn und silberfarbene Sneakers.

Bleibt es bei unserem Gang auf den Deiwel? fragte er und berührte vorsichtig ihre linke Wange. Sie nickte, ohne den Kopf zu heben. Dann musterte sie seine Schuhe.

Du willst joggen? fragte sie mit kleiner Stimme. Sie selbst bestand auf dem Kletterpfad. Treffen wir uns gegen elf neben dem Gipfelkreuz? Sie verschwand, bevor er antworten konnte.

Auf dem Tisch findet sich etwas für den Kulturanthropologen, rief sie, schon in der Tür. Nachrichten von einer, die auszog, das Zweifeln zu lernen. Meine Mutter hat damals, als sie mich in Köln besucht hat, beinahe täglich an Kern geschrieben. Also ihre Version der Geschichte.

Eric setzte sich an den Platz, den Regine verlassen hatte. Das Päckchen lehnte an der Vase mit Seidenblumen. Er schob die Teller beiseite, um die leicht modrig riechenden Blätter vor sich auszubreiten. Die einzelnen Bögen waren gefaltet und numeriert. Eine angenehm schnörkellose Frauenschrift bedeckte die Seiten.

Köln, Samstag, den 1.7.1961

Lieber Kern!
Regine ist rund und abgemagert zugleich. Irgendetwas, vielleicht alles, scheint mir nicht zu stimmen. Sie schielt der Frau des Hauses nach den Augen und macht kaum den Mund auf.
Der Hausherr, Steins Freund von der Akademie, schnitzt nur

noch Madonnen und traurige Heilige, die traurige Dorfpfarrer für ihre Kirchlein kaufen. Also ist sein Einkommen nicht gerade üppig. Nebenbei: Irgendein Riesenweib aus Lindenholz trägt deutlich erkennbar Regines Profil. Meinrad ist mächtig stolz darauf; er hat mir die Skulptur sofort nach meiner Ankunft gezeigt. Sie soll in einer Wallfahrtskirche in der Schnee-Eifel (?) stehen. Und Regine mußte ihm sogar mehrfach Modell sitzen. Habe etwas befremdet reagiert. Kommt mir ziemlich ungesund vor, das alles.

Meinrads Söhne studieren in einem Priesterseminar hoch über dem Rhein Theologie. Alle beide. Wußte gar nicht, daß er so katholisch ist. Unter Hitler trug er damit nicht so auf.

Eigentümliche Stille, nachdem ich die Bücher für Regine aus meinem Koffer geholt und auf dem Eßtisch ausgelegt hatte. Brecht, Heine, Anna Seghers und schließlich "Ditte Menschenkind" von Martin Andersen Nexö. Man merkt, daß ihr eine russische Kolonie seid, sagte Meinrad. Dass ihr an der Wolga und nicht an der Seine liegt. Ich würde gern für das Abendbrot decken, unterbrach seine taktvolle Gattin. Und setzte nicht unspitz hinzu: Wenigstens haben wir immer etwas Anständiges auf den Tisch zu stellen. Stimmt. Schmeckt alles überaus delikat. Würde Dir gern den einen oder anderen Bissen zukommen lassen. So weit für heute aus einem fernen Land. Steinwurz

Eric legte den ersten Bogen zurück und bestellte sich eine weitere Portion Tee. Im leeren Frühstücksraum lief jetzt ein amerikanischer Song: Elvis mit "Can´t help falling in love". Verdammt tief aus der Mottenkiste, dachte er und versuchte sich auf den Sommer zu besinnen, in dem Regines Mutter die zehn Briefe geschrieben hatte. Juli 1961. Kennedy am Rednerpult, daneben die Frau in heller Seide, eine Kappe über dem Haar. Kennedy am Schreibtisch, das Söhnchen zwischen seinen Beinen. Vorher die Invasion in der Schweinebucht, wenig später der Mauerbau in Berlin. Und bei ihm in New York: Ett schwanger und ziemlich häufig mit Brechen beschäftigt.

Er seufzte und nahm die beiden nächsten Blätter. Auf das erste Blatt war eine Ansicht vom Kölner Dom geklebt.

Köln, Montag, den 3.7. 1961

Kern!
Sie geht angeblich gern in die Schule, obwohl schlechte Zensuren. Zum ersten Mal! Nehme an, sie schwänzt ausführlich. Da ihr Ranzen so ausufert, habe ich ihn gestern kurz inspiziert. Dicke Romane, in Meinrads Haushalt sicher verboten, weil auf dem Index. Diesmal dem katholischen. Das dritte Bücherverbot, das ich in meinem kaum vierzigjährigen Leben kennenlerne!

Überraschend genug hat Regine fast affige Allüren entwickelt. Neuerdings betet sie Albert Schweitzer an, diesen Urwaldarzt, der vor ein paar Jahren den Friedensnobelpreis bekommen hat. Und die Ehrfurcht vor dem Leben sieht dann so aus, daß sie Fliegen in der hohlen Hand zum Fenster trägt, um sie in die Freiheit zu entlassen. Eine Freiheit, die Du Dir vorstellen kannst, weil Du London kennst: Neonlampen, Asphalt und Dreck. Aber Regine, sagte ich, du ißt doch auch Wurst? Ich nehme an, in Wirklichkeit fehlen ihr Bäume vor dem Fenster. Ihr Rauschen war sie gewohnt. Oder vielleicht fehlt ihr etwas, an das sie glauben kann. (Oder ich oder wir oder alles bei uns. Aber in dem unbeschreiblichen Geglitzer hier wage ich so schlichte Zusammenhänge kaum zu denken.)

Habe sie von der Schule abholen wollen, und traf sie nicht vor dem Eingang. Statt dessen sprang sie aus einer Grünanlage auf mich zu. Die letzte Stunde ist ausgefallen, sagte sie. Geschieht öfters. Log richtig gewieft. Weiß nicht recht. Ist noch so jung, jung, jung. Fehlst übrigens.
Deine Steinin

Köln, Dienstag, den 4.7.1961

Kern!
Die Leute hier machen meine Regine zu einer Art Heidi, ländlich und linkisch. Als wüßte sie nicht, wie das Alphabet geht. Dabei kann sie Schiller und Heine zitieren, daß es eine Lust ist. Wird aber nicht verlangt. Statt dessen "Der Arzt Gion" im Deutschunterricht, von einem gewissen Hans Carossa (?). Ziemlich merkwürdige Frauen drin. Betuliche Weibsen, die kaum bis drei zählen können.

Und das Liederbuch für den Musikunterricht: "Bruder Singer" heißt es und ist seit fünf Jahren für die hiesigen Schulen zugelassen. Die Illustrationen sind einfach unglaublich: Die Mutter sitzt mit Gretchenfrisur am Spinnrocken (!), sechs (!) Kinder um sie herum. Und was hältst Du von dem Text "Land der schwielenharten Hände?" Die Entstehungszeit rätst Du sofort. Und auf der letzten Seite "Deutschland, Deutschland über alles", mit sämtlichen Strophen, ohne jede Einschränkung, ohne jede Erläuterung. Als Krönung ein Nachwort, das vom verengten Lebensraum der Deutschen spricht. Kein Kommentar. Wäre so unnötig wie ein Kropf.

Ein Klavier fehlt auch, hier wird geklampft. Will sie aber nicht lernen. Gutes Kind.

Ich muß mich eilen, Kern. Gleich kommt Regine aus der Schule. A.S.

Eric stellte sich für einen Moment die Requisiten des beschriebenen Haushalts vor. Mit Sicherheit war die Mode der Cocktailsessel und Plastikstühle dort nicht eingezogen. Statt dessen Gummibäume in braunen Töpfen, ein derber Tisch mit einem gewebten Läufer. Darauf eine Kerze aus Bienenwachs und ein handgebauter Tonkrug. Im Frühjahr mit ein paar Zweigen, im Herbst mit Sonnenblumen. Henry hatte ihm vor Jahren eine Examensarbeit über deutsche Wohnkultur gezeigt und ihn hohnlachend auf die HolzundTon-Tümelei hingewiesen. Und nun die Spiegelung in den Augen einer fremden Frau, der großen Liebe von Kern.

Köln, Mittwoch, den 5.7.1961

Tag, Kern!
Gestern war es so heiß, daß sie barfuß in die Schule ging. Der warme Asphalt fühlt sich so gut an unter den Fußsohlen, Mami, sagte sie. Kam ziemlich geknickt nachhaus. Die Klassenlehrerin hat ihr das Barfußgehen verboten! Es schicke sich nicht für eine Gymnasiastin! Die Ausrufezeichen gehen mir aus.
   Die Hausfrau reagierte sichtlich befriedigt, als sie die Geschichte hörte. Sieht selbst beim Spülen so aus, als sei sie aus einer Modezeitung ausgeschnitten. Aber außer dem Haushalt: nichts, nicht einmal Bücher. Könnte nicht leben hier, erinnert mich alles an Nesthäkchen-Romane. Sitzen in einer anderen Zeit. Vor allem die Frauen. Das ganze Getue um Haushalt und Mode ist mir einen Happen zu blöde. Hätte Regine in die Jungen Pioniere zwingen sollen. Der Preis ist zu hoch, Kern. A.S.

Köln, Donnerstag, den 6.7.1961

Kern, mein Guter!
Morgen ist Freitag. Statt zusammen mit Dir Musik zu hören, werde ich für die Söhne des Hauses, Theologiestudenten mit dunklen Kleppermänteln, Kartoffelsalat und bunte Schnittchen fabrizieren. Danach werden sie die Klampfen holen, ein paar übersimple Akkorde zupfen und dazu übersimple Lieder singen. Mit dem "Zupfgeigenhansl", wenn Dir das was sagt. Ich bin in ein Vorgestern gefallen, das mich ratlos macht. Umgeben von chronischen Jugendlichen, ich nehme Vater Meinrad nicht etwa aus, werden wir mit Liedern aus der Wandervogelbewegung in die Welt reiten, mit den Winden ziehen und dergleichen seltsame

und völlig anachronistische Fortbewegungsformen mehr. Manchmal frage ich mich, ob sie unser Jahresdatum verdreht, aus dem angegrauten 1961 ein stürmisch junges (und dummes) 1916 gemacht haben. Sie hören nicht auf, aus der Sofaecke heraus einen Aufbruch ins Blaue zu simulieren. Aber wohin denn, bitte schön? Hatten wir schließlich mehr als genug. Und anstelle der Parteiabzeichen jetzt die Silberkreuzchen an den Jackenaufschlägen und am Autoschlüssel hängt ein Medaillon vom Christophorus. Daß bei uns immer alles von schwarz nach weiß, von weiß nach schwarz kippen muß.

Nährstoffmangel, würde ich einem Patienten in der Apotheke sagen. Nehmen sie doch einen Löffel Augenmaß und eine Prise Klarsicht ein.

Bis bald. Steinwurz

Köln, Freitag, den 7.7.1961

Kern!
Morgen werde ich Dir nicht schreiben können. Regine hat Geburtstag und wir werden mit ihr den Rhein hinunterfahren. Alle zusammen. Gegen so viel Nettigkeit kann man kaum protestieren. Trotzdem wäre ich viel lieber mit ihr allein. Meinrad hatte uns die Burg Rothenfels als Ziel vorgeschlagen, ein Rittersitz am Main, der sich seit der Jahrhundertwende fest in den Händen des "Quickborns" befindet. Ich schätze, Du kennst diesen Verein. Welch ein verschrobener Plan für eine Sechzehnjährige! Nur mit Mühe konnte ich ihm das ausreden. Jetzt werden wir den Dom und das Städel-Museum in Frankfurt anschauen.
Meinrad würde mich zu gerne bekehren. Selbst Stein soll in seiner Jugend fromm gewesen sein, behauptet er. Glaube ich aber nicht.

Gute Nacht. Steinwurz

Der Kellner brachte Eric den Tee und fuchtelte mit der Tageszeitung vor seiner Nase herum. Arbeitet am Trinkgeld, argwöhnte Eric und bedankte sich trotzdem.

Köln, Sonntag, den 9.7.1961

Lieber Kern!
Sie haben Regine zum Geburtstag das Buch eines häßlichen und gänzlich verkniffenen Mannes geschenkt."Heilige Riten"oder so ähnlich. Die hochgelobte Bundesrepublik ist für Mädchen ein einziges Erziehungsheim. Komme mir vor wie in den traurigen preußischen Romanen der Jahrhundertwende, in denen blasse junge Dinger zu Weihnachten Gesangbücher bekamen. Und wenn sie den Deckel des Buches aufschlugen, stand auf dem Titelblatt ein Psalm, der sie für alle Zeiten verwarnen sollte.

Die Fahrt zu viert war eine Strapaze. Ich hatte gehofft, die Gemälde im Städel könnten uns ein bißchen entschädigen. Aber Meinrad bestand darauf, Bild für Bild zu erklären. Schrecklich anstrengende Vorträge, so lautstark, daß auch die Besucher ringsum als Zuhörer zwangsverpflichtet wurden.

Mich fesselte das"Paradiesgärtlein"am meisten, von einem oberrheinischen Meister gemalt; Du hättest vermutlich lange vor dem Porträt Melanchthons gestanden.

Kern, Regine ist viel trauriger als sie sein dürfte. Denk an uns.

Angela S.

Köln, Montag, den 10.7.1961

Kern,
eine so verrückte Sache hast Du noch nicht gehört. Das Lehrerkollegium hat einen Aufsatz meiner Tochter vernichtet. Im einzelnen: Ich fragte Regine nach ihrem Aufsatzheft, weil sie früher immer so hübsche Geschichten schrieb. Sie zeigt es mir.

Ich sage: nur eine Arbeit im halben Jahr? Sie wird puterrot und sagt: Oh nein, aber das erste Aufsatzheft ist eingezogen worden. Warum? frag ich, von wem? frag ich. Und dann kam es. Die Klasse sollte einen Aufsatz zum Thema "Ein Mensch, der mir Vorbild sein könnte" verfassen. Meine Regine wählte sich Karl Marx aus. Als die korrigierten Aufsätze ausgeteilt wurden, war ihr Heft nicht dabei. Nach der Deutschstunde mußte sie zur Direktorin kommen, zu einem Gespräch unter vier Augen. Regines Heft lag aufgeschlagen auf dem Schreibtisch dieser sonderbaren Kölner Athene. (Aber die Weisheit scheint ihr abhanden gekommen zu sein.) Der Aufsatz war Seite für Seite mit Rotstift durchgestrichen. Unter der letzten Zeile stand: Laut Beschluß der Konferenz vom 23.6.1961. Dann der Stempel der Schule und die Unterschrift der Direktorin. "Sie war ziemlich nett, Mami", sagte R. mit rotem Kopf. "Sie erklärte, daß mir das alles die Zone angetan hätte, daß ich ja noch ein Kind sei, daß ich es später begreifen würde...". Das alte Heft wurde zerrissen, das neue lag bereit. Ich fragte sie: Was hast du denn geschrieben, Regine? Tja, sagte sie, nichts besonders Aufregendes. In Rodengrün habe sie für einen ähnlichen Aufsatz eine Eins bekommen. Gutes Brinkel, sagte ich.

Wir beide kennen den Text. Er hing lange an der Wandzeitung der Schule: eine Hommage an den privaten Marx, an den Mohr mit dem graumelierten Lockenkopf im Kreise seiner Familie, seiner Freunde. Sogar Heine hatte sie ausführlich zitiert.

Sie weinte plötzlich. Hast du es hier erzählt? Nein, sagte sie und weinte noch mehr.

Kern, es war ein Fehler. Im übrigen: Wie kann ein Schulkollegium sich so entblöden? Schier sprachlos.

Angela S.

Der Kellner räumte das Frühstücksbüffet ab; eine Putzkolonne begann Eric einzukreisen. Er stand von seinem Stuhl auf, weil ein Staubsauger zwischen seine Füße fuhr.

Eine blonde Frau lächelte ihn mit schadhaften Zähnen an. Über hohen Wangenknochen blaßblaue Augen mit grau umrandeten Pupillen. Eine Dostojewski-Figur, eine Sonja oder Tanja, die ihre Kinder durchbringen mußte. Die nächste Welle östlicher Emigranten, die westwärts schwappte. Nur dass sie hier keine Aufsätze für die Deutschstunde schrieben, sondern den Deutschen den Dreck wegräumten. Und ihre Väter, ihre Großväter, sie hatten vor mehr als vierzig Jahren die rote Fahne auf dem Reichstag gehißt. Die Putzfrau war inzwischen fertig; sie winkte ihn mit den blaßblauen Augen zu seinem Stuhl zurück. Er setzte sich und nahm die letzten beiden Bögen.

Köln, Dienstag, den 11.7.1961

Kern,

fehlst zum Reden. Ich sitze in einem Cafe in der Nähe des Doms (Flucht), und Regine ist (hoffentlich) in der Schule.

Kern, sie ist eine Heimlichtuerin geworden. Macht alles heimlich: Unterricht schwänzen, Schulmesse schwänzen, in Bibliotheken sitzen, Galerien besuchen. Sie hat mindestens zwei Gesichter: ein harmloses nach außen und ein anderes, das mit einer gewissen Kälte auf die Umgebung sieht. Beinahe zynisch, möchte ich sagen. Hat sich angepaßt, mehr als drüben, anders als drüben. Wahrscheinlich, weil sie keinen Ausweg mehr sieht. Eine harte Lektion und viel zu früh. Ich kann darüber nicht reden mit ihr, weil ich ihr keine Alternative bieten kann. Oder doch? Müssen wir besprechen, wenn ich daheim bin. Sollen wir sie wieder nach Rodengrün holen? Also erst eine Lehre und dann erneut einen Antrag auf Abitur und Studium? Ist alles gegen sie und gegen mich ausgeschlagen. Die Bundesrepublik ist eben nicht Dein England (oder Dein Utopia??), ist sehr deutsch und sehr kirchlich und sehr eng in allem und jedem. So wenig Freiheit hatte sie nie. Kommt daher, daß die Frauen ständig im Haus sind. Wann hätte ich die Zeit gehabt, auf jeden ihrer Schritte aufzupassen? Wußtest Du, daß „Gattinnen" (ziemlich obszön, das Wort) die Zustimmung ihrer Männer brauchen, wenn sie aushäusig arbeiten wollen? Daß Herr Gatte nein sagen kann und das war's dann? Und in jeder öffentlichen Toilette kannst Du zwar Zigarettenautomaten finden, aber Automaten für Kondome sind untersagt. Das verletze "Sitte und Anstand".

Man muß den einen Staat keineswegs gut finden, wenn man den anderen heftig ablehnt. Oder auch: Mir gefallen beide nicht. Viel zu lang getrennt jetzt. A.S.

Köln, Mittwoch, den 12.7.1961

Lieber Kern!
Heute hättest Du uns Zwei sehen sollen. Wir haben uns am Obststand auf der Hohenstraße eine Tüte Pfirsiche gekauft und im Nichttrinkwasser eines Brunnens gewaschen, nur um den rauhen Pelz zu glätten. Den Rest halten wir aus, sagte Regine. Dann haben wir die Tüte leergegessen und eine zweite gekauft. Die Marktfrau lachte, als wir wieder anrückten. Von drüben? fragte sie nur. Ihr unsauberes Ü machte sie sofort kenntlich. Dann ein ausführliches Woher? und Wohin? und eine weitere Obstorgie.

Am Familientisch bin ich vorsichtig geworden, wenn Obst hingestellt wird. „Tüchtiger Esser" läßt man sich nicht gern sagen.

Jedenfalls, so vergnügt habe ich meine Regine in Köln noch nicht gesehen. Sie hat furchtbares Heimweh, Kern. Und übermorgen früh muß ich fahren.

Freue mich auf Dich, Kern. Und auf zu Haus. Den nächsten Freitag verbringe ich schon wieder bei Dir.

Deine Steinin

P.S. Ich hätte nicht gedacht, daß sie mir so fremd werden, so fremd bleiben könnte. Nach Mohrle Bergmann hat sie mich zum Beispiel *nie gefragt. Weiß nicht recht. Nie von Jungen auch nur die Rede. Reine Mädchenschule. Jetzt gehen mir die „weiß nicht recht" aus.*

Eric faltete die Briefe zusammen, mit Ethnologenblick, hätte Ett gesagt, und steckte seine Brille in die Jackentasche. Er leerte die Teekanne und amüsierte sich über die Schnitzeljagd, die Kern nicht ohne Eleganz inszeniert hatte.

Aber dann ging ihm etwas anderes durch den Kopf, etwas, das dort schon lange herumgeirrt sein mußte. Etwas, das nicht nur Regines, sondern auch seine Vergangenheit betraf. Da wurde eine Abfahrt geplant, leichthin und mit leichtem Gepäck, und wurde zu einer Abfahrt für immer. Da wurde Abschied genommen, vorläufig, für zwei, drei Jahre, um später den fehlenden Kuss, das letzte Winken an der Kehre einzuklagen.

14

Regine saß auf der Holzbank neben dem Gipfelkreuz, als Eric auf dem Deiwel ankam. Er trocknete sich die Stirn und setzte sich neben sie. Eine Weile sahen sie auf die Dächer des Städtchens, Dächer aus hellem Schiefer, unter den tiefgezogenen Mützen Fachwerkreste oder Putz. Links, im vielfarbigen Grün fast versteckt, konnte man das auseinander gezogene Hufeisen des Kernschen Hauses ausmachen.

Kennst du das Gedicht vom "Riesenspielzeug"? fragte Eric. Sie schüttelte verneinend den Kopf.

Manche Kleinigkeiten machen den Altersunterschied mehr als klar, sagte er nicht ohne Melancholie. Für meine Generation gehörte es ins Lesebuch.

Dafür hast du wohl kaum „Im Kreml brennt noch Licht" gelernt. Sie lachte, die erdbraunen Augen zu Schlitzen gezogen.

Er stand auf, klopfte sich die Schlammspuren von den Schuhen und lief zur Nordseite des Gipfels.

Da drüben liegt das Schwimmbad. Sie haben das Wasser schon eingelassen.

Warst du oft dort?

In den Ferien täglich, selbst wenn es regnete. Damals absolvierte ich ein ehrgeiziges Programm zur Körperertüchtigung: Expander, Laufen, Schwimmen. In meinem letzten Sommer, im Sommer 1938, wurde es gegen Ende allerdings reichlich ungemütlich. Sogar an regnerischen Vormittagen war das Schwimmbecken von einer NS-Jugendstaffel besetzt. Sie trainierten Springen und Tauchen. Und mein Freund Fritz, der kurz zuvor mit steifer Mütze davon marschiert war, er thronte mit denen zusammen auf der Wiese und sah angestrengt über mich hinweg.

Eric erinnerte sich gut an die beschämende Vereinzelung. Hockte da im ausgeblichenen Gras und die anderen, sie schienen lediglich eins vorzuführen: Wir sind nicht allein. Er kauerte verlassen in der Mitte eines von unsichtbarer Hand fixierten Kreises, die Kälte des Raumes um sich, und fühlte sich nackt und fühlte sich ungeschickt, hölzern, ein hölzernes Bengele, dessen Arme und Beine sperriger waren als die eines spanischen Reiters. Durch die halbgeschlossenen Lider konnte er sehen, wie sie miteinander balgten, ein Nest aus geschmeidigen Gliedern, lärmig und vergnügt. Er war ins Wasser geflohen, hatte die Arme ausgebreitet und seine Runden gezogen, aber sie kletterten auf das Dreimeterbrett, einer nach dem anderen, wippten ausdauernd und stürzten sich mit einem Kopfsprung hinunter. Das gechlorte Wasser klatschte an den Beckenrand und allen Schwimmern ins Gesicht. Und er, er drehte ab, drehte ihnen den Hinterkopf zu und ihr Kichern, ihr Gelächter traf ihn zwischen den Schulterblättern und kroch langsam über den Rücken. Sie rubbelten sich hüpfend und johlend die Haare und tändelten trotz des Nieselregens mit einem Ball. Nichts konnte sie aus der Ruhe bringen, nichts aus dem Tritt. Und für ihn war nicht nur der Vormittag ruiniert.

Im Schwimmbad habe ich etwas anderes erlebt, eine Art Gegenstück, sagte Regine. An schwülen Tagen lagerten russische Soldaten auf dem Rasen, erzählte sie. Sie hätten sich unmittelbar neben dem Eingang im Pulk niedergelassen und mit Zeitungspapier ihre Zigaretten gedreht. Halbnackt und mit sehr bleicher Haut sahen sie ungeheuer verletzlich aus. Sie lagen eng zusammen, umgeben von Niemandsland, die Eingeborenen in beträchtlicher Distanz. Keiner näherte sich ihnen. Und keiner hätte sich getraut, sie anzusprechen. So guckten die Kinder verstohlen, immer auf der Hut, die Blicke der fremden Jungen zu kreuzen. Verschlossene Mienen, wenn man unter dem Vorhang der Wimpern durchspähte.

Die Kinder hätten "druschba" sagen können und "strastwuitje towarischtsch". Sie hätten das mühsam erworbene Russisch endlich benutzen können. Sie taten nichts dergleichen und das Ausmaß ihrer Heuchelei war ihnen kaum bewusst. In der Schule schrieben sie Aufsätze über die unverbrüchliche Freundschaft zur ruhmreichen Sowjetunion, und hier, die russischen Brüder zum Greifen nah, schwiegen sie aneinander vorbei. Nein, diese Zwanzigjährigen aus dem Ural, vom Don oder vom Dnepr, sie bekamen kein Gesicht, sie bekamen keine Namen. Wir Kinder, sagte Regine, wir konnten für literarische Figuren schwärmen, für Timur und für Sima und was weiß ich, doch die Grischas, Todiks und Petjas mitten in unserer Stadt, sie waren Unberührbare.

Und warum? Weil sie Russen waren? Weil sie Fremde waren?

Nein, das war es nicht. Nicht für uns. Regine sprang auf, öffnete ihre Umhängetasche und warf ihm einen Apfel zu. Ein Cox-Orange, etwas schrumpelig vom langen Liegen.

Es sei etwas anderes gewesen, beharrte sie, nachdem sie ihren Apfel gekaut hatte, und was es war, habe sie auf der anderen, der westlichen Seite der Grenze begriffen. Nach ihrer Flucht. Es war in einem Aufnahmelager mitten im Grünen. Holzbaracken mit dreistöckigen Betten, lauter junge Frauen, die Stuben vollgesteckt mit Gelächter und nächtlichem Geflüster.

Die verhören uns, sagte eine mit rauchiger Stimme. Die verhören uns einzeln, als wären wir östliche Spione.

Gut sehen sie aus, die Offiziere der Amis, so gut wie im Kino, flüsterte eine andere. Regine stellte sich abenteuerliche Situationen vor. Bis sie eines Tages zum Verhör bestellt wurde. Und die Jungs mit ihren tadellos sitzenden Uniformen, mit ihren blanken Zähnen, die Haut so braun und straff über den Backenknochen: sie habe sie angestaunt, sie habe sie mit den Augen verschlungen. Sie konnten strahlen, sie konnten lachen, und als ihre Lunchpakete gebracht wurden, zusammen mit Coca Cola in hohen beschlagenen Gläsern, haben sie ihr ein Sandwich und ein Glas über den Tisch geschoben und grienend auf ihre Reaktion gelauert. Und in der Tat habe sie ein Gesicht gezogen. Denn ihre erste Coca Cola, sie schmeckte eigenartig stumpf, süß und faulig, eine fragwürdige Mixtur. Sie sahen sich an und lachten und sie lachten mit ihr, wie große Brüder eben lachen. Für sie war das neu, neu und überraschend. Denn diese Männer in den knappen Uniformen, mit diesen lachenden Gesichtern, sie, genau sie verkörperten das, was ihnen in den Büchern über den Komsomol versprochen worden war: gut gelaunte und starke große Brüder. Und die Grischas, Todiks und Petjas, sie verkörperten nichts davon. Die Grischas, Todiks und Petjas, das waren die mit der bleichen Haut im magischen Kreis. Ängstlich, maskenhaft, finster. Wie sollten Kinder bewundern, was sie beinahe bemitleideten? Die amerikanischen, die britischen Jungs dagegen: cool würde man heute sagen, supercool. Für Regine eine nie vergessene Szene. Sie hatte den Feinden aus dem kapitalistischen Lager Aug' in Auge gegenüber gesessen und wollte nur eins: so sein wie sie.

Regine starrte auf die Aussichtsplattform an der Steilseite des Berges. Hier hatten sich ein paar Wanderer versammelt, die den Fernblick bestaunten. Aber wahrscheinlich sah und hörte sie nichts, wahrscheinlich war sie in imaginäre Räume abgetaucht. Sie regte sich erst, als die Männer die Rucksäcke abnahmen und die Frauen Dosen und Flaschen auspackten. Nur weg, sagte sie. Ich zeig dir meine Bergterrasse, falls sie begehbar ist.

Die Bergterrasse war eine Art Höhle, der Boden mit Schieferplatten und Feldsteinen ausgelegt, die Öffnung durch Weißdornbüsche und Krüppelkiefern geschützt. Sie setzten sich auf die sonnenbeschienen Platten hinter dem Buschwerk und blieben für Minuten so still wie der verschwiegene Platz.

119

Regine lehnte sich an einen Stempel im Höhleneingang und zog die Knie hoch; ihre roten Locken glänzten im Licht.

Und Mohrle, von dem deine Mutter schreibt. Was war mit ihm?

Mohrle, das war deine Kantorstochter und ein bisschen mehr. Er hatte die schönsten Schultern, die ich je gesehen habe, die kräftigsten Locken, die weißesten Zähne und welch ein Mund. Ein Kissen, seidenbespannt. Butzi nannte ich ihn, als wir über das Blickverhältnis hinaus waren.

Okay, sagte Eric trocken. Das reicht. Er war schön für dich. Romeo also. Oder besser: Welcome to Hollywood.

Romeo? fragte sie.

Du hast ihn ja kaum gekannt. Er brauchte dir nichts zu beweisen. Er musste keine Versprechen einlösen. Romeo musste das nie. Ein Blick, ein Kuss, ein Schwall von Hormonen, das macht ihn aus. Und nicht einmal Shakespeare könnte sein Leben verlängern, ohne das schöne Bild zu zerstören. Nebenbei, wie würdest du ihn denn wollen? Soll er Apotheker in Dresden oder Geschäftsmann in Frankfurt sein? Oder so durchgestylt, so glatt und smart wie unser Notar?

Das habe ich mir nie überlegt. In meiner Erinnerung ist er jung; ein schnell gewachsener Schlacks mit einer dunklen Tolle über der Stirn und sehnsüchtigen Augen. Sie wurde immer leiser, während sie von Mohrle erzählte, eine lange lange Geschichte, die Eric selten mit einer Frage unterbrach. Zum Schluss hatte sie sich auf den Steinen ausgestreckt, ihre Tasche und ihren Pullover als Kopfkissen. Bald waren von ihr nur noch die Atemzüge zu hören, so leicht, als wollte sie eine Feder zum Tanzen bringen. Und er sinnierte durch die Zweige einer Krüppelkiefer hindurch in die weit gefächerte Landschaft.

Oh je, jetzt sammelt sie pity points, hatte er am Anfang ihrer Geschichte gedacht. Henrys Kommentar, wenn jemand klagte. Aber schließlich hatte er geduldig zugehört.

Unser Lebensentwurf bestand aus rosa Nebel, hatte Regine ihre Geschichte begonnen, und der rosa Nebel hieß Westen. Die Wolken ziehen gen Westen. Mohrle und sie, sie wollten sich die andere Hälfte der Welt nicht stehlen lassen. Ein sehr bescheidenes Programm. Paris, sagte er. London, sagte sie. New York, sagte er, San Franzisko, sagte sie.

Das war ihr Zukunftsprojekt: Die Wolken ziehen gen Westen und die Namen legendärer Metropolen.

Zusammensein hieß das Projekt und Welt hieß das Projekt, und wenn sie aus einem der Teiche ringsum sprangen und das Wasser abschüttelten und die Haut in der Hitze trocknen ließen, zählten sie die Meere auf, die sie im Atlas gefunden hatten. Und noch heute, wenn sie an einem Strand liegt und nach einem Kurzschlaf in den blauen Nachmittag blinzelt, sieht sie Mohrle aus dem Wasser steigen, schmal und braun, die Haare triefend, kaum erkennbar im Gegenlicht. Nie muss sie sein Bild mühsam aus Einzelstücken zusammensetzen, immer sieht sie das von Locken gerahmte Gesicht, die Augen, die sich den ihren nähern, bis der braune Geruch seiner Haut ihre Nase überschwemmt. Und sicherlich wäre der Bauchansatz des Apothekers, die Halbglatze des Notars das beste Mittel gegen diesen langen Wahn.

Mohrle war der ältere Bruder ihrer Freundin und Gabs Bergmanns Sohn. Mit ihm hat sie Bemmen getauscht. Willst du meine, fragt der mit den dunklen Locken und wirft das knisternde Päckchen. Um sechs an der Alten Eiche, stand auf der Innenseite des Papiers. Sie trafen sich, sie gingen zwischen den Karpfenteichen hin und her, ein Spätsommertag, die Stare sammelten sich schon. So fing das an.

Mohrle. Das Pioniertuch pünktlich umgebunden, pünktlich Jugendfreund der FDJ. Jugendweihe statt Konfirmation, wie zu erwarten für den Sohn eines Abgeordneten. Auch als Trapezkünstler nicht unbegabt. Nein, er arbeitete nicht mit den Muskeln, er arbeitete mit dem Hirn. Für seine

Kunststücke zupfte er Wörter zu einer gewagten Luftnummer zurecht und genau vor dem gefährlichen Moment, vor der systemkritischen Äußerung drehte er das Argument, ein gewagter Salto, manchmal ein doppelter. Er hatte seine Zuhörer ständig im Blick, er las in ihren Mienen, genoss ihre stumme Anspannung, ihre stumme Erleichterung.

Jawohl, ein zeitgenössischer Romeo-und-Julia-Plot. Mohrles Vater und Regines Mutter, sie versuchten eine Menge, um die beiden zu trennen. Also gab es tote Briefkästen für Nachrichten und Verabredungen, also stieg Regine nachts aus dem Fenster. Kräche, Querelen ohne Ende. Mohrle verboten, Mohrle verloren, der eine Teil von ihrer Geschichte. Der andere Teil: die Halstuchfrage.

Warum trittst du nicht ein? fragte die Pionierleiterin. Regine wusste es nicht. Alle aus ihrer Klasse trugen das Halstuch, sogar die, die ihre Konfirmationssprüche hersagen konnten. Sie hatten vor der Pionierversammlung die Halstücher aus den Ranzen geholt und über die Pullover gebunden. Die meisten starrten sie in tiefgefrorener Stille an, manche mit Wut in den Augen. Keiner sagte ein Wort. Regine mußte ihre Sachen packen und wurde hinausgeschickt. Ein Nicht-Pionier durfte nicht an der Pionierversammlung teilnehmen. Ein Nicht-Pionier stand zögernd vor der Schultür, zwinkernd, überraschend allein.

Vor dem Sichtschutz aus Weißdorn und Krüppelkiefern liefen jetzt Kinder herum; eine Erwachsenenstimme zählte die Dörfer und Mühlen der Gegend auf. Regine hatte sich auf den Steinen etwas gedreht, sie seufzte kurz und bettete ihr Gesicht auf die Arme. Und er war mit der Halstuchgeschichte beschäftigt, einer sehr deutschen Geschichte, ohne Zweifel. Bis auf jenen Sportlehrer Huber, den Regine ihm so anschaulich geschildert hatte. Sportlehrer Huber, Genosse, das Parteiabzeichen auf dem Jackenaufschlag: Er nahm sie nach einer Sportstunde zum Mattenaufräumen beiseite.

Hör zu, hatte Huber gesagt. Du willst doch studieren. Also tritt ein. Tritt einfach ein. Was bedeutet das schon? Teilzunehmen bräuchte sie weiter nicht. Die Mädels hätten sowieso ewig ihre Tage. Ohne das Pionierabzeichen käme sie nicht auf die Oberschule, das wüsste er genau.

Vermutlich roch die Turnhalle nach Schweiß und Desinfektionsmitteln, vermutlich wusste das so angesprochene Kind nicht, wohin mit seinen Händen.

Und? hatte Eric gefragt. Sie habe zu tief in den Werterasereien der Pubertät gesteckt, um zu begreifen, dass sich da einer Gedanken machte, hatte Regine geantwortet. Viel später habe sie erkannt, dass Zyniker die besten Ratgeber sind; sie sind die einzigen, die klare Sätze von sich geben. Aber an dem hellen Frühlingstag hatte Regine den Sportlehrer Huber nur misstrauisch angesehen, ohne ein einziges Wort zu verlieren. Sie hat nicht einmal "Danke für die Warnung" gesagt. Und sein "Blede Gake", in ihre Richtung gemurmelt, war keineswegs unberechtigt.

Regine regte sich erneut. Mit einem Auflachen setzte sie sich und dehnte wie ein Kätzchen Rücken und Arme. Kurze Nächte, meinte sie. Eric nickte und klaubte ein paar trockene Blätter aus ihrem Haar.

Was war mit Mohrle, als du fortgingst? fragte er weiter.

Tja, Mohrle. Ein Jahr hatte er bis zum Abitur, als sie sich verabschiedete. Zwölf Monate, habe er gesagt, das sei fast nichts. Die würden sie abhaken, Vollmond für Vollmond. Nach dem dreizehnten wäre er da. Schreiben dürften sie sich natürlich nicht; er würde mit Sicherheit überwacht, wenn sie gegangen sei. Es war eine Mondnacht im Juni, schöner könne Hollywood sie nicht erfinden. Glühwürmchen schwebten über den Büschen, die Frösche quakten. Die russischen Soldaten in der Kaserne am Stadtrand sangen genau die Lieder, die Russen so singen. Ein warmer Wind bestrich die Haut. Ja, habe sie gesagt. Wir zählen die Monde und warten.

Und?

"Says the Raven: Nevermore". Im Klartext: Sie habe ihn nie wiedergesehen. Er ist aus ihrem Leben gestürzt wie ein Meteor auf einen anderen Planeten. Bis heute weiß sie nicht, was mit ihm geschehen ist.

Oh, großes Kino, sagte Eric. Love story und der Absatz von Kleenex steigt beträchtlich.

Applaus, Mister Amerika. Im Osten mußte man das mit dem Handrücken erledigen, nur zu deiner Kenntnis. Da gab es keine Papiertaschentücher. Unser unterentwickeltes Volk kriegte keine Care-Pakete und am Marshallplan waren wir nie beteiligt.

Sie stimmte in sein Gelächter ein. Ost und West, warum sollten ausgerechnet sie beide das austragen?

Die ersten zwölf Monate in Köln seien nicht einmal die schlimmsten gewesen, fuhr Regine fort. Bald stünde Mohrle vor der Tür. Sie hätten Zeit, sie würden tausend Dinge tun. Und auf einmal die Mauer. Erst mit dem Bau der Mauer sei die bisherige Welt für sie weggebrochen. Sie ging unter, versank, Haus für Haus, Baum für Baum. Das Flusstal versank, die Wassermühlen, der Deiwel und das Rötlein mit seinen im Herbst glühenden Buchen, der Weg zwischen den Karpfenteichen. Und abends in ihrem Bett stellte sie sich die Bäume vor, große dunstbehangene Bäume, die im Nachtwind knarzten und stöhnten. Und dann der Vorrat an Wissen, den sie mit niemanden teilen konnte. Wer in Köln hatte „Timur und sein Trupp" gelesen und „Wie der Stahl gehärtet wurde", wer war je Hygienewart der Klasse oder hat den Tag des Kindes gefeiert? Wer wusste, wie Mauxionschokolade schmeckt? Wer konnte Lenins Lieblingslied singen, wer hatte die Ode an Stalin gelernt? Wer kannte Werner Seelenbinder und Täve Schur? Wer hat Wandzeitungen geklebt und Kartoffelkäfer gesammelt? Was wussten sie schon von Karl Liebknecht und Rosa Luxemburg? Was von der Internationalen Brigade in

Spanien, dem Thälmann-Bataillon? Teddy Thälmann mit seinem weiten Gesicht unter der Schirmmütze. Welche Halbwüchsige hätte nicht über seinen Tod geweint?

Und all die Aktionen, die nicht bloß Plackerei waren, sie waren auch Spaß. Wer hat auf offenen Lastwagen miteinander gelacht auf der Fahrt zu den Ernteeinsätzen? Rüben ziehen und Kartoffeln häufeln, Garben binden und dreschen: früh knochenschmerzende Arbeit und am Mittag die mit Heißhunger genossene Mahlzeit.

Was für eine Liste, sagte Eric. Und sicher hast du recht, die Kindheit verschwindet in einem schwarzen Loch, wenn keiner da ist, mit dem man sie besprechen kann. Die eigene verschwindet, wenn alle von einer anderen erzählen. Henry, das war für ihn die gemeinsame Sprache, aber mit niemandem hatte er die Orte, die Gerüche von damals teilen können. Die teilte er nur mit dem unsichtbar gewordenen Fritz, mit Gabs Bergmann vielleicht, vielleicht manches mit Regine. Und wenn er sich jetzt auf den strahlenden Herbsttag besann, an dem er dieses Land für immer verließ, sind viele Einzelheiten gegenwärtig. Der Bahnhof, der in der Sonne leuchtet, auf dem Vorplatz fast schwarze Rosen mit Tautropfen auf den dunkelgrünen Blättern. Im Vordergrund lauter Glanz und Gefunkel und dahinter eine rauchgraue Ferne. Da lief ein Band vor ihm her, das Weite, das nie Gesehenes versprach. Das Verlorene schleicht nach, es folgt im Schneckentempo, braucht Monate für die gleiche Strecke. Eines Tages kommt es an, Gepäckstücke, die unerwartet vor der Tür stehen, ein Koffer, eine fast vergessene Tasche. Und weil man mit siebzehn kaum weiß, kaum wissen kann, was zum eigenen Inventar gehört, bleibt zunächst verborgen, was fehlt. Er, er hatte die Stimme seines Vaters verloren, kehlig und tief aus dem Bauch, und er hatte *Schönheits* Lachen verloren, ihr Lachen, das vor den Fenstern, vor der Tür zu hören war, wenn er früh seine Liegestütze zählte oder seinen Expander traktierte.

Und schlagartig quälen einen Kleinigkeiten, die man vorher nicht einmal beachtet hat, machte Regine sich bemerkbar.

Lass mich raten, sagte Eric. Die Pausenbrote könnten ein Beispiel sein. Wer sich allein versorgen muss, hat keins, oder ein sachliches. Man sieht den anderen nicht ohne Gier in den Mantelsack, wenn der Gong zur Mittagspause ertönt. Und die anderen, sie öffnen ihre Kitbox und packen kleine Kuchen oder Plätzchen aus, die nicht nur nach Vanille riechen; sie riechen nach zuhaus. Regine nickte. Ich habe immer meiner Banknachbarin zugesehen, wenn sie ihre Frühstücksdose öffnete. Manchmal fand sie neben dem Klappbrot und dem Apfel eine Marzipanfigur, von ihrer Mutter geknetet und bemalt. Sie beschnupperte das Figürchen demonstrativ, bevor sie zu knabbern begann.

Die Wonnen des Selbstmitleids, sagte Eric. Wer kennt sie nicht? Für mich hat erst der Krieg die Phase des stillen Lamentos beendet. Ich habe mich freiwillig zu den Fliegern der Royal Army gemeldet und fühlte mich aufgehoben. Aufgehoben in einem strikt geregelten Leben, den täglichen Schrecken inbegriffen. Die Befehle, die Flugstunden, die Einsätze; ich hatte keine Muße mehr, Fragen zu stellen oder über Verluste nachzugrübeln. Im übrigen, ein sehr erfolgreicher, ein sehr prominenter Emigrant erklärte mir irgendwann: Anfangs habe er sich wie ein abgehackter Baum gefühlt, er brauchte Jahre, um wieder zu blühen. Dieser Satz hat mich sofort überzeugt. Regine lächelte ihn nachdenklich an und zog ihre Jacke zurecht. Vor die Sonne hatten sich Wolken geschoben und ein unfreundlicher Wind zauste ihnen die Haare.

Gehen wir in die Stadt, sagte Eric und sprang entschlossen auf. Besuchen wir Gabs Bergmann. Klären wir, was aus meinem Freund Fritz, was aus deinem Mohrle geworden ist. Die schlimmsten Geschichten, glaub einem alten Mann, die schlimmsten Geschichten sind immer die, die man nicht zu Ende bringt.

15

Regine lief mit flammender Mähne vor ihm her, als sie den Deiwel wieder hinab stiegen. Sie war einsilbig geworden.

Unten in der Stadt hatten Schausteller Buden für die Frühjahrskirmes aufgeschlagen; auf dem Tuchermarkt drehte sich ein Kinderkarussel und der Duft gebrannter Mandeln mischte sich mit dem nach Thüringer Bratwürsten. Regine zeigte mit ausgestrecktem Finger auf zwei, die mit halb verbrannter Haut auf dem Rost lagen, ließ sie in Brötchen legen und mit Senf bestreichen. Eine meiner Kinderfreuden, sagte sie. Nirgendwo auf der Welt schmecken Bratwürste besser als hier.

Sie schlenderten kauend zu Bergmanns Haus, verweilten da und dort vor einem Garten mit dunklem Flieder, zögerten noch vor dem Eingang, zögerten, den Klingelknopf zu drücken und drangen doch bei ihm ein; sie mit dem zweifelhaften Recht der Jüngeren, er mit dem zweifelhaften Recht des Moralveteranen. Ein schwerer alter Mann öffnete ihnen, das weiße Haar über der gebräunten Stirn nass von der Dusche. Sie hatten ihn bei einem späten Frühstück gestört; er hielt die Honigsemmel noch in der Hand, als er die Tür aufsperrte.

Erich, sagte Bergmann ohne jeden Aufwand, als hätten sie sich erst vor ein paar Tagen getrennt. Neulich war ich gezwungen, endlos in meinen Erinnerungen rumzukramen, bis mir dämmerte, wer du sein könntest. Der Freund von Fritz, der kurz vor dem Krieg verschwunden ist. Eine glückliche Entscheidung. Mein Bruder hat die falsche getroffen und musste teuer dafür bezahlen. Das weißt du bestimmt.

Nein, das weiß ich nicht. Eric räusperte sich und während er hustete und nach einem Taschentuch suchte, sprach Bergmann weiter, über die Pause hinweg.

Beim Rückzug von der Ostfront. Und die hier, die ist nun auch erwachsen, sagte er in Regines Richtung. Der alte Kern hat euch zusammengebracht. War stets ein Fuchs, vielleicht ein Wolf. Nur geheult hat er nicht, hielt sich sorgsam bedeckt. Die allerdings, genau das Gegenteil. Konnte die Gusche nicht halten und wer ihr zu nah kam, geriet mit in den Strudel. Bist verdammt schweigsam geworden, mei Gutste.

Eine geschickte Eröffnung des Spiels; die Rede blieb lange bei ihm. Eric sah auf Bergmanns Mund, einstmals volle rosige Polster. Ein ausführlicher Mund, inzwischen zusammen gekrochen, die Winkel umgeben von feinen entzündeten Rissen. Zucker. Der Tisch voller Kuchenkrümel und Honigspuren; eine benutzte Kuchengabel neben einem großen Stück Eierscheck. Hier hatte sich einer selbst zum Tode verurteilt. Und während Eric Bergmanns Rede folgte, einer Rede in Regines Gesicht, spürte er sie neben sich, warm, mit aufgeregtem Atem.

Was kann ich dafür, dass dir deine moralinsauren Ahnen die notwendigen Abkürzungen des Alphabets nicht beigebracht haben? fing Bergmann an. Was konnte mein Sohn dafür? TKA, traue keinem anderen. Das ABC des Verrats, das jeder zu lernen hat, wenn er durchkommen will. Ich, ich musste es lernen. Wie viele aus meiner Generation. Frag' den da. Der wird auch ein paar Kürzel kennen, sonst stünde er nicht lebend vor mir.

Nein, das hatte ihr keiner gesagt, sie mit einer Kleinmädchenstimme, die Eric nicht ausstehen konnte. Und noch piepsiger: Wie geht es Ihrem Sohn, wie geht es Mohrle?

Habe ich ihn versteckt? Spielen wir Tatort oder irgendeinen anderen Schrott, den euer Fernsehen liefert? Gut, spielen wir es durch, damit du Ruhe gibst. Ich habe ihn nicht. Ich konnte ihn nicht halten. Es trieb ihn um. "Die Wolken ziehen gen Westen". Mit diesem romantischen Quark, für seine Mutter auf den Küchenblock gekritzelt, hat er sich davongemacht, zwei Monate nach seinem Abitur. Bergmann massierte seinen Kopf mit den Fingern, als hätte er einen bösen Kater zu bekämpfen. Unter seiner gebräunten Haut sah er angegriffen aus, die Bräune eine Art Make-up über krankenblasser Haut. Aber dann rappelte er sich wieder auf und schoss beinahe schreiend auf Regine zu. Mit einem einzigen Griff fasste er ihre Unterarme und redete auf sie ein.

Ein Duett mit einseitiger Verteilung der Stimmen. Bergmann sprach zu Regine und Eric hörte kommentarlos zu, was Bergmann von Mohrles Sprüngen zu berichten hatte.

Dass Mohrle prompt sitzen geblieben sei, nachdem Regine in den Westen gegangen war, in den Goldenen Westen abgezwitschert, wie Bergmann sich ausdrückte. Habe ihn einige Zungenfertigkeit gekostet, seinen Sohn auf der Schule zu halten. Mit einer abgängigen Freundin und Leistungsversagen in sämtlichen Fächern war Bewährung in der Produktion angesagt. Jutespinnen. Nicht schlecht, was? Er habe Wochen und eine Menge Geduld gebraucht, um das wieder auszubügeln. Mohrle durfte auf der Schule bleiben. Bergmann war leise geworden, er sprach inzwischen eher für sich als für seine Besucher, monoton, als bete er eine nur ihm bekannte Litanei. Plötzlich schien er sich zu besinnen und hob erneut die Stimme gegen Regine.

Und, fragte er nicht ohne Hohn, ist der Grundwiderspruch beseitigt? Habt ihr jetzt, was ihr wolltet? Gibt es jetzt Bildung für alle? Nicht mal Arbeit für die, die arbeiten wollen, und wenn überhaupt, billig wie Dreck. Und mit einer flinken Drehung zu Eric: Ich kenne meinen Voltaire, und ich gehe davon aus, du auch, Erich. Menschen möchten auf ihre Weise nützlich sein. Schon die Kleinsten, wenn sie denn ihre Klötze auf den Fußboden setzen, um Türme zu bauen, sie wollen etwas Richtiges tun. Häuser hochziehen, Kräne schwenken, mit Flugzeugen in den Himmel schneiden. Und neuerdings dürfen nicht einmal Erwachsene arbeiten. Ich sehe sie rumlungern, unnütz geworden. Ich kenne sie noch von früher. Manche von ihnen hatten Gold in den Händen. Nichts war ihnen zu schwierig. Sie hatten kaum etwas an vorgefertigter Technik, sie hatten einfach das Gewusstwie, das aus Hirn und Spucke wer weiß was macht. Und heute könnten sie sich ihre Hände abschlagen; keinen würde es stören.

Bergmann setzte sich, seine Finger zitterten. In seinem Sessel sah er gebrechlich aus, einer, der sich nicht mehr wehren kann. Regine dagegen, sie hob ihre Arme hinter den Kopf und dehnte sich, als wollte sie ihre Brüste unter dem knappen Jäckchen prahlerisch präsentieren. Kein Kätzchen mehr, nein, eine Pfauin, die ihr im Saftstehen, ihr schau her, ich bin jung, schamlos vorstolzierte.

Der Alte in seinem Sessel bedachte sie mit einem langen Blick. Ich brauche dringend meine Spritze, sagte er. Und nach der Spritze brauche ich mein Sofa. Gehen wir heute abend in den *Goldenen Reiter*, Erich. Und die da mit ihren Feuerlocken, die kannst du mitbringen, falls sie wirklich erwachsen ist.

Regine und er kletterten die ausgetretenen Steinstufen vor Bergmanns Haus hinunter und gingen schweigend zurück in die Stadt. Wäre sie seine Frau, sie käme um eine Gardinenpredigt nicht herum. Worauf willst du hinaus mit deiner Inquisition? würde er sie fragen. Soll man ihm die Folterinstrumente zeigen? Soll er im Fernsehen ausgestellt werden? Sein Bild in den abgedunkelten Wohnzimmern, und die Vereinten Nationen der Voyeure, sie aalen sich in ihren Couchecken und belauern, wie der Angeschwärzte nach Atem schnappt oder wie er lügt, wie er faselt. Sie belauern, wie seine Eingeweide nach dem Ungeheuer abgesucht werden. Dabei ist das Gefährlichste an ihm der Wundbrand, der sich unweigerlich ausbreiten wird, wenn er weiter seine Honigsemmeln und seinen Kuchen schlingt. Ein brandiger Mund, schleppende Beine. Längst ausgemustert und kurz vor dem Abgang. In der Art würde sie gehen, seine Rede, wenn er ein Recht dazu hätte. Hatte er aber nicht, denn Regines und seine Beziehung, sie war nicht mehr als eine jener seltenen Orchideen, die für gezählte Stunden blühen, eine Nacht, noch eine, vorbei. Er sah aus den Augenwinkeln nach ihr. Sie schwieg neben ihm her und zerrte an ihren Haaren.

Nach wie vor ein gerissener Maulfechter, wenn auch halbtot, meinte sie unvermittelt.

Schwer zu verstehen, was du gegen ihn hast, sagte Eric. Er, er hat dich doch gemocht, oder? Sehr gemocht. Ein Mann sieht übergenau, wann und warum die Augen anderer Männer aufblitzen. Es ist wie die Witterung, die ein Hund aufnimmt: lebendiges Fleisch. Und diese Witterung, die hat er noch immer, wenn er dich ansieht. Vermutlich hatte er damals, vor mehr als tausend Jahren, ein Auge auf dich geworfen und dann kam es. Dein strahlender Blick, der galt nicht ihm, er galt dem Sohn. Eine neue, eine irritierende Erfahrung. Und die verdammte rote Hexe war auch noch widerborstig. Sie schien ihn aufzuwiegeln, den bisher anschmiegsamen, den bisher fügsamen Sohn. Sie schien ihn zu verändern und wohin das führte, wer konnte das wissen? Dabei war es nur die erste Liebe, die erste Leidenschaft, die den Sohn um und um drehte. Allerdings, wer kann das schon trennen, wenn sich diese Hormonvergiftung am eigenen Esstisch abspielt?

Sie gefiel ihm wieder mit ihrer trockenen Replik: So viel hast du noch nie von deiner Familie erzählt.

Sie waren unversehens am *Dicken Turm* gelandet, einem zweistöckigen Wachhaus neben der Stadtmauer, das abends die jungen Paare anzog. Hinter dem Turm ein Biergarten; Kastanien mit ihrem hellen und rosigen Schaum. Regine und er steuerten auf den letzten freien Platz zu, einen aufgebockten Brunnenstein, an dem zwei Klappstühle lehnten. Eric ging in den Schankraum, um Bier zu bestellen. Als er in den Garten zurückkam, hatte Regine ihr Haar auf Hochglanz gebürstet und ihre Lippen nachgezogen. Und sie lächelte sogar. Als das Bier kam, hob sie lachend ihren Krug.

Rote Brause war das in meiner Kindheit, in einem riesigen Glas. Und ja, die Geschichte mit Bergmann könne man auch anders sehen. Wenn sie den Film prüfe, der in ihrem Kopf läuft, wenn sie versuche, die Bilder scharf zu stellen, gäbe es Szenen in strahlendem Licht.

Anfangs war Regine nichts weiter als die Schulfreundin von Bergmanns Tochter Erika. An einem schulfreien Morgen Frühstück bei den Bergmanns, eine Mahlzeit, die sie nie vergessen würde. Butter, die von den warmen Semmeln tropfte, Bienenhonig und Erdbeermarmelade, Käse und Wurst an einem simplen Wochentag. Auf einem flachen weißen Porzellanteller sechs Pfirsiche. Sie wagte nicht, etwas zu nehmen. Greif zu, habe Bergmann gesagt, nimm nur, und als sie zauderte, lud er ihr eine Portion Aufschnitt auf den Teller.

Bist wohl die Steinsche? fragte er. Ihr Vater hätte die gleiche rote Kappe gehabt. Tue ihm leid, dass er nicht aus dem Krieg zurückgekommen sei. War begabt, wär' was geworden im neuen Staat. Sei gewiss nicht leicht für ihre Mutter.

Seit jenem Tag war sie häufig bei Bergmanns zu Haus und ihre Mutter, sie habe es nicht gern gesehen. Schließlich ist er Genosse, sagte Regines Mutter. Kam aus dem Krieg zurück und ist flink in die Partei eingetreten. Und vorher, da waren sie auch Genossen, in einer völlig anderen Partei. Das haben die Leute nicht vergessen. Sein jüngerer Bruder, der Fritz, sei nicht nur in der Partei, er sei in der SS gewesen, ein ziemlich wilder Nazi. Und es würde noch mehr gemunkelt über die Bergmanns. Der Vater von Gabs und Fritz soll russische Gefangene in seinem Steinbruch beschäftigt haben. Dass er deswegen in Buchenwald saß, wissen die meisten in der Stadt. Kein Wunder, dass Gabs nach seiner Rückkehr aus Sibirien blitzschnell die Seiten gewechselt hat. Außerdem, die netten Extrarationen, von denen das Fußvolk nur träumen kann. Die müssen nie vor einem Laden Schlange stehen, wenn etwas Besonderes geliefert wird. Die haben ihre verschwiegenen Kantinen, ihre Sonderzuteilungen. Die kriegen 'Kascha' und 'Pajok', und Regines Russisch und ihr Kopf sollten reichen, um sich darauf einen Reim zu machen.

Trotzdem ging sie bei Bergmanns ein und aus, und, ja, der alte Bergmann mochte sie. Er mochte sie sehr. Es gab glückliches Gelächter und hitzige Diskussionen, meist über Bücher, und manchmal lieh er ihr das eine oder andere. Aus dem Giftschrank, habe er gesagt und sie verschwörerisch angelächelt.

Ein eigenartiges Sammelsurium von Titeln, manche Bücher mit Sicherheit an der Zensur vorbei geschmuggelt. Woher hatte er das? Als Kind habe sie nie darüber nachgedacht. Ein Mann, dem Butter und Honig von der warmen Frühstückssemmel tropfte, der vor Lachen beben und mit der Stimme dröhnen konnte, der die Kinder und deren Freunde mit einem alten Kabriolett disputierend, gestikulierend durch die mit Apfelbäumen bestückten Alleen des Bezirks kutschierte, und zur Kaffeezeit in einer der alten Wassermühlen Käsekuchen vom Blech und rote Brause, und schon zwei Tage darauf in der Volkskammer in Berlin, ein solcher Mann also, warum sollte der nicht auch Bücher haben, die andere nicht besassen?

Der Glanz der Macht, sagte Eric. Und hast du das noch nie bedacht? Noch nie bedacht, wie schwer es ist, Macht zu verlieren? Wie man Gefahren wittern und Abweichungen bekämpfen muss, wenn man die Sonderrolle nicht aufgeben will. Die Provinzkönige mit ihren kostbaren Vorrechten. Mit dem täglichen Bad aus Beachtung und Zustimmung. Den beträchtlichen Vergünstigungen, die schnell entzogen werden können. Und was weiß ich, was sonst noch zur Kontrolle in einem kranken System gehört. Strafversetzt werden, sich an einem Fließband wiederfinden? Eintönige Knochenarbeit, wenn der Kopf mit anderen Fragen beschäftigt ist? Wer hält dem schon stand? Wer kann für sich garantieren? Und etwas von dem Glanz hast du doch abgekriegt, oder? Und ein Stück Vater auch?

Ja, sagte sie. Ja, das ist richtig. Ich sehe ihn noch vor mir. Damals ein fester, ein quirliger Mann, dessen Bauch jede Jacke sprengte, dessen Flagge aus braunem Haar steil über der ständig gebräunten Stirn stand. Die frische Luft, sagte er. Wenn er nicht in der Volkskammer saß, hat er Häuser gebaut, ist draußen auf Gerüsten herumgeturnt. Und wenn ich heute bedenke, wie er war, schnelle Rede, schnelles Lachen, schneller Zorn, ein verdammt gefährliches Tempo für ein System, das vorsichtige Sätze verlangte.

Was wirfst du ihm denn vor? Was hat er dir denn getan? fragte er. Oder hat er nur etwas unterlassen? Unterlassen, deinen 'Weißen Ritter' zu spielen?

Regine lachte etwas zu laut und schwieg eine nicht unerhebliche Strecke.

Du kommst mit der Geschichte nicht zurecht, weil du ihn ganz falsch siehst, setzte Eric nach. Oder besser: Du führst nicht ihn vor, du führst dich vor. Wie wir es häufig tun, wenn wir uns im Dickicht unserer Kindheit verirren und den Ausgang nicht entdecken können.

Regine hatte ihre Tasche geschultert und war aufgestanden, noch während er sprach. Sie lief so rasch davon, dass der Kies zur Seite spritzte. Ansichtskarten kaufen, wie sie schmallippig verlauten ließ.

Er sah ihr nach und dachte an Bergmanns glänzende Augen. Bergmann und die Geschichte eines alten Mannes, für den die politische Wende viel zu spät gekommen war. Eine Jugend hinter dem Fadenkreuz eines Gewehrs, ein Studium mit Notrationen, mit in Zeitungen eingewickelten Briketts, in gewendeten Militärmänteln, mit Pulswärmern und der Atem gefror am Mund. Folgte die Phase des Aufbaus, der fast schüchterne Wohlstand, und irgendwann dieses monströse

Bauwerk, die Mauer. Die Falle war zugeschnappt. Wahrscheinlich hätte Bergmann all die Bücher gelesen, die Eric geprägt haben, wenn er nur gekonnt hätte. Wahrscheinlich hätte er Chicago und New York zu seinen Wallfahrtsorten gemacht, hätte die spröde Kühle des Bauhausstils weiterentwickelt, wenn man ihn nur gelassen hätte. Was die Mächtigen wollten, war verordneter Protz oder verordnete Nützlichkeit. Was Bergmann wollte, konnte man an der Innentreppe in seinem Haus erkennen, eine kühne Fächerung des Raums, um die ihn Ett ohne Zweifel beneiden würde. Eric seufzte bei dem Gedanken an Ett; er hatte sie bisher nicht ein einziges Mal angerufen.

Regine kam zurück; sie lief munter und sehr aufrecht den schmalen Weg entlang und die Blicke anderer Männer folgten ihr. Ihre Absätze hallten auf den Holzbohlen, die als Stege über dem Kies lagen. In der linken Hand schwenkte sie eine Menge Ansichtskarten, auf denen ein Fachwerkhaus prangte. Ich habe dir drei mitgebracht, rief sie in seine Richtung.

Er sprang auf, bevor sie den Tisch erreichte und rückte ihr den Stuhl zurecht. Sie schob ihm die Karten hin, holte einen Kugelschreiber heraus und hielt unvermittelt inne. Ein Paar bei einem Wochenendtrip, kartenschreibend, sagte sie. Und wurde sehr ernst bei den Sätzen, die kamen, Sätze, die sie im Stillen vorbereitet haben musste.

Wäre Mohrle ein Moslem mit dunklen Augen und dunklem Skalp gewesen und ich eine blonde Christin: die meisten hätten das Taschentuch gezückt. Verbotene Liebe, dazu Rassismus und Sexismus, das sind die Realitätspartikel, aus denen heute die politisch korrekten Balladen zusammengesetzt werden. Die Bestandteile meiner Geschichte hingegen, sie kesseln nicht, wie die Youngster sagen. Das sind die schäbigen Reste eines abgenagten Knochens, auf dem mal Ost-West stand. Wen kann unser bisschen Leben schon interessieren?

Jetzt war er es, der schwieg; jetzt war er es, der nach einer Antwort suchte.

Sorry, red lady, sagte er nach einer Weile und strich ihr behutsam über das rote Haar. Und noch einmal: sorry. Anscheinend habe ich zu wenig darüber nachgedacht, was mit euch geschehen ist. Vielleicht habe ich mich vorgeführt, als ich meine 'Große Rede' hielt, mich und meine Unduldsamkeit. Wer mit meiner Biografie kann davon ausgehen, dass ihr wie andere seid, dass ihr normal seid, um ein besonders schreckliches Wort zu benutzen. Weißt du, wann du dich normal fühlst?

Regine lutschte an einer nicht angezündeten Zigarette, die rote Mähne wie einen Vorhang um sich herum. Endlich legte sie die Zigarette weg und kam aus ihrem Versteck hervor. Sie sah ihn mit einem schwer definierbaren Lächeln an.

Im Moment fühle ich mich keineswegs normal, sagte sie und versuchte vergeblich, die braune Farbe aus ihren Augen zu reiben. Ich fühle mich ein bisschen verliebt, ein bisschen betrunken, ein bisschen einsam, ein bisschen beyond. Und ihr Mund, noch vorhin schmal, beinah nach innen gezogen, sah jetzt so warm und verlockend aus, als passe er wunderbar auf einen anderen Mund.

Ein einziges Mittel, das alles kuriert, flüsterte er in ihre Augen, und dann liefen sie los. Sie rannten die Goethestraße hinunter, sie rannten an der nachmittagsstillen Schule vorbei, sie stürmten das Hotel mit fliegendem Atem, sie flogen die Treppe hinauf.

Wie Studenten, sagte Eric.

16

Das Telefon hatte vermutlich viele Male geläutet, als Eric auffuhr und nach dem Hörer griff.

Ein Telegramm für Sie, sagte eine Frauenstimme. Es liegt seit zwei Stunden an der Rezeption.

Wie spät ist es? fragte Eric.

Zehn nach zehn, antwortete sie. Gerade haben wir beschlossen, Sie zu wecken.

Danke, sagte Eric und fasste sich an den dröhnenden Schädel. Die Quittung für den vergangenen Abend, den Abend mit Bergmann und Regine im *Goldenen Reiter*. Und nachdem im *Goldenen Reiter* das letzte Bier ausgeschenkt war, hatten sie sich zu Bergmanns Haus aufgemacht, zu dieser Nacht ohne Ende, bis der Himmel weiß in den Fenstern stand und selbst die Nachtigallen verstummten, die ringsum in den Dornenhecken wohnten. Gegen halb sechs verschwand die durchsichtige Helle des Himmels hinter einem ebenso durchsichtigen Blau. Als sie gingen, hatte Bergmann an der offenen Haustür gelehnt und Regine eine Kusshand zugeworfen.

Auf heute Abend, hatte er hinter ihnen her geschrien. Ab Neun im *Goldenen Reiter*, hatte er geschrien. Ihr wisst ja, in welcher Ecke ihr mich findet. Und Regine und er waren die abschüssige Buchenallee hinunter gewankt, immer dicht an den Bäumen entlang, die im Morgenwind rauschten und tropften. Wie er den Marktplatz überquert hatte, wie er in sein Zimmer gekommen war, konnte er nicht mehr genau erinnern. Regine musste ihn abgeschleppt und in sein Bett gepackt haben, so, als sei er ein kleiner Junge und sie seine angestammte Mutter.

Sind Sie noch da? Hören Sie mich? das war wieder die Frauenstimme.

Sicher, wiederholte er.

Sollen wir Ihnen das Telegramm vorlesen? fragte sie.

Nicht nötig, erwiderte er und begriff zum ersten Mal mit einem eisigen Schrecken in der Gegend von Brust und Bauch, dass da draußen etwas geschehen war, was ungeteilte Zuwendung verlangte. Draußen, außerhalb dieser kleinen Welt, in der er zur Zeit wieder hauste, so selbverständlich, als sei er nur für Tage weg gewesen.

Ich komme in einer halben Stunde an der Rezeption vorbei, sagte er mit geschärfter Aufmerksamkeit.

Okay, sagte sie.

Er sprang aus dem Bett, riss beide Fenster auf und bog sich für einen Moment gegen die Maisonne, die durch die Wattewolken drang. Er versuchte zu atmen, versuchte klar zu denken, fühlte nichts als seinen dröhnenden Schädel und ging unter die Dusche. Lange das heiße, lange das kalte Wasser.

Nach zwanzig Minuten saß er im Foyer des Hotels und las im hellen Tageslicht die Nachricht, die Henry ihm geschickt hatte. Er war so verwundert, dass er die wenigen Zeilen zunächst für einen Scherz hielt. Seine Augen wanderten über den Text, so, als müßte er lesen lernen. Schließlich las er Buchstabe für Buchstabe, Wort für Wort.

Ett letzte Nacht von Einbrechern schwer verletzt. Lage kritisch. Es folgte der Name einer Klinik im Ahornland. Und weiter: *Ich hole Dich ab, wenn Du mir Nachricht gibst. Henry.*

Als er wieder bei Verstand war, verbrachte er eine Ewigkeit am Telefon, um seine Rückreise vorzuverlegen. Wenn er ein Taxi nach Leipzig nahm, würde er die Mittagsmaschine nach Frankfurt erreichen und den Fünfuhr-Flug nach New York schaffen.

Er rief Henry an, blieb ohne Antwort und entschied sich für ein Fax mit seiner Ankunftszeit. Er bestellte sich einen Wagen und packte seine Reisetasche. Schon im Mantel klopfte er an Regines Tür. Kein Laut. Sie war wohl ausgegangen; sie hatten sich erst für einen gemeinsamen Lunch verabredet. Nein, diese Verabredung würde er nicht mehr einhalten können. Er ging mit seinem Gepäck die Treppe hinunter und setzte sich in einen Sessel direkt neben dem Hoteleingang. Wenn er Glück hatte, würde sie rechtzeitig auftauchen.

Das Taxi kommt punkt halb zwölf, sagte der Portier. Eric nickte. Er würde ihr schreiben müssen. Er holte seinen Notizblock aus der Tasche und beugte sich über den Clubtisch.

Ich muß zurück, schrieb er. *Ich muß. Entscheide Du, was mit dem Haus geschehen soll. Dein Erbe mehr als meins, wenn ich es richtig sehe.* Und nach kurzem Zögern setzte er hinzu: *Ich rufe Dich an, sobald ich wieder drüben bin.* Er faltete das Blatt zusammen und ließ sich ein Kuvert geben. Er steckte das Telegramm von Henry hinter sein Schreiben und holte das Sturmfeuerzeug seines Vaters aus der Jackentasche. Ein Memory, wenigstens das, dachte er und legte das Feuerzeug in den Umschlag. Nein, keinen Kommentar. Bloß keinen Kommentar.

Im Taxi trieb er den Fahrer zur Eile an; der trat mit Härte auf das Gaspedal. Das alte Vehikel schoss über die geteerte Straße und im Rückspiegel sah er die Häuser zu Miniaturen schrumpfen. Selbst der beleibte Portier, der ihm eine Verbeugung nachgeschickt hatte, wurde zu einem Winzling.

Solange sie durch den Ort rollten, hielt er angestrengt nach einem Rotschopf Ausschau. Aber alle Rotfüchse waren wie vom Erdboden verschluckt. Sie passierten die Stadtgrenze, fuhren die Alleen entlang, zwischen Feldern mit Raps und Klee, gerahmt von dunklen Fichtenstrichen. Ein heftiger Regen klatschte jetzt an die Scheiben; die Bäume flogen rechts und links zur Seite, im Nu dunstverhangen. Dann das Band der Autobahn, das ihn schneller und schneller von ihr trennte. Er wollte nicht brüten, keinesfalls. Er wollte lediglich die Fakten besehen. Die Bestände, nicht die Parolen. Und keinen Konjunktiv bitte und schon gar keinen Irrealis.

Irgendwann überqueren sie die Elster, den träge strömenden Fluss seiner Kindheit. Der Regen hatte das Gelb und Grün der Uferböschung und der Flussauen nachgedunkelt. Er konnte den kräftigen Geruch des maifrischen Grases ahnen. Zwei Männer mit kniehohen Gummistiefeln hielten ihre Angelruten in das beinahe stehende Wasser. Was sie heute so erwischen mochten? Brassen und Rotaugen, wie sein Vater und er?

Bald waren die ersten Hinweisschilder zu sehen; sie näherten sich bereits dem Flughafen. Er war in einen Zustand schmerzfreien Dämmerns verfallen, als der Taxifahrer ihn ansprach.

Seit einer Weile fährt jemand hinter uns her, sagte er in dem butterweichen Dialekt der Gegend. Früher hätte ich gedacht, se wollen se verhaften.

Eric drehte sich um, sah ein zweites Taxi und suchte nach Regines Fahne. Ein Sportcoupé drängelte sich zwischen die beiden Wagen; er konnte niemanden erkennen.

Domestic flights, sagte er, als sie das Flughafengebäude erreicht hatten. Meine Maschine nach Frankfurt startet in neun Minuten.

Er zahlte und rannte, und die Durchsage rauschte an seinen Ohren vorbei. Erst beim zweiten Aufruf begriff er, wer mit "Eric Koch, last call"gemeint war. Er schulterte seine Tasche und stürzte auf den Sicherheitscheck zu. Er zeigte gerade seinen Pass vor, als er jemanden Erich rufen hörte. Spiel nicht verrückt, sagte er sich. Take care, sagte er sich.

Erich, rief eine Frau erneut. Das konnte nur Regine sein. Er drehte sich um, und dort stand sie. Sie stand in ihrem weißen Trench, das rote Haar feucht vom Regen, den rechten Arm hochgereckt.

Ciao, Erich. Sie beugte sich vor und winkte.

Regine, antwortete er, Regine. Töricht, gedankenlos versuchte er, das Drehkreuz der Sperre in umgekehrter Richtung zu durchbrechen. Einer der Uniformierten zog ihn zurück, nahm ihm die Tasche aus der Hand, nahm ihm den Mantel ab und warf alles auf das Fließband. Er stolperte rückwärts, die Augen unablässig auf sie geheftet. Dann riss auch er den rechten Arm hoch, winkte und warf beinahe die künstliche Pforte um, in der Sensoren ihn abtasteten.

Verzeihung, mein Herr, sagte der Sicherheitsbeamte, nachdem er ihn mit täppischen Männergriffen kontrolliert hatte, Verzeihung, nu missen se oba werglich.

17

In der Maschine nach New York setzte er die Kopfhörer seines Walkman auf, ohne eine Kassette zu laden, und verharrte reglos auf seinem Platz. Selbst seine grauen Zellen schienen fast reglos. Das eine oder andere Wort, der eine oder andere Begriff leuchtete auf und verabschiedete sich wieder. Spurlos. Nichts schien zu passen, nichts zu haften, sinnlos stand eine Frage auf einer unsichtbaren Projektionsfläche, wurde abgedunkelt, verschwand. Er nahm einen Drink, als ihm einer angeboten wurde; er trank, ohne den Geschmack zu beachten. Er dachte an Regine und schalt sich dafür, dachte an ihre Augen, ihren Körper, wie er neben ihm lag, die kräftigen Beine fest an seine gedrückt, und wie ihre Haut ihn getröstet hatte. Und nun hatten sie nicht einmal neben den gepackten Koffern sitzen können, sie und er. Einen kostbaren Augenblick lang, als Puffer zwischen heute und morgen. Und keinen Satz zum Abschied, den man sich wie eine Wegzehrung einpackt und für die dürren Jahre verwahrt. Sie noch einmal das Haar aus der Stirn streichen sehen, eine Bewegung, die das Hirn für alle Zeiten fotografiert hatte. Trotzdem würde dieses Foto verblassen. Und nichts, nichts würde helfen, das wusste er. "Ich rufe Dich an", wiederholte er die letzte Zeile seines Briefes. Welch ein Unsinn. Denn was würde zusammengehören, nachdem er sich mehr als tausend Meilen von ihr entfernt hatte. Was er aus seiner Kindheit kannte, eine Stimme hinter dem Küchenfenster, und gleich darauf würde jemand erscheinen, ein Lachen, eine Bitte, eine Zumutung. Heute wurden Stimmen über Satelliten weitergereicht, transformierte Schallwellen, sonst nichts, und wenn in deinem Bewusstsein kein Bild entsteht: dein Problem.

Er orderte einen weiteren Drink. Er trank und schlief, den unruhigen Schlaf psychischer Erschöpfung. Als er erwachte, kreisten sie über London, und wenig später besetzten englische Touristen die halbleere Maschine. Inzwischen begannen die Wagen mit den Dinnertabletts zu rollen. Er tippte auf Hühnchen und lag nicht falsch.

Hühnchen konnte allerdings nur einer so zubereiten, dass der Gaumen in Festtagsstimmung kam. Sein Freund Henry. Und Henry, die gestreifte Küchenschürze über dem Bauch und die Schüssel mit dem glühendheißen Ragout wie eine Siegestrophäe vor sich hertragend, brachte sogar das Kunststück fertig, die Magerblume Ett zum Essen zu verführen.

Da hatte er doch touchiert. Da war sie geschehen, die Berührung, vor der er sich seit Stunden geschützt hatte. Jetzt half kein Ausweichen mehr. Ein leises Entsetzen hatte seine Glieder in Eis verwandelt. Irgendetwas hatte ihn eingeholt, irgendetwas, das er schon früher erlebt und in einem Whiskyrausch ohnegleichen ertränkt hatte.

"Ett schwer verletzt", sagte er sich den Telegrammtext auf. Er suchte die sparsame Aussage nach einem Schlupfloch ab, aber da gab es keins, und dass Henry eher zum Understatement neigte, wusste er zu genau. Er hätte seine beiden Söhne anrufen müssen, überlegte er flüchtig. Aber vermutlich hatte Henry dies ohnehin längst getan. Und trotzdem: er hatte nicht einmal daran gedacht. Er war in eine fremde Welt abgetaucht, in ein Leben, das sie alle kaum kannten. Das er unter Verschluss hielt, aus Gründen, die er nicht formulieren konnte. Er kam sich wie ein Hochstapler vor, einer mit einer Doppelexistenz, der Teile seiner Biografie ängstlich verbergen musste.

Ett mit ihrer fragilen Figur im schieferfarbenen Seidenkittel. Der intensive, der nachdenkliche Blick ihrer sehr blauen Augen. Ihr Lachen tief aus dem Bauch. Sie war so verdammt überlegen. Sie war so verdammt erwachsen. Oder doch nicht?

Nein, natürlich nicht. Da waren Reste von Kindheit, es waren nur andere Reste als seine. Wer war denn wirklich erwachsen? Wer hatte nicht in einem sorgfältig gehüteten Winkel die frühen Träume versteckt? Das hatte auch sie, und er hatte es immer an ihr geliebt. Ihre Treue zur "Großen Erzählung", zur Fabel, dass der Mensch des Menschen Bruder sei. Sie hielt daran fest, sie verteidigte sie und lange durfte nichts und niemand an diesen Glauben rühren. Sie hatte ihre Schulzeit auf Cape Cod mit dieser Idee verbracht, sie hatte sie eingeatmet mit der Salzluft des Atlantiks, damals, als sich Anarchisten, Intellektuelle und Maler auf jenem Flecken ein Stelldichein gaben. Und die düsteren Geheimnisse, die die europäischen Emigranten mit sich herumschleppten, diese Geschichten von Verrat und Intrige, von heimlichem Mord und offenem Terror, sie hatte sie abgewehrt, sie hatte sie lachend beiseite gewischt. Noch in ihrer Studentenbude war die Zeichnung zu bewundern, die sie als Zehnjährige vom Generalissimus Stalin angefertigt hatte. Der Generalissimus in ordenstarrender Uniform; ihr Superman, der den Faschismus bekämpft. Und jede neue Enthüllung nach seinem Tod las sie mit ungläubigen Augen. Lange konnte sie keiner überzeugen, dass diese Berichte mehr bedeuteten als die üblichen Propagandatricks im Kalten Krieg. Erst ihre Affäre mit Gregor, einem jungen Anthropologen, der seinem Moskauer Institut mühsam entkommen war, stieß sie endgültig auf die Realität der Gulags. Sie war verstummt danach, nein, nicht verstummt, leise geworden, manchmal zu leise. Nur ihre Bilder wurden ständig lauter. Vielleicht nicht lauter, sondern auf altmodische Weise eindringlich, als wolle sie in den Fußstapfen mittelalterlicher Mysterienmaler die Welt zur Einkehr bewegen. Nein, sie flüchtete nicht vor der leeren Leinwand. Sie hielt voller Angst, voller Verzweiflung stand. Sie verzichtete auch auf die preiswerten Zurechtweisungen, die allenthalben zu sehen waren. Produkte, so didaktisch, so beliebig, dass jeder mit einem Einser im Fach 'Political correctness' sie herstellen könnte. Nein, zu Betroffenheitskundgebungen vor rostigen Nägeln, vor aufgeschütteter Erde oder verstreutem Müll lud Ett nicht ein. Warum sollte sie? Ein ernsthaftes kleines Mädchen, ganz ernst vor der Leinwand, ganz ernst bei den Sitzwachen ihrer Antiatomgruppe in der Wüste Nevadas. Hatte er sie nie verstanden? Hatte er verlernt, sie zu sehen? Das allzu Vertraute, das nichts mehr sagt? Oder doch anders: Er als Spieler, der nicht mehr mitspielt? Nicht mehr teilnahm? In seine Datentabellen vergraben, spitzfindig und unerreichbar? Er würde Henry fragen müssen.

Er war erneut eingeschlafen; eine der Damen aus London weckte ihn mit einem Schlag ihres Waschbeutels, als sie den Gang zur Toilette lang stöckelte. Diesem Schlag würden weitere folgen. Er setzte sich auf und döste in die Schlange, die sich vor den Waschräumen gebildet hatte. Unten waren bereits Lichter zu sehen. Sie hatten den Atlantik hinter sich, sie würden in Kürze zur Landung ansetzen.

Fünf Uhr Ortszeit New York, sagte der Kapitän. Also elf Uhr in Deutschland. Regine wäre sicher im *Goldenen Reiter* zu finden. Allein? Wohl kaum. Wahrscheinlich sonnte sich Bergmann voller Behagen in ihrem Glanz; schließlich war die Situation geklärt.

Eine halbe Stunde später nahm Henry ihm am Flughafen die Reisetasche ab, als sei er ein gebrechlicher alter Mann.

Dein Sohn Steve will sich morgen melden, sagte Henry mit ungewohnter Knappheit. Dann fuhr er ihn in die Klinik. Eric bestaunte sein noch immer makelloses Profil, seine makellose Ruhe.

Ich warte hier draußen auf dich, sagte Henry, als er den Wagen an der Einfahrt des *Memorial Hospitals* stoppte. Bestimmt wirst du danach zu Etts Haus fahren wollen, fügte er hinzu.

Ja, das ist richtig. Aber Eric blieb sitzen, als sei er an den Sitz geschraubt; er blieb sitzen, als könnte er nicht mehr laufen. Dabei war er überwach und sein Herz schlug schnell und spitz gegen seine Rippen.

Come on, ich begleite dich bis zur Eingangstür, sagte Henry nach ein paar Sekunden intensiven Schweigens, und sprang aus dem Wagen. Eric widersprach nicht. Er ließ sich wie ein Kind an der Besucherinformation abliefern.

In den Gängen Blumenduft, darüber, dahinter der Geruch nach verkochtem Essen, Fäkalien und faulendem Eiweiß.

An der Eingangsschleuse der Intensivstation mußte er einen Kittel überziehen und die Bänder einer Gesichtsmaske am Hinterkopf verknoten.

Gleich die erste Kabine, sagte die Schwester.

Ett lag auf einem hohen Bett, das mitten in einen schmalen Raum gerollt worden war. Und außer ihren dichten Wimpern, einer Mischung aus Schwarz und Grau, hätte er nichts erkannt. Sie war zu einem weißen Paket zusammengeschnürt, das von grünen Tüchern halb verdeckt wurde. Hinter dem Bett standen Messgeräte, und Plastikflaschen rechts neben dem Kopfende versorgten sie mit einem Cocktail aus Nährstoffen und Schmerzmitteln. Er berührte vorsichtig eine nicht bandagierte Stelle ihres Körpers.

Ett, sagte er. Ich bin da, Ett. Er ließ seine Hand dort, wo er ihre Haut, ihre Wärme spürte und hoffte, dass sie ihn erkannte. Dass sie ihn hörte, wo immer sie jetzt auch war. Er starrte auf den Bildschirm, der das unregelmäßige Flackern ihres Herzens anzeigte und lauschte ihrem angestrengten Atem.

Bleib nicht stecken, wo du jetzt bist, flüsterte er. Komm wieder zu uns zurück.

Mehr als eine Viertelstunde wurde ihm nicht gestattet; eine Schwester wies ihn mit energischen Gesten hinaus. Er sprach mit dem diensthabenden Arzt und ging zu Henrys Wagen zurück.

Henry fuhr ihn zu Etts Haus. Eric war in seinen Sitz versunken, dann summte er ein Lied, das er vor vielen Jahren mit Ett gesungen hatte, als sie zu ihrem ersten gemeinsamen Weekend unterwegs waren. Es war ein italienisches Lied, das Lieblingslied ihres Großvaters, und während er nur die Melodie intonieren konnte, hatte sie in tadellosem Italienisch und mit schallender Stimme den Text geschmettert. "Bandiera rossa la trionferà" als erstes und danach, mit einem zauberhaften Glucksen in der Kehle: "Un' partigiano mi porta via".

Lange her, murmelte er vor sich hin. Henry fragte nichts. Er brauchte nichts zu antworten.

Als sie vor Etts Haus angekommen waren, stieg Henry aus und stellte Erics Reisetasche behutsam vor die Eingangstür.

Willst du einen Kaffee, einen Drink?

Nein, schüttelte sein Kopf.

Eric sah in sein Gesicht, als sähe er die von mürber Haut gerahmten Augen zum ersten Mal.

Danke, alter Buddha, sagte er.

Gib' acht auf dich, sagte Henry.

Eric winkte ihm zu und ging in das dunkle Haus.

18

Im Hausflur war ein Stuhl umgefallen; mehr war von dem Einbruch nicht zu sehen. Eric lief durch das Erdgeschoss und öffnete alle Räume. Nein, nichts. Er ging den Postkasten leeren und stieg die Treppe in den ersten Stock hinauf. Den Packen Briefe warf er auf den großen Arbeitstisch in Etts Zimmer.

In dem unbekümmerten Chaos ihres Ateliers würde er Spuren eines Kampfes kaum entdecken können. An der Dachschräge neben dem Fenster lehnten Bilder mit dem Gesicht zur Wand, eine mit leichter Hand arrangierte Ansammlung größerer und kleinerer Formate. Von der frisch grundierten Leinwand auf der Staffelei war der Schal geglitten, den sie zum Abdecken benutzte. Nein, ein nacktes Bild hätte sie nie geduldet; ihre unfertigen Arbeiten versteckte sie stets vor fremden Blicken. Der Papierkorb war umgefallen und ein Gefäß mit Pinseln lag auf dem Fußboden. Ein penetranter Geruch nach Farbe und Terpentin hing in der Luft.

Er riss die Sprossentür zur Gartenseite für ein paar Minuten auf; die Bäume rauschten im Abendwind. Dann ließ er sich in Etts Sessel fallen, in dem seit langem ein Holzwurm tickte. Die Katze rannte maunzend herbei, wetzte ihre Krallen und sprang auf seine Knie. Er berührte vorsichtig das samtige Fell ihres Kopfes und streichelte ihren knochigen Rücken.

Hungrig? fragte er. Sie sah ihn aufmerksam an und schnurrte leise. Der Wind draußen gab keine Ruhe. Unablässig hechelte er an den Fensterscheiben entlang. Eric saß in diesem tickenden Ungetüm, festgenagelt, ein Läufer, der nicht mehr laufen konnte, und hörte der schnurrenden Katze und seinem summenden Hirn zu.

Ett auf dieser Pritsche, eine fremde weiße Puppe dort auf der Intensivstation. Der Einbrecher hatte sie in einen Käfer verwandelt, einen Käfer, der zwischen Infusionsschläuchen und Kabeln reglos auf dem Rücken lag.

Ihre Frau hat bemerkenswert feste Schädelknochen, hatte der Arzt gesagt. Die Nase gebrochen, schmerzhaft, aber nicht lebensgefährlich. Die Blutung haben wir hoffentlich unter Kontrolle. Die linke Hand macht uns allerdings Sorgen. Sie wollte anscheinend ihre Augen schützen und hat dabei einen heftigen Schlag auf den Mittelhandknochen bekommen. Ende der Auskunft. Sein Funkgerät hatte Laut gegeben, der Weißkittel war mit knappem Gruß über den Flur zum Ausgang gerast. Und er war wie ein steifer alter Hund hinter dem sportiven Doktor hinaus getrottet.

Irgendwann hatten sie einen Fehler gemacht. Einen großen oder eine Menge kleine, die sich potenzierten. Wie alle, dachte er, und spürte bei diesem "wie alle" nicht die geringste Erleichterung.

Ett hatte das Haus gekauft und lange daran herumgebastelt, ein nicht endenwollendes Planen und Korrigieren. Sie hörte nicht auf, zu erweitern und zu ergänzen. Zahllose Nischen, zahllose Schlafplätze.

Das werden herrliche Sommer, sagte sie. Wir werden Spaghetti für die Kinder kochen und bis tief in die Nacht auf der Terrasse sitzen. Fast wie damals in Provincetown.

Du hättest mich gesteinigt, hätte ich dir ein Haus im Grünen angeboten. Damals wolltest du nichts als weg. Manhattan, Greenwich Village, keiner hätte dich daran hindern können. Sie hatte nicht widersprochen.

Und der erste Sommer in Etts Haus wurde tatsächlich ein herrlicher Sommer. Sie kochten und tafelten zusammen; sie feierten Chucks Examen und seine Hochzeit mit der schwangeren Dolores und die Nächte waren lauter und länger als seinerzeit in Provincetown..

Aber der zweite Sommer war ziemlich verregnet und der dritte ließ alle unter der Hitze stöhnen. Bienen und Wespen okkupierten in Scharen jedes Glas, jeden Teller und Klein-Jo brüllte, als er zusammen mit seinem Käsekuchen auf eine Biene biss, die ihren Stachel in seiner Zunge versenkte. In den nächsten Ferien ging Chuck mit seiner Familie nach Europa und Steve mit seiner Freundin nach Kanada. Ett und er hockten allein unter dem riesigen Sonnenschirm und probten schweigend das Alter.

Gegen ihren wortlosen Groll hielt er eine zu lange Rede; Chuck ist nun auch Mister Dolores, sagte er und meinte die Vorlieben seiner Schwiegertochter (berechtigt, durchaus berechtigt, gerade, weil er manches in Zweifel zog), und Steve, nun ja, er wird mal Mister Chris und mal Mister Sally sein, je nachdem, wer ihn zur Zeit begleitet.

Sie hatte aus lauter Wut ein Familienbild gemalt, das im Spätherbst auf einer Ausstellung zu sehen war. Gekauft hatte es natürlich keiner; der treffende, der gnadenlose Blick verkaufte sich nie besonders gut. Immerhin, ein Soziologe von der Columbia University hatte ein gutes Essay dazu geschrieben, das in der New York Times abgedruckt wurde. Direkt darüber ihr Bild.

"Die Auflösung" hieß der Artikel. Reichlich unscharf in seinen Augen, denn eine Institution, die nicht mehr bestand, die seit Vietnam, zumindest seit den Sechzigern als Fiktion entlarvt war, ließ sich durchaus nicht mehr auflösen. Und wie zu erwarten, hatte dieser Großdeuter die Duftmarken seiner Zunft gesetzt und eifrig mit dem Vokabular der Postmoderne jongliert. Der neue Code für die Eingeweihten, ein Limes aus luftigen Wörtern, der zwischen wer weiß welchen Gruppen unerbittlich eine Grenze zog.

Ett hatte sehr gelacht, als sie den Artikel studierte. Ihr Lachen tief aus dem Bauch. Diesmal nicht ohne Genugtuung. Denn zwei Tage danach hatte sie drei Dutzend Kopien bestellt und an sämtliche Freunde und Kollegen versandt.

Und im nächsten Frühjahr hatte sie weitergebaut, so, als sei nichts geschehen.

Was meinst du, Eric, sollen wir die Terrasse mit dem oberen Stockwerk verbinden? Eine Treppe vom Obergeschoss in den Garten?

Die Treppe zum Garten. Sie war aus diesem unverwüstlichen Holz, das alle ringsum benutzten. So weit, so gut. Wenn sie nicht eigensinnig darauf bestanden hätte, sie strahlend weiß zu lackieren. Eine weiße Treppe schwang sich zu einer kleinen Empore; dahinter die Sprossentür zu ihrem Zimmer.

Ach was, sagte sie, als er feste Läden vorschlug. Ach was, die klappern bei jedem Sturm, das macht mir Angst. Außerdem sind wir nicht in Beverly Hills, nicht einmal in New York. Dich hat diese Stadt völlig ruiniert oder war es das verrottete Europa?

Er hatte nur schwach protestiert, vielleicht, weil er gegen das Haus auf dem Lande war und nicht zugeben mochte, dass Natur ihn maßlos erschrecken konnte; die geduschte, beschnittene Natur dieses Wohnparks nicht ausgenommen. Vielleicht noch mehr, weil er sich der Tyrannei seines Gedächtnisses nicht beugen wollte. Verrammelte Türen. Eine Schlüsselszene in jenem Film, der manchmal in seinem privaten Kino lief.

Hast du die Kellertür verschlossen? hörte er *Schönheit* fragen.

Sicher doch, sagte sein Vater. Ein Dramolett jeden Abend, ein kurzes Geplänkel, er sorglos, sie beklommen.

Er hatte es oft gehört; er würde es nie mehr hören.

Kern war es, der ihm die Nachricht schickte. Als er den Brief bekam, trug er bereits die Uniform der Royal Air Force; sie flogen in Geschwadern über den Kanal und verwüsteten mit kalter Inbrunst die deutschen Städte. Bei manch einem Einsatz hatte er sich gefragt, ob das Haus seiner Kindheit noch stand, dieses Haus mit dem geräumigen Keller, der kleinen

Küche, dem Garten zum Fluss hin. Nach Kerns Brief wusste er es und er wusste noch mehr. Dass seine Bewohner daraus verschwunden waren.

Er hatte den Brief am Abend bekommen; die Post wurde vor dem Essen verteilt. Er hatte ihn gelesen, zerknüllt und wieder geglättet. Er hatte ihn ein zweites Mal gelesen und penibel zusammengefaltet. Am Ende der Mahlzeit war er mit eiserner Miene vom Tisch aufgestanden und der Whisky nach dieser Lektion hätte ganz andere Bäume gefällt. Einer seiner Kameraden packte ihn schließlich am Kragen und schleifte ihn mit Gewalt ins Bett.

Sie haben deinen Vater überfallen, hatte Kern geschrieben. *In einer Februarnacht, kurz nach dem russischen Sieg in Stalingrad. Sie haben zwei Eisenstangen aus seiner neuesten Konstruktion gerissen und sind durch die Kellertür eingedrungen. Randalierer, hat die Polizei gesagt. Und warum war die Kellertür nicht abgeschlossen? Gelegenheit macht eben Diebe; ein bedauerlicher Unglücksfall. Vermutlich hat er sich zur Wehr gesetzt; klug ist das ohne Waffe nie.*

Er stellte sich *Schönheit* vor bei diesem staatlich bezahlten Monolog und wie sie dem Beamten, den sie seit Jahren kennt, in das unbeteiligte Gesicht starrt. Nein, Widerworte wird sie nicht gegeben haben, gewiss nicht. Und was danach kam, war beinahe zu erwarten. Sie schrieb ihrem Onkel: kümmere dich bitte, und legte sich in das Doppelbett, auf Fedjas Seite, nicht ihre.

Mäusebutter, so Kern. *Sie kannte die unterschiedlichen Gifte recht gut aus der Werkstatt ihres Vaters. Wir haben sie begraben, wie es sich für Romeo und Julia gehört. Für Fedja habe ich alle Metallteile, die ich vor Eurem Haus fand, zu einem Strauß zusammengeschweißt, etwas sperrig, nicht so, wie er das gekonnt hätte. Für seine Julia haben Großmutter Clara und ich eine Birke gepflanzt. Erspare mir Zustandsberichte. Einzige Anmerkung: Das "Mitteilungsblatt der Russischen Sozialdemokratie" ist viel zu lange in Euer Haus gekommen. Solche Extravaganzen vergessen Neider nie. Und die Affidavits für die beiden, sie liegen seit 1938 in meiner Lade; sie wollten das Land nicht verlassen. Beigefügt findest Du ein paar Kleinigkeiten, die Deine Stiefmutter für Dich bereitgelegt hatte, bevor sie ihrem Fedja folgte. Ich schicke sie Dir; es sind Erinnerungsstücke an Deinen Vater. Mir war er ein Freund; ich werde ihn sehr vermissen.*

Er hatte Kerns Brief in einem wasserdichten Beutel verwahrt und jahrelang alle Gedanken daran vermieden. Erst als er mit Ett zu ihrer italienischen Großmutter nach Kalifornien fuhr, in dieses Haus mit einer weitläufigen Cantina im Erdgeschoss, fing er an, nachts wach zu liegen, wenn der Wind blies und das schwere Tor sich ächzend in den Angeln drehte. Er wurde von den ungewohnten Geräuschen geweckt, sah schlafbenommen in eine fremde Dunkelheit und dachte an seinen Vater. Wie er in einer Ecke des Kellers gelegen haben mag, neben den aufgestapelten Briketts, dem Berg Kartoffeln, den Steinguttöpfen mit Kraut und Gurken, den Horden mit Winteräpfeln. Huschten in jener Februarnacht Ratten über die Regale mit den Einmachgläsern? Schien der Mond durch das vergitterte Fenster? Und sein Vater, was hatte er noch gedacht? Was hatte er noch denken können? Er würde es nie erfahren. Er mußte "stop it" sagen lernen. Er mußte überflüssige Erinnerungsfetzen verbannen. Morgens hatte die junge Ett das nächtliche Gewölk beiseite geschoben; sie waren schwatzend durch den Weinberg der alten Signora geschlendert. Ein Liebespaar, sonst nichts. Er hatte Ett nie ein Wort von dieser Geschichte erzählt, damals nicht, bis heute nicht.

Die Katze schoss jetzt von seinen Knien hoch und verschwand hinter dem Bücherschrank; unten trommelte jemand an die Eingangstür. Eric sprang aus dem Sessel auf und lief die Treppe hinab. Etts Nachbar Mike stand vor der Tür, um Lebensmittel abzugeben.

Ett muss sie vor dem Einbruch bestellt haben, sagte er. Der Lieferant hat sie bei uns hinterlassen.

Eric sah ihm tatenlos zu, wie er den Karton leerte und Eier und Gemüse in die Fächer des Kühlschranks sortierte. Mike war einer von diesen grau gewordenen Hippies, die ihre ausgedünnten Haare zu einem Nackenschwanz verarbeiteten. Wenn er bei Ett hereingeschneit war, um über ihre Bilder und die neuesten Songs der Pop-Veteranen zu palavern, hatte er ihm nie zugehört. Typen wie er verfassten heute noch Texte im Stil von Kerouac und all den anderen Jungs, die inzwischen so anachronistisch waren wie viele dieser Generation. Wenn sie die Welt nicht mehr als Sandkasten für ihre utopischen Spiele benutzten, hatten sie sich auf die Restauration wurmstichiger Möbel und schwammzerfressener Häuser geworfen. Sie konnten Stunden von altersgebleichtem Holz, von abgewetzten Steintreppen und imprägnierten Schindeln schwärmen, als hinge davon mehr als ihr eigenes Wohlbefinden ab.

Wie geht's, Eric? fragte Mike mit bekümmerter Miene. Ett muss die Trillerpfeife noch benutzt haben, die man ihr im Frauenbüro empfohlen hatte. Ich erinnere mich dunkel an einen schrillen Ton. Ich bin zwar aus dem Schlaf hochgefahren, aber als wir beide endlich bei Ett ankamen, blieb nichts, als den Rettungsdienst zu verständigen. Die Polizei tauchte erst nach zwanzig Minuten auf. Hier, sagte er und prüfte die Dosen, Katzenfutter ist auch dabei. Ann kocht übrigens gerade unser Abendessen. Magst du nicht rüberkommen?

Drüben in Mikes Haus war der Tisch bereits für Drei gedeckt. Es gab Salat mit selbstgezogenen Sojakeimen und selbstgezogener Kresse, danach Tofubrätlinge und gebackene Kartoffeln. Sogar die Äpfel, die in Ahornsirup auf dem Vollkornkuchen schwammen, waren aus eigener Ernte.

Spalierobst, sagte Mike stolz. Dafür braucht man nicht einmal einen Garten. Mein Großvater hat mir die Technik erklärt. Fehlt als Highlight, dass die Sahne aus selbstproduzierter Muttermilch stammt, dachte Eric. Aber die Kinder der beiden waren vor Jahren in eine der Metropolen geflüchtet und schlangen todsicher blutiges Fleisch oder Mousse au chocolat, um sich für die Entbehrungen einer Grünkernkindheit zu rächen.

Er aß und starrte auf die Uhr, die über dem Essplatz hing. Offensichtlich ein uraltes Stück, sorgfältig poliertes Holz und geschmiedete Zeiger, die unerschütterlich fünf nach vier anzeigten.

Ein Erbteil, sagte Ann, die seinen Augen gefolgt war. Leider hatten wir noch keine Gelegenheit, die Unruh zu reparieren. Hundert Kleinigkeiten fressen einem buchstäblich die Stunden weg. Sie machte eine vage Geste.

Er hatte niemals danach gefragt, womit sie ihr Geld verdienten. Unwillkürlich dachte er an ein Sammelsurium. Sommerkurse in Creative Painting und Wochenendseminare mit makrobiotischer Kost. Möglich, dass er damit falsch lag, dass Mike morgens in ein Büro ging und sie in einen Shop, und abends lernten sie im Gemeindezentrum Japanisch. Er konnte sie sich lebhaft vorstellen, wie sie die Pinsel in Tusche tauchten und Bild für Bild die japanische Schrift inszenierten, andächtig, als sei mit dem Besitz dieser Zeichen eine spezielle Erleuchtung verbunden oder als wäre der schmerzhaft lange Erwerb das neue Purgatorium für informationsverrauschte Neuronen.

Aber wahrscheinlich hatten die beiden zwei, drei kleine Jobs wie Steve und sahen in ihm den Saurier, monogam in einem einzigen Beruf, sein Leben lang, und sie, die Jüngeren waren längst im Springen geübt. Und während seine Biografie in ihren Augen einen festen Umriss hatte, denn was wussten sie schon? war ihre eine wieder und wieder verbesserte Skizze. Mit Reuezügen, wie die Maler sagen. Und zum Ausgleich, zu ihrer eigenen Beruhigung werkelten sie an ihren Häusern herum. Ein Haus bleibt ein Haus, eine Leiter bleibt eine Leiter, und kleben und nageln, graben und hacken sagt ihnen etwas über ihre Hände, die sie sonst kaum mehr brauchen konnten.

Noch Wein, Eric? fragte Ann in sein langes Schweigen; sie sprach ihn beinahe schüchtern an.

Danke, sagte er zu ihr und versuchte ein Lächeln.

Sorry, ich bin nicht besonders gemeinschaftstauglich. Ich bin eher eine Tellermine, die bei einer zufälligen Berührung hochgehen kann.

Nach dem Kaffee begleitete Mike ihn zu Etts Haus und überprüfte umständlich die Ketten und Schlösser, mit denen er letzte Nacht die rückwärtigen Türen verrammelt hatte.

Sie wollte nicht glauben, dass in unserer Gegend etwas passieren kann, sagte er, bevor er endlich ging.

Im Haus war es empfindlich kalt geworden; Eric zündete den Kamin an. Später kramte er in seinem Schreibtisch nach dem Whisky, den Steve ihm bei seinem letzten Besuch mitgebracht hatte.

Steve war sein Lieblingssohn: Er mochte seine flinken Augen und genoss sein spöttisches Schweigen bei Tisch. Manchmal fragte er sich jedoch, ob dieses elegante Schweigen nicht Geiz sein könnte, dieser merkwürdige Geiz von Intellektuellen, die andere ihrer Rede nicht für würdig halten. Doch letzten Endes wurde er wohl von Angst verfolgt, der Angst, dass sein schönes Spiegelbild bei dem kleinsten Fehler einen Riss bekommen könnte. Und während Ett von den Schuldgefühlen ihrer Generation umgetrieben wurde und Chuck von den Schwankungen der Aktienkurse und er von nichts mehr, trieb Steve auf diesen zeitgenössischen Untiefen, die gestern ABC-Waffen, heute AIDS, und morgen Arbeitslosigkeit, Alter und Krankheit hießen oder alles zugleich. Und als sein Sohn ihm den Whisky in der braunen Papiertüte kommentarlos auf den Schreibtisch legte, hoffte er für eine schwache Sekunde, dass diese Geste keine Verschwörergeste war.

Nein, Alkohol war nicht sehr cool in den Augen der jungen Generation, das war ihm schon klar. Und klar war ihm auch, dass die alten Uncoolen und die jungen Coolen sich untrüglich am Gleichen erkannten, an der endlosen Feier des eigenen Ichs.

Willkommen im 'Ego Center', hätte er gern in die Luft geworfen. Aber weil er bei Steve gewöhnlich erstens und zweitens und drittens dachte, bevor eine einzige Silbe flog, war der passende Moment vorüber. Ett hatte zum Essen gerufen. Sie hatten sich um den Tisch versammelt und über Steves neueste Pläne gesprochen. Kürzlich gewesen. Lange her.

Er zog die Flasche aus der Tüte, trank einen Schluck im Stehen und setzte sich an den überdimensionierten Essplatz.

Es ist einfach die Zeitverschiebung, sagte er zu der Katze, die mit flinken Pfoten die Treppe hinuntersprang.

Eigentlich hätte er Steve und Chuck anrufen müssen, aber er traute seiner Zunge nicht mehr; der Whisky hatte sich wie ein Höllenbrand in seinem Körper ausgebreitet. Er vertagte den Anruf und kraulte die Katze, die schamlos zu ihm übergelaufen war; energisch stieß sie ihren Kopf gegen seine Hand. Dann schlief er ein, ohne das Licht zu löschen.

Er wurde wach, weil die Vögel schrien, weil er von Regine geträumt und ihr rotes Haar seine Hand berührt hatte. In Wirklichkeit war es nur der rote Schal, den sie ihm an dem Abend mit Bergmann voller Übermut um den Hals gewickelt hatte. Und langsam begriff er, dass er seit Stunden auf einem anderen Kontinent saß. Dass ihn Tausende von Meilen von ihr trennten, und allmählich erinnerte er, was sonst noch.

Er prüfte den Himmel und zog seine Laufschuhe an. Ein bis zwei Stunden, entschied er, und die möglichst sachte, dann wäre der Whisky fast ausgeschwitzt, und trotzdem würden die Nachbarn noch schlafen, wenn er zurückkam. Er trabte zwischen den Vorgärten entlang und nahm den Pfad durch das Wäldchen, das zwischen der Siedlung und dem

See lag. Ein See war es kaum, eher ein Teich, einmal darum herum und wieder zum Haus zurück, das war sein kleines Ertüchtigungsprogramm.

Das Wasser des Sees schlug leicht gegen das westliche Ufer, ein Morgenwind, der ihm den Rücken stärkte. Er lief sich ein, wurde schneller und genoss die Leere im Hirn, die unvermittelt eingesetzt hatte. Gegen sechs bog er wieder in die morgenstille Straße ein. Als er das Haus erreichte, war die Sonne über den Hang gestiegen und traf die weiße Treppe zu Etts Zimmer. Ich werde sie abreißen, noch heute, beschloss er. Er dachte an seinen Vater, der genau diesen Satz gesagt haben könnte, und er, er hätte die richtigen Hände dafür gehabt.

Nach der Dusche rief er in der Klinik an. Eine ruhige Nacht, sagte die Schwester. Eine ruhige Nacht, sagte er zu der Katze, als er ihr Schüsselchen füllte. Dann schob er die Telefonate mit seinen Söhnen nicht mehr auf. Bei Steve meldete sich die Maschine, bei Chuck die Schwiegertochter; Charles ist auf Geschäftsreise, gab sie mit ihrer zu hoch sitzenden Stimme Auskunft. Er hinterließ beiden eine Nachricht und fuhr zum Krankenhaus.

Ein Frühsommermorgen, so blau, dass die Brust sich von selber dehnte, ein Tag zum Singen. Aber plötzlich fiel ihm ein, warum er in Etts rotem Wagen saß, warum er den ungewohnten Weg einschlug.

19

Eric sortierte die Post, als Henry anrief.

Was tust du heute Abend? fragte er.

Nichts, erwiderte Eric.

Könnten wir das zusammen tun?

Ich habe darauf gewartet, dass du dich meldest. Dass du herkommst, um das Haus ein bisschen aufzufüllen.

Als Henry aus dem Auto stieg, goss Eric Rosmarinöl in die Pfanne, um Steaks zu braten.

Überlass mir den Salat, rief Henry durch das offene Fenster. Kurz darauf saßen sie vor ihren Tellern.

Was macht Steve? erkundigte sich Henry. Das war seine Lieblingseröffnung, wenn es um völlig andere Probleme ging.

Er jongliert mit vielen Bällen und hofft, dass sie keine Seifenblasen sind.

Du hättest ihm nie ein Philosophiestudium finanzieren dürfen. Du hättest wissen müssen, dass Philosophen die gerissensten Verteidiger des eigenen Egos sind. Dieser legale Schwindel akademischer Eliten. Sieh uns Zwei an. Wir stecken mitten drin. Wir, die Generation notorischer Alkoholiker und sie, die Generation der Speedschlucker, der Funsurfer und Spannungssüchtigen, wir sitzen uns gegenüber und fahnden nach Brücken, begehbaren Stegen, und alles, so ziemlich alles, was wir absondern, unter ihren überscharfen Augen wird es zu einem schnell zusammenfallenden Nichts, zur Sahneschicht auf dem konservativen Unterfutter dieser Gesellschaft. Wir haben die Garnierung geliefert. Wir haben eine Menge Schachteln hochgehalten, auf denen Soziologie, Philosophie, Pädagogik stand. War was drin? War das drin, was sie erwarten konnten? Ich fürchte nein. Wir schmeißen uns ran an diese Kids; wir rennen mit Jeans und Lederjacken rum, als wären wir so jung wie sie. Statt sie zum Denken einzuladen, wie dein alter Freund Kern so unnachahmlich geschrieben hat, biedern wir uns an. Wir bringen ihnen Kekse in die Prüfung mit und geben gute, gute Noten. Für jeden Schwachsinn gute, gute Noten. Wir führen ihnen vor, wie man lügt. Längst sind wir Mitspieler bei einem gigantischen 'Fake Festival'. Wir reisen um die Welt, very important, und wenn wir zurückkommen, packen wir vor unseren Studenten frisch gestanzte Begriffe aus. Sind wir mehr als Blasenfabrikanten? Mehr als Meinungsdesigner? Prahlerisch zeigen wir ihnen neue Horizonte und wissen genau, dass an keinem Strand das Paradies zu finden ist und dass man auf die Zukunft nicht zählen kann.

Du hast anscheinend deinen 'film noir' laufen.

Oh nein, mein Lieber. Ich sehe mir nur den akademischen Betrieb an. Ich sehe uns zu, wie wir uns durch die langen Korridore der Hochschulen schleppen, der 'homo academicus', versessen auf Wortgeklingel, versessen auf die akademischen Formen der Schnorrerei, auf Reisestipendien und Beraterverträge, und draußen kippt alles außer den 'share holder values'. Hast du dir je klargemacht, dass Rivalität und Futterneid unser Leben bestimmen? Dass die Moral des Marktes unwiderstehlich ist? Bisweilen bewundere ich dich. Weil du zu begreifen verweigerst; eine spezifische, eine sehr kindliche Form des Protests. Oder verweigerst du nur die Preisgabe deiner Gedanken?

Sie wollen den Times Square säubern, warf Eric ohne jeden Zusammenhang ein. Diesmal endgültig. Das war ein Köder, nicht ohne Gemeinheit ausgelegt, denn seit langem wusste er, dass Henry einen Teil seiner Nächte in dieser Oase für schräge Männerträume verbrachte.

Es gibt schlimmeren Schwund als diesen, sagte er. Im übrigen: Ende der Mitteilung, Themenende.

Eric schob die Teller zusammen. Henry beschäftigte sich ausführlich damit, im Kamin ein Feuer zu entfachen.

Hast du dein Leben verstanden? fragte er plötzlich. Manchmal sehe ich dieses unordentliche Knäuel vor mir und versuche vergeblich, den Faden zu finden, der alles hinter sich herzieht, an dem ich alles aufwickeln kann.

Eric bediente die Espressomaschine und holte zwei Whiskygläser, eher er antwortete.

Nein, sagte er, verstanden habe ich mein Leben nicht. Ich habe gerade gelernt, es zu akzeptieren.

Sie schwiegen gründlich von allem, sie schwiegen bestürzt und sie schwiegen in großer Eintracht. Gegen neun klingelte das Telefon.

Steve, sagte Eric. Ja, das Schlimmste ist vorbei. Ett wird durchkommen. Allerdings, die Verletzungen der linken Hand sind noch nicht ausgestanden. Ob sie mit dieser Hand wieder malen kann, ist bisher unklar. Für euch habe ich übrigens eine Überraschung aus Europa mitgebracht. Kern besaß ein Notizbuch meines Vaters. Es liegt hier und wartet auf euch.

Henry hatte sein Glas gehoben und seine Augen auf ihn geheftet.

Cheers, mein Freund, sagte er. Welch eine Kostbarkeit. Welch ein Juwel. Warum zeigst du mir dieses Notizbuch nicht? Was hältst du von einer kleinen Lesung?

Dort liegt es, sagte Eric. Wenn du dich einen Moment geduldest, hole ich eine Flasche Roten von der besonderen Qualität.

Es war ein Notizbuch in schwarzem Ledereinband.

Für Fedor Michailowitsch
zum Neujahrsfest 1922

stand in säuberlichen lateinischen Buchstaben auf dem Deckblatt. Und auf der ersten Seite:

Täglich ein paar Sätze in deutsch, Fedja!

Dahinter folgten dicht beschriebene Blätter, selten mit einem Datum versehen.

Wünsdorf bei Zossen, Ostern 1922
Als ich endlich aus dem Krieg zurück kam, hatte ich alles gesehen. Schreib, sagte mein Vater. Er konnte ohne Papier, ohne Federhalter nicht leben.

Schreiben war mir in Moskau verhaßt. Ich sah meinen Vater immer schreiben. Er schrieb bereits, wenn ich mir die Schuluniform zuknöpfte, er schrieb, wenn ich mir abends Gesicht und Hände wusch. Vor ihm ein Buch, daneben Stöße von Papier. Morgens übersetzte er deutsche Romane, nachmittags französische. Mamachen gab Privatstunden. Nachts uferlose Diskussionen mit anderen Menschewiki.

Großvaters Haus am Taganka Platz hatten sie nach einer Hausdurchsuchung verlassen. Nicht einmal ich wußte ihre neue Adresse. Geh nach Deutschland, Fedja, sagte mein Vater, bevor er mich ein letztes Mal umarmte. Schlag dich nach Berlin durch. Dort sind viele von uns. Sie werden dir helfen. Außerdem haben die Deutschen hervorragende Ingenieure.
Auf zeitraubenden Umwegen von Moskau nach Kiew. Auf dem Schwarzmarkt Großvaters Silberbesteck gegen Dollarnoten getauscht. Auf noch endloseren Umwegen von Kiew nach Berlin.

Von einem Wartesaal in den nächsten. Der einzige Vorteil: Die paar Dollars, die ich besitze, sie haben in Berlin einen beachtlichen Wert.

Im Lager in Zossen. Überfüllte Holzbaracken. Wir leben sardinendicht. Pappe oder Bretter suchen und mir einen kleinen Verschlag bauen, eine Ecke für mich allein. Um mich herum nur slawische Laute; hier werde ich zu selten deutsch sprechen. Also schreiben. Wörter sammeln.

Arbeit finden. Sich mit Lebensmitteln bezahlen lassen. Die Reichsmark verfällt in schwindelnder Bewegung. Für Kartoffeln häufeln einen Sack mit Möhren und Zwiebeln bekommen.

In der Nachbarbaracke wohnt Kostja. Er ist seit drei Wochen in Deutschland. Sein Vater ein bekannter Sozialrevolutionär, seit Monaten in Samara, irgendwo an den Rändern des russischen Reichs. Meiner steckt im Untergrund, ein Menschewik, sagte ich. Laß uns deutsch sprechen, Kostja, fügte ich hinzu. Wer Arbeit will, muß die Sprache beherrschen. Sollen die Alten von einem Umsturz in Rußland, von baldiger Heimkehr träumen.

Mai 1922

Eine weitere Gruppe Emigranten wird erwartet. Moskau hat die antisowjetische Intelligenzija ausgewiesen. Jeder Neue im Lager erzählt von Hausdurchsuchungen, von nächtlichen Verhören, von Erschießungen im Morgengrauen.

Streit mit meinem Nachbarn, der das Zarenreich verteidigte. Ein Abgrund schien sich aufzutun. Und wir schlafen Bett an Bett, dazwischen ein schmaler Gang.

Diese Mischung aus abgemusterten Offizieren, verarmten Adelssprößlingen und Anarchisten. Alle kurz vor einer Explosion. Und jeder zweite Anarchist, jeder dritte Sozialrevolutionär bildet einen eigenen Zirkel.

Ein Fest im Lager. Oberst M. feierte seinen Namenstag. Seine Tochter Jelisaweta tanzte den ganzen Abend mit mir. Ich kenne sie seit Kiew; ich hatte sie auf dem Bahnhof gesehen. Seit jener Nacht dort unten im Süden schwebte sie häufig an meinem inneren Auge vorbei. Sie springt die steilen Stufen zum Schlafwagen hinauf, sie springt mit zierlichen Füßen, das Haar als helles Gespinst um den Kopf, die Augen in sahnigem Braun.

Sie hat bereits einen Sohn, erzählte mir Kostja. Evgenij, Enju genannt. Ihr Mann war Offizier der Weißen Armee. Er fiel auf der Krim, fünf Wochen nach ihrer Hochzeit.

Konnte Bretter auftreiben, um meinen Schlafplatz in eine winzige Kammer zu verwandeln. Schützt nicht vor den Geräuschen der anderen, aber ich habe meine eigenen vier Wände.

Lisa war begeistert, als ich ihr meine Miniaturstube zeigte. Ich werde ihr helfen, eine Kammer für sich und das Söhnchen einzurichten. Ich nenne ihn Enju.

Wir waren zu Dritt am alten Torhaus und an der Festungsruine. Enju purzelte mit nackten Beinen durch das Gras. Zossen im hellen Licht, fast eine Sommerresidenz. Romantisch bröckelndes Gemäuer, Wasser und Wald. Man könnte sich eine Datscha hierhin träumen, ein Frühstück im Grünen an den Ufern des kleinen Sees. Lisa packte Brot und Gurken aus.

Lisas Husten gefällt mir nicht. Enju fängt an zu plappern. Deutsch sprechen!

Durfte eine Woche lang den Garten eines Zossener Großmütterchens hacken. Sie behandelte mich wie einen Analphabeten. Zweiwortsätze und die geschrien. Daß ich fließend deutsch spreche, hat sie einfach überhört. Für sie ein Mensch ohne Zunge. Sie taute erst auf, als ich ein russisches Liedchen sang. Ja, so wollen sie uns! Die Steppe in den Augen und eine Balaleika im Arm. Allerdings: außer Lebensmitteln habe ich Saatkartoffeln und Setzlinge für Gurken und Kürbis bekommen. Lisa will vor ihrer Baracke ein Beet anlegen.

Bin ich ein Emigrant? Ich weiß es nicht. Bisher ein Flüchtling, der auf den Koffern lebt.

Die Familie zu verlieren, habe ich mir anders gedacht. Leichter, eine Befreiung. Weg mit dem, was Fedja soll, was Fedja muß. Neue Kräfte, überraschende Fähigkeiten. Ein selbst gewähltes Leben haben. Jetzt bin ich ein Mann ganz ohne Geschichte. Keiner fragt mich: Weißt du noch? Keiner teilt Erinnerungen mit mir; die frühen Jahre verschwunden wie Regenwasser in einem Gulli.

1924

Einen Platz außerhalb dieses Barackenlagers suchen. Im Norden, im Wedding vielleicht; keinesfalls im Westen der Stadt. Gilt als russischer Vorort; Charlottengrad oder Russkij Berlin, sagen die Preußen. Neulich in einer Pension nachgefragt, weil ein Schild ‚Zimmer frei' draußen hing. Sie saßen um zwölf noch beim Frühstück: zerknautschte Lehrer, abgetakelte Generäle, Fabrikanten ohne ihr Sklavenheer.

Karikaturen. Aber der Lietzensee glitzerte durch die Bäume vor dem Eßzimmer. Schade, schade.

Endlich Fedor Dan getroffen. Ah, sagte er, als ich auf ihn zulief. Fedja, der Sohn von Michail. Weißt du, daß ich dich über das Taufbecken gehalten hätte, wenn wir keine Sozialisten wären? Er wird uns in Zossen besuchen.

Über Fedor Dan Nachrichten aus Moskau. Mein Vater soll auf den Solowezki-Inseln interniert sein. Ein Lager mitten im Weißen Meer, keine 150 Werst vom Nordpol entfernt. Speziell für Sozialrevolutionäre, Anarchisten, Menschewiki. Die Zustände schier unbeschreiblich. Und meine Mutter? Er zuckte mit den Schultern.

Dabei hab' ich den mit der Schirmmütze heimlich bewundert; ihn und Leib Bronstein, der sich später Trotzki nannte. Kerle eben. Nicht nur schreiben, handeln! Sie waren schlau. Sie hatten fast jedes Detail im Blick. Freiheit, Gleichheit? Papier für Regimegegner? Studium für alle? Ein Lacher.

Vergleichsweise menschlich hier, sagte Fedor Dan, als er meine Baracke begutachtete. Lisa hatte aus allen möglichen Zutaten Vorspeisen gerichtet, sogar Blinis standen auf dem Klapptisch. Ich hatte von einem Nachbarn Wodka besorgt. Anschließend eine Soljanka.

Eine feste Arbeit finden, mit Lisa und ihrem Sohn ein Zimmer in der Stadt nehmen. Vermutlich muß ich sie vorher heiraten. Ihr Vater wird sonst nicht zustimmen.

Ihr Husten wird schlimmer. Im Winter hatte sie häufig Fieber. Die Krim, sagte der Arzt. Oder Davos. Oder Italien.

Er schrieb die Rechnung und ging. Enju weinte. Lisa und ich, nein, da gibt es nichts zu sagen.

Mit Kostja zusammen in Tegel bei der Bruderschaft des Fürsten Vladimir gewesen. Sie betreiben in der Wittestraße Handwerksbetriebe. Was sollen wir in diesem Klima orthodoxer Schwärmer? fragte ich Kostja. Zier dich nicht, sagte er. Denk daran, daß deine Lisa und ihr Söhnchen anständiges Essen brauchen. Außer den Werkstätten gibt es Gewächshäuser und einen riesigen Garten; für Enju endlich ein Spielplatz ohne Lumpen und Gezänk. Wir sind überfüllt, hoffnungslos, so der Pförtner. Und an den Werkbänken? Nicht ein Platz frei.

Die Menschewiki geben neuerdings eine Zeitung in deutscher Sprache heraus, das "Mitteilungsblatt der Russischen Sozialdemokratie". Als könnten sie einen einzigen Deutschen für die Probleme der russischen Sozialisten interessieren.

Hin und wieder fahre ich für einen Offizier der Weißen Taxi. Bringt Geld, aber. Wie viele Sätze hinter einem kleinen Aber stecken können.

Der Pope verlangt für die Trauung eine Gebühr. Lisa hat ihren letzten Ring versetzt, den Ring von ihrem gefallenen Mann.

Was habe ich gelernt? Was kann ich mit meinen sechsundzwanzig Jahren? Erst die Schule, merkwürdiger Drill in merkwürdigen Uniformen. Nach der Schule der Krieg. Ein Gewehr schultern, einen Unterstand bauen. Wenigstens Deutsch. Zum ersten Mal bin ich meinem Vater dankbar. Sprich deutsch, Fedja. Jeden Tag beim Mittagessen die gleiche Ermahnung. Nicht der Brot, das Brot. Nicht das Affe, der Affe.

Zu gern beschwor er seine Studienjahre in Leipzig und Heidelberg. Wenn ich gelangweilt wegsah: Der Junge hat zu viel Tolstoij gelesen. Mütterchen Rußland anstelle der Welt im Kopf.

In Deutschland funktioniert alles, sagte er. Sogar die Eisenbahn. Hätte er dieses Chaos gesehen...

Seit gestern eine feste Arbeit. Als Setzer. Setze für das deutsche Mitteilungsblatt der Menschewiki. Mein Wortschatz wird sprunghaft wachsen. Gut, Fedja, würde mein Vater sagen. Glück gehabt. Mein Freund Kostja muß russisch setzen, für den "Vestnik". Sprich deutsch mit mir, Fedja.

Ein Zimmer im Wedding in Aussicht.

Trauung mit orthodoxen Zaubersprüchen und viel Wodka danach. Selbst Lisa mußte beinahe lachen. Wofür das alles? Doch nicht für uns Zwei. Statt dessen ein schwerer Heimwehanfall. Wenn meine Mutter jetzt an die Fensterscheibe geklopft hätte, so wie sie es getan hat, wenn sie von einer Reise zurückkam. Das Winken der Hand, die dunklen Augen. Ein Gefühl, das ich kaum in Worte fassen kann. Und mein Vater, wie er strahlte, wie er sie in die Arme nahm, nachdem sie den Hut abgesetzt hatte.

Nach dem Hochzeitsessen im Kabarett. Im "Blauen Vogel" in der Goltzstraße. Die Karten hatten uns Lisas Eltern geschenkt.

Anfangs ein Abend in leuchtenden Farben, die Kostüme, die Musik, die Sprache, alles glühte für mich. Es war der heiße Atem der verlorenen Erde.

Lisa begann leise in ihr Taschentuch zu weinen, und nach wenigen Sekunden weinte Enju mit. Er weinte nicht nur, er schluchzte, wie Kinder eben schluchzen, und hätte ich mich nicht um die beiden kümmern müssen, wir hätten vermutlich zu Dritt geschluchzt.

Das Zimmer im Wedding war vergeben, als ich Lisas Trennung von den Eltern durchgesetzt hatte. Also zurück in den Holzverschlag. Lisa wird dünner und dünner. Spare Geld für ein Sanatorium im Schwarzwald. Nichts scheint zu gelingen. Und von zu Haus nicht das bescheidenste Lebenszeichen.

Juni 1925

Sie sind tot, sagt Kostjas Bruder. Er will es in Moskau kurz vor seiner Abfahrt gehört haben. Ich habe zehn Briefe geschrieben, an zehn unterschiedliche Adressen. Falls einer weiß, wo sie sind. Falls einer weiß, was mit ihnen geschehen ist.

Mein Vater war ein Phantast. Warum hat er mich nach Deutschland geschickt? Hat er wirklich geglaubt, sie sagen willkommen, Fedja. Hier kannst du studieren, Fedja. Hier ist alles umsonst, wenn du dich nur anstrengst. In Wirklichkeit starren sie uns mit fischigen Augen an: Arme Flüchtlinge, weil sie arm sind, reiche, weil sie Geld haben. Und in den deutschen Journalen ausgemachter Unsinn: Allein die Zobelpelze, die wir besässen, seien 200 000 wert...

In der Zeitung für Sozialrevolutionäre ein Bericht über die russischen Lager. Zwangsarbeit, Hunger, Seuchen. Die

Redakteure rufen zum Protest auf. Ein Appell an die europäische Intelligenz. Doch wer wird diesen Appell lesen? Wer wird ihn unterzeichnen? Sie sind ja besoffen von der Idee der Weltrevolution. Sie träumen vom Gelobten Land und wollen den Blutzoll nicht sehen."Wo gehobelt wird, fallen Späne", sagen die Deutschen gern.

Oktober 1925

Unvermutet ein Lichtblick. Das Russische Rote Kreuz wird uns helfen. Ebenso die Kasse zur Unterstützung russischer Offiziere. Lisa fährt nächsten Monat in ein Lungensanatorium im Schwarzwald.

Kostja hat mir ein bezahlbares Zimmer in der Stadt versprochen. Wir Drei werden uns einen gemeinsamen Haushalt einrichten.

Das Zimmer hat einen eigenen Eingang und ein Waschbecken, einen Kanonenofen zum Heizen und zum Kochen. Das Klosett ist draußen, neben dem Treppenabsatz. Man muß die günstigen Momente eben abpassen.

Am Morgen ist Lisa in den Zug gestiegen. Ich sah sie einsteigen, so wie ich sie in Kiew einsteigen sah. Eine Wolke aus hellem Haar über dem sehr blassen Gesicht, über den braunen Augen. Viel dünner als früher, ja, und anrührend fremd in dem neuen Mantel. Werde gesund, rief ich in ihre Augen, und merkte, dass nicht nur ihr, sondern auch mir die Tränen kamen.

Abends mit Enju und Kostja in einer Berliner Kneipe. Er kaufte Enju einen Luftballon und fütterte uns mit Erbsensuppe.

Als Enju und ich heimkamen, lagen Lisas graue Handschuhe auf ihrem Feldbett. Enju schluchzte, als er in seinen Kissen lag. Ich sang ihm "Guten Abend, gute Nacht" vor, bis er einschlief. Hat mein Vater häufig für mich gesungen. Die erste Strophe konnte ich noch. Die übrigen mußte ich erfinden.

Die Hauswirtin hielt mich gestern am Arm fest: Wie heißt er denn, ihr Sohn? Erich, log ich flink und war sehr zufrieden mit mir. Der einzige deutsche Vorname mit dem Anfangsbuchstaben E, der mir in diesem Augenblick in den Sinn kam. Sicher, weil der Metteur in meiner Druckerei Erich heißt. Eugen wäre die passende Übertragung von Evgenij gewesen. War partout nicht da.

Lisas Handschrift sehr verzittert. Das Fieber will nicht fallen, schreibt sie, obwohl die Ärzte alles für mich tun. Alles, was geht, Fedja.

Kostja hat seinen Namen eingedeutscht. Constantin Stein steht in seinem nagelneuen Nansen-Pass, Constantin mit lateinischem C. Falls ich weiterziehe, sagte er. Ich lachte, weil man ihn an seiner Aussprache unzweifelhaft erkennt. Noch, meinte er.

Fedja hat zu viel Gontscharow gelesen, sagte mein Vater zu meiner Mutter. Er würde sein Leben am liebsten auf deinem Diwan verträumen, bei Tee und Kirschmarmelade. Nichts als den notorischen Faulenzer Oblomow im Kopf. Doch Oblomows Zeiten sind lange vorbei. Ich löffelte Marmelade und hüllte mich in abständiges Schweigen.

Ab und zu flimmert das Wasser der Moskwa durch meine Träume. Sommerglanz und die Schiffchen der Kinder schwimmen. Auch das alte Kaufmannshaus am Taganka

Platz ist in den Nächten wieder da. Das Haus, die Enten auf der Jausa, ihr Geschnatter im Frühling, die Kirche der Töpfer...

Was man besitzt, schätzt man nicht. Man sehnt sich nach anderem. Und heute? Stünde ich heute in der Tür seines Arbeitszimmers... Ich werde nicht sehen, wie er alt wird. Falls er alt wird.

Sein Sohn ist sehr still geworden. Fast so still wie Lisas Sohn.

Milch und Grütze, Schuhe und Jäckchen. Die Arbeit, die Sprache. Ein Land, das ich nicht begreife. An manchen Tagen einen einzigen Wunsch, die Decke über den Kopf und weiterschlafen. Den Oblomow in mir, den muß ich täglich bekämpfen.

Erich, rufe ich, und breite die Arme aus. Er sieht mich zögernd mit seinen braunen Augen an, als müßte er den Namen erst prüfen. Dann fliegt er auf mich zu.

Fedja, ich weiß nicht, wann ich wiederkomme, ob ich wiederkomme, schreibt Lisa. Ich habe die Ärzte gefragt; sie schweigen.

Die Hauswirtin hat für Erich ein Bilderbuch hervorgekramt. "Babuschka", sagt er. Großmutter, sage ich. "Dom", sagt er. Haus, sage ich. Das Spiel macht ihm Vergnügen. Und wie heißt du? Erich? fragt er und lacht mit schiefgelegtem Kopf.

Kostja zieht weiter. Nach Frankreich. Nun wirst du deinen Namen wieder ändern müssen, sage ich. Sprich französisch mit mir, sagt er.

Kostja ist abgefahren. Erich und ich haben ihn an den Zug nach Paris gebracht. Erich weinte, als er den Zug sah. Du wirst mir fehlen, Fedja, sagte Kostja auf russisch zu mir; ich kämpfte unversehens selbst mit den Tränen. Fremde Sprachen schützen, sie sind ein kunstvoller Panzer. Die Laute der Kindheit knacken ihn.

Berlin wird zu teuer für mich. Was tun?

Die Stadt leert sich. Die meisten Menschewiki gehen. Sie gehen nach Paris. Noch wird die Zeitung bleiben. Ich setze die Leitartikel, die Korrespondentenberichte. Ich entziffere die handgeschriebenen Texte, füge Letter an Letter und erfahre auf diese Weise vom eisigen Schrecken in meinem Land.

März 1926

Lisas Eltern gehen nach München. General Biskupski hat ihnen Arbeit und eine Unterkunft verschafft. Komm mit, Fedja, sagte meine Schwiegermutter. Für junge Männer wie dich wird sich leicht eine Möglichkeit finden. Nein, antwortete ich, ohne lange zu überlegen. Erich und ich, wir warten hier auf Lisa.

In München sammeln sich die russischen Monarchisten, die Offiziere der Weißen Armee; sie leben in einer vergangenen Epoche. Rückwärts gerichtet.

Nichts für mich. Wir standen zwar gegen den Terror der Bolschewiki, aber noch entschiedener gegen den Zaren. "Zwischen den Stühlen sitzen", nennen die Deutschen das.

Zum Abschied schenken sie Erich eine Sammlung russischer Märchen. Der Zarewitsch auf der Jagd nach dem Feuervogel.

Der Zarewitsch auf der Suche nach der feuerroten Blume. Die Geschichten von der Hexe Baba Jaga. Nein, ich werde ihm das Buch erst geben, wenn er erwachsen ist. Wir werden deutsche Märchen lesen; wir werden uns eigene Geschichten ausdenken.

Sonntags nehme ich Erich an die Hand und gehe mit ihm zum Bahnhof. Wir sehen den Zügen zu, wir sehen den Menschen zu, die abfahren und ankommen. Erich klettert ein Trittbrett hoch und lacht. Fahren, sagt er. Mama, sagt er, den Mund zum Weinen verzogen. Doch als ich ihm winke, winkt er mit seiner runden Pfote zurück. Das hat er sich also gemerkt. Daß sie mit einem Zug abfuhr, daß sie winkte. Übermorgen wird er fünf Jahre alt.

Komm nach Paris, schreibt Kostja. Ich kann dir einen fingierten Arbeitsvertrag besorgen. Damit bekommst du bei der Botschaft ein Visum.

Wenn sie noch leben, wenn sie mich suchen, sie würden es in Deutschland tun.

Keine Ahnung, ob meine Eltern je einen meiner Briefe bekommen haben. Ob die Adressen, an die ich sie schicke, noch gültig sind. Und keine Zeile von ihnen, seit mehr als vier Jahren.

Vor dem Zubettgehen zeichne ich für Erich die abenteuerlichsten Konstruktionen. Eine Uhr, die sich selbst aufzieht. Einen Leuchter, der zu brennen beginnt, wenn die Sonne sinkt. Eine Maschine, die Schach spielen kann. Das wäre der Himmel auf Erden. Er hingegen, er reißt die Augen auf und verlangt das Märchen vom Schlaraffenland oder das vom Süßen Brei.

Pellkartoffeln, Hering, Grütze und Mehlsuppe. Wer würde nicht von Leckerbissen träumen?

Vorgestern habe ich der Hauswirtin eine alte Nähmaschine repariert. Sie sind ein Künstler, sagte sie. Ich werde sie den Nachbarn empfehlen.

Neben der Arbeit als Setzer repariere ich jetzt Fahrräder, Nähmaschinen, Schreibmaschinen. An besonders glücklichen Tagen Autos. Die Wenigsten können sich eins leisten. Erich bei jedem Auftrag dabei. Er lacht, er plappert, die Kunden füttern ihn. Ein Apfel, eine Schrippe, neulich sogar ein Pfannkuchen. Das ist noch besser als Märchen erzählen.

Ich werde schwächer und schwächer, schreibt Lisa. Wenn ich an Dich und den Kleinen denke, ist Gehen schlimm. Versprich mir, dass du ihn behältst. Meine Eltern würden ihm das Falsche beibringen.

Nicht einmal das Geld für eine Fahrkarte, um sie zu besuchen.

Einem Nachbarn das Fahrrad repariert und Tretroller für die Kinder gebaut. Er zieht in zwei Wochen nach Leipzig. Gibt es einen Fluß dort? fragte ich. Die Weiße Elster, die Pleiße und die Parthe, sagte er. Also drei. Und Maschinenbau. Leute mit Ihren Händen sollten wohl Arbeit finden.

August 1926

Ich werde zu Lisa in den Schwarzwald fahren! Mein Nachbar hat mich einer Reparaturwerkstatt empfohlen. Den Burschen sollten sie sich ansehen, sagte er zu dem Meister. Er repariert alles, was ihm unter die Finger kommt. Werden *wir ja sehen*, brummte der. *Und fügte freundlicher hinzu: Meine Söhne sind im Krieg geblieben.*

In diesem Hinterhof, in einem baufälligen Schuppen verbringe ich jede freie Minute. Erich stets zwischen meinen Beinen. Wenn mir der Chef den Lohn für einen Monat vorauszahlt, kann ich in drei Wochen fahren.

Am Samstag früh steige ich in den Zug. Erich wird die beiden Tage von meiner Hauswirtin versorgt. Sollen wir Sie zur Bahn bringen? fragt sie. Nein, ich will nicht, dass er mich wegfahren sieht. Sie soll mich mit ihm am Zug abholen. Ankommen, umarmen. Eine neue, eine andere Erfahrung für ihn.

Lisa ist mir so fremd geworden. Was werden wir reden können?

Sie mußte liegen. Das Bett wurde auf die verglaste Sonnenterrasse geschoben. Das Fieber stieg, als ich da war. Die Aufregung, sagten die Schwestern. Zu fragen wagte ich nicht. Ihre Augen sagten, was zu sagen war.

Erzähl, Fedja, begann sie. Ich will alles wissen, damit ich an etwas denken kann.

Uns geht es gut, sagte ich. Ich bekomme bald eine Arbeit als Maschinenbauer in Leipzig. Dort nehmen wir uns eine kleine Wohnung und du kannst Französischstunden geben. Später Musik studieren. Ich redete sehr schnell. Sie sah aus dem Fenster.

Lüg nicht, Fedor Michailowitsch, unterbrach sie mich. Mit einer Ruhe, die ich nicht von ihr kannte. Lüg nicht weiter.

Du weißt, ich weiß, daß daraus nichts werden kann. Einmal in meinem Leben will ich frei sein. Zumindest darin, nicht zu lügen. Es reicht, wenn meine Eltern lügen.

Erichs Gesicht, ein kleines milchweißes Oval, leuchtete zwischen dunklen Mänteln auf, als ich aus dem Zug stieg. Erich, rief ich und winkte. Er sah sich um, ein Kätzchen, das den Raum nach dem bekannten Klang absucht. Als er mich entdeckt hatte, stürzte er auf mich zu. Blanke Augen unter dem dichten Schatten der Wimpern, das Gesicht in lachendem Vertrauen.

Ein Brief von Lisa in fremder Handschrift. Versprich mir, Erich zu hüten. Und gib ihm jeden Abend zwei Küsse. Einen von Dir und einen von mir.

Auf dem Heimweg warten Erich und ich vor Brücken, über die bald ein Zug donnern wird. Er kommt, schreit Erich mit glänzenden Augen. Er nimmt das fernste Rauschen wahr. Tsch, tsch macht er und springt in die Höhe. Dann die helle Fahne aus Dampf, die gelb erleuchteten Fenster. Er versucht sie zu zählen. Zähl die Wagen, mein Fröschlein, die Fenster rutschen zu schnell vorbei, schreie ich gegen den metallenen Lärm.

Februar 1927

Laß den Jungen in deinen Nansen-Paß aufnehmen, sagte Fedor D., als ich ihn kurz nach Lisas Tod traf. Und vergiß nicht, daß die Wahrheit für Emigranten ein Luxus ist.

Am Sonntagabend, nachdem Erich eingeschlafen war, habe ich Lisas Bild von der Wand genommen. Sie sah mich mit einem fernen Lächeln an. Noch ferner als das Schwarze

Meer, an dessem Ufer die Aufnahme gemacht wurde. Wie anmutig sie war. Man ahnt die Leichtigkeit ihrer Bewegungen, den raschen Gang mit zierlichen Füßen. Ein Engel von Fra Angelico, auf unsere traurige Erde verirrt.

Nein, keine Ikonen. Keine Trauer vor einem Bild. Ich werde es verstecken. Vor meinen eigenen Blicken verstecken.

Gehen? Bleiben?

Neu anfangen. Diesen Hexenkessel verlassen: Schlägereien, Gegröhle, Männertrupps im Gleichschritt. Ein Gewitter, das sich nicht entlädt.

Leipzig taucht wie eine Verheißung vor meinen Augen auf. Eine Wohnung für mich und Erich finden. Arbeiten, ihn zur Schule schicken. Ein unauffälliges Leben führen.

Wie sich die Maßstäbe unmerklich ändern. Wie man als Fremder nur eins will: dazugehören. Verstehen, was die anderen treiben, über die Sprache hinaus. Ihre Regeln kennen, ihre Regeln teilen. Die unterschiedlichen Welten zur Deckung bringen.

Ich muß es versuchen, Erichs wegen. Meine, seine Biographie verbergen lernen. Gerade in der Emigration muß man verschwinden. Nein, nicht im Untergrund, oh nein, sondern in jenem riesigen Land, das man Normalität nennen könnte. Wer dort lebt, ist unsichtbar.

Erichs sechsten Geburtstag mit Würstchen und Pfannkuchen gefeiert. Ein Fahrrad, aus lauter Einzelteilen zusammengeflickt. Ein angejahrter Setzkasten mit allen Zeichen des lateinischen Alphabets.

Wir haben auf dem Fußboden seine Lieblingswörter gelegt: Kuchen, Apfel, Papa, Zug und Erich. Er fing mit dem Wort Mama an. Doch als ich hinsah, als ich das Wort lesen wollte, hat er die Buchstaben schnell durcheinander gewirbelt. Zeit zu gehen. Zeit für ein neues Leben.

Ostern 1927

Morgen fahren wir nach Leipzig. Morgen. Erich saß bereits am Nachmittag auf seinem viel zu großen Rucksack. Fertig, rief er und lachte mich mit seiner ersten Zahnlücke an.

Mai 1928

Wenn sie ja sagt, werde ich sie heiraten. Ottilie, die einzige Tochter eines Goldschmieds. Ihre Augen rauchig grau. Beim Lachen werden sie dunkel. Ich habe sie an unserem zweiten Abend "Schönheit" getauft.

Schluss der Vorlesung, sagte Eric in Henrys Richtung, ohne seine Lider zu heben. Statt dessen verlor er sich in den Blättern des Büchleins, als sähe er zum ersten Mal schwarze Tinte auf weißem Papier.

Die Buchstaben, über viele Seiten hin eher müde Gesellen, kletterten bei den letzten Sätzen hoch und fest an die Zeilengrenzen, eine Schrift, mit der Fahnen geschwungen wurden. Er ließ den Rest der Blätter an seinem Daumen vorbei gleiten, leer, leer, leer, nichts, was über die Jahre berichtet hätte, die sein Gedächtnis wie ein Kleinod bewahrte. Die Sonntage in den Flussauen, die Schiffchen, die Väter für ihre Kinder schwimmen ließen, die Drachen, die im Herbstwind in den blassblauen Himmel flogen, die kreisrunden Bleche mit Eierscheck und Apfelkuchen, wenn sein Geburtstag gefeiert wurde.

Das war so lange her, das war ihm so vertraut, das war der streng gehütete Winkel seiner Erinnerung, der magische Ort, der zuhause hieß. In diesem Winkel fließt Milch und Honig für alle Ewigkeit. Nein, nicht für jeden, nein, nein. Nur für die Eingeweihten, für die im magischen Kreis.

Er sah seinen Vater, lachend, strahlend, die Schultern fest und breit, er sah ihn die Schnur des Drachens ziehen, dem sie am Vorabend die finsteren Augen, die hochmütigen Brauen gemalt hatten. Jetzt noch den Mund, Erich. Soll er lachen? Soll er weinen? Und am nächsten Tag: Fliegt er endlich? Stürzt er ab, ja? nein? Jetzt hält er durch, um ins All zu entschwinden... Jetzt schwebt am bereits dämmernden Himmel, der Drache mit den hochgezogenen Brauen, jetzt läuft auf der Wiese der Vater, fliegt fort mit dem Drachen, klein jetzt, kleiner, winzig, verschwunden. Alles gewesen im magischen Kreis.

Und seine Mutter, jene Lisa mit hanfblondem Haar, auf der Fotografie, die sein Vater im Keller vor ihm versteckte: er atmete noch einmal die zimtbraune Verdichtung der Luft, ein Duft, der die Nasenflügel voller Sehnsucht, voller Erwartung bläht.

Komm zurück aus dem Tunnel, rief Henry. Komm zurück und gesell dich wieder. Was du vermisst, ist leicht zu ahnen. Für deinen Vater war es vermutlich anders. Was kann man erzählen über das Glück?

Ja, sagte Eric. Wir zogen nach Leipzig, an die Weiße Elster, an die Pleiße. Sieben Monate darauf lernte er *Schönheit* kennen. Wir waren zu Dritt, wir waren komplett. Und, ja, du hast recht. Was soll man erzählen über das Glück?

Also gute Jahre für ihn, für dich. Komm, du Sohn eines zaristischen Offiziers, trink einen Whisky, bevor du dich weiter im Labyrinth deiner Erinnerungen verirrst. Trink, mein Freund. Manchmal hilft die kleine Hausapotheke.

Aber Eric wendete Seite um Seite. Hier, sagte er, sieh her. Noch eine Eintragung mit der Schrift meines Vaters.

Sie beugten sich beide über das Büchlein, und Henry las halblaut weiter.

Juni 1938

Was ich nicht sehen wollte, was ich als Exzesse einzelner missverstehen wollte: Terror überall. Gefährlich lange gewartet. Erich muß gehen. Weg von hier. Fort. Ich muß ihn fortschicken, damit er überleben kann. Ich muß. "Ja dolzhen". Oblomow muß endlich eine Entscheidung treffen. Versprich mir, Erich zu hüten. Ich werde ihn hüten, Lisa.

Henry blätterte um, bis sie auf die letzte Eintragung stießen. Auf der Innenseite des Buchrückens waren mit Altfrauenhand zwei Namen eingetragen und mit einem Kreuz versehen.

Fedja und Ottilie, 3. und 4. Februar 1943.

Sie seufzten beide, fast gleichzeitig, ein altes Paar, das längst den Atemrhythmus des anderen kannte.
Ja, sagte Henry. Die Schule dauert tausend Jahre. Und das Abschlussdiplom, es berechtigt zu nichts mehr. Man hält es immer zu spät in den Händen.

20

Henry war in seinem Sessel eingenickt, ein westlicher Buddha, dem die Lesebrille aus der Hand glitt. Eric bezog das Bett im Gästezimmer und drückte seinen murrenden Freund hinein. Dann stand er vor der geöffneten Haustür und starrte in die Nacht. Sein Herz klopfte, wie ein Herz klopfen soll, ein wirklich erstaunliches Gerät. Draußen begannen die Vögel zu schreien, draußen begann der Tag.

Er sah sich durch das Labyrinth irren, das Ett ihm vor Wochen beschrieben hatte, er sah sich plötzlich mit ihren Augen, ein Mensch, der rennt, der hinter einer Maske aus stoischer Ruhe rennt, weil er sich zum Bleiben nicht entschließen kann. Der rennt, wo er denn sitzt, die Bewegung mit Sorgfalt verborgen, weil nur in seinem Hirn verortet. Er musste an Fedja denken, der nicht sein leiblicher Vater war und trotzdem sein Vater wie keiner sonst. Er hatte mit ruhiger Beharrlichkeit eine Welt für sich und das fremde Kind gebaut und es zu dem seinen gemacht, mit all den täglichen Verrichtungen, die gewöhnlich nur Frauen auf sich nehmen. Und dabei gelacht und ihn zum Lachen gebracht, ein Mensch, so fest, so voller warmer Selbstgewissheit. Wie hatte sein Abschlussdiplom ausgesehen, in jener Nacht vor fünfzig Jahren?

Er würde Ett das Notizbuch von Fedja vorlesen, wenn sie aus dem Nebel ihrer Gehirnerschütterung aufgetaucht war. Er würde Abschnitt für Abschnitt lesen, und irgendwann wäre sie in der Lage zu kommentieren.

Es war kurz vor fünf, als er in das Haus zurückkehrte. Das Feuer im Kamin hatte sich in ein Häuflein Asche verwandelt; die Katze lag schnurrend auf den noch warmen Steinen. Ein kühler Morgen stand in den Fenstern; das Gras zwischen den Blumenkübeln bog sich im Wind. Er zog eine Jeansjacke über und lief in die Garage. Dort hingen die Werkzeuge, die Ett für den Garten benutzte; einen Rasenmäher hatte sie kategorisch abgelehnt. Er griff nach der Sense und machte sich an die ungewohnte Arbeit. Danach saß er auf der Treppe zu Etts Zimmer; die Morgensonne trocknete den Schweiß auf seinem Gesicht und machte ihn angenehm schläfrig. Das frisch gemähte Gras strömte einen Geruch aus, den er seit Ewigkeiten nicht mehr in der Nase hatte, seit er dem Land seiner Kindheit, den Häusern mit ihren Mützen aus Schiefer, den knarrenden Holztreppen, Vorgärtchen und Nutzgärten den Rücken gekehrt hatte. In den Kellern waren im Spätherbst Wasserleitungen einzuwickeln, nach strengen Wintern blühte der Schimmel auf den Wänden, vor Pfingsten wurde geweißelt, wurden schadhafte Tapeten ersetzt. Ein Werkeln in Haus und Garten vom Vorfrühling bis in den Winter, Beschäftigungen, die dem Wetter, dem Klima entsprachen, Gespräche, die sich um drinnen und draußen drehten, als seien sie Vögel, die Saison für Saison ein neues Nest bauen müssen. Er sah *Schönheit* mit ihrem roten Zopf am Fuße der Leiter und seinen Vater lachend auf dem Dachfirst und sich in kurzen Hosen daneben. Er sah dies in kleinen, fernen Bildern, tack, tack, rückten sie an seinen Augen vorbei, Figuren mit abgehackten Bewegungen, die Schubkarren schoben, Spaten und Eimer trugen, ein Spiel schier ohne Anfang und ohne Ende. Später, in London, in New York verlor das Leben im Rhythmus der Natur an Bedeutung. Sogar der Avocadobaum, den Ett in sein Apartment geschleppt hatte, kümmerte bemerkenswert still vor sich hin.

Eric war auf der Treppe eingeschlafen; Etts Nachbar Mike weckte ihn kurz vor neun. Er hatte sich weit über den Zaun gebeugt und berührte seine rechte Schulter.

Alles in Ordnung? fragte er.

Eric nickte und ging ins Haus zurück.

Henry stand bereits an der Küchenbar und füllte Kaffee in Becher. Er hatte Orangen ausgepresst, Brot geröstet und Rührei auf zwei Teller verteilt.

Weißt du eigentlich, dass ich ernsthaft in Ett verschossen war, damals, als wir jung waren?

Sicher, sagte Eric. Zumindest habe ich es geahnt.

Ett hat allerdings sofort gemerkt, dass ich an beiden Ufern fische. Sie hat einen erstaunlich scharfen, einen erstaunlich offenen Blick.

Ich weiß.

Du hast dich dort verliebt, nicht wahr? In diese Regine Something?

Ich knie nicht im Beichtstuhl, Henry.

Gut, gut. Erzähl' mir wenigstens von dem Haus, das du geerbt hast; erzähl mir von Kern. Sein "zu spät" ist mir bis heute nachgegangen.

Das ist eine verdammt verwickelte Geschichte. Mit einem Helden, der keiner ist. Und wenn ich es recht bedenke: er hat gar nicht vorgegeben, ein Held zu sein. Er ist es in meinem, in Regines Kopf geworden; unser unausrottbares Bedürfnis nach Selbsttäuschung. Und ich weiß schon, was du von dir geben wirst: Verdrück dich und hol das erste Schuljahr nach.

Verschieben wir die Geschichte also. Soll ich dich zu Ett begleiten?

Im Krankenhaus gerieten sie mitten in einen Schwarm von Weißkitteln, die vor Etts Zimmer die Behandlung der zerschmetterten linken Hand diskutierten.

Sie ist Malerin, mischte Eric sich ein. Und sie ist Linkshänderin.

Die Botschaft ist klar, meinte der Chefarzt. Ohne Spezialisten werden wir nicht auskommen.

Er arbeitet bereits an der Rechnung, flüsterte Henry, als sie die Tür zu Etts Zimmer passierten. Ett wurde für einen Moment wach, als er ihren Namen rief. Sie hob die Lider für zwei, drei Sekunden; die sehr blauen Augen leuchteten auf und rutschten wieder weg. Er hielt ihre Hand und summte eins von den Liedern, mit denen sie vor Jahren Chuck und Steve in den Schlaf gesungen hatten.

Ich löse dich ab, schlug Henry nach einer Weile vor und pfiff ein französisches Chanson. "Parlez moi d'amour", erriet Eric mit einiger Mühe. Very smalzy, der alte Junge.

So long, flüsterte Henry zum Abschied und ließ sich von Eric zu seinem Auto bringen.

Weißt du eigentlich, dass Peggy im Herbst nach Europa geht? Dass sie den Langweiler aus deinem Apartment heiraten will?

Brett Thompson aus Sheffield, sagte Eric. Nein, das wusste er nicht. Ein Stich in der Herzgegend, auch ein Gefühl der Erleichterung. Er atmete ein bisschen heftiger, ein bisschen lauter. "Was man besitzt, schätzt man nicht; man sehnt sich nach anderem". die Stimme seines Vaters aus dem schwarzen Notizbuch. Und alte Esel wie er, sie brauchten eben zwei Schläge, um zu begreifen. Mindestens.

Am besten bleibst du im Ahornland, so lange Thompson in New York herum geistert. Und mittwochs komme ich zu dir raus. Eine Stunde früher, damit ich für uns kochen kann. Henry als russische Amme, mit rundem Arm.

Ciao, sagte Eric und winkte, bis sein Wagen verschwunden war.

21

Jetzt wünschte er Steve herbei, Steve mit seinem spöttischen Lächeln, vielleicht sogar Chucks Frau Dolores, die mit ihrer zu hoch sitzenden Stimme Fragen stellen konnte, die keiner sonst zu stellen wagte.

Rodengrün rumorte in seinem Kopf und jene sehr befremdliche Geschichte, die Bergmann am letzten Abend im *Goldenen Reiter* präsentiert hatte. Präsentiert? Ja, vielleicht präsentiert. Und wiederum nicht. Denn sie war auch ein Teil von Bergmanns Geschichte und hing als Bleigewicht an seinem eigenen Leben.

Regine und er waren in die Gaststube des *Goldenen Reiter* gegangen. Bergmann hatte sie bereits erwartet. Nein, er saß nicht am Tisch mit den Siegerbildern, die der Wirt abzunehmen vergessen hatte. Er saß an einem quadratischen Tisch im hintersten Winkel, dem Tisch, an dem Kern Schach gespielt hatte, damals, als Fritz und er durch die Fenster spähten.

Kommt her, rief Bergmann eine Spur zu laut, als sie die Tür geöffnet hatten. Er rief durch den Gastraum, als sei er der Hausherr. Kommt her. Du kennst den Platz vermutlich, Erich, du kennst ihn, weil Kern hier oft gesessen hat. Er hatte drei Biere bestellt. Er lachte, er schwadronierte. Aber seine Augen sagten andere Sätze, und zu diesen Sätzen tranken sie sich durch.

Regine war einsilbig geworden; sie wirkte unzugänglich und selten war ein Blick aus ihren erdbraunen Augen zu erwischen.

Du weißt, Regine, fing Bergmann an, und fuhr widersinnig fort, ich muß dir was erklären, Regine. Das, was ich heute morgen angedeutet habe. Mein Sohn hat es versucht. Er hat versucht, in den Westen zu flüchten. Über die grüne Grenze von Thüringen nach Bayern. Er hat es versucht und nicht geschafft. Er schwieg für eine Weile in sein Bier.

Es war im Sommer, kurz nach seinem Abitur. Dass er nach deinem Abgang in der Schule völlig versagt hat, habe ich erwähnt. Folglich ein Jahr draufgesattelt; folglich ungenießbar. Als er seine Abschlussprüfung, als er das Zeugnis hatte, ist er einfach abgehauen. Ließ nichts weiter als eine Nachricht für seine Mutter zurück. "Die Wolken ziehen nach Westen." Schwachsinniges Gekritzel, bevor er sich an einem Montag Morgen davongemacht hat.

Und? kam es von Regine.

Was und? gab er in kratzigem Ton zurück. Was denn noch? Er hat es eben nicht geschafft. Bergmann sortierte die Bierdeckel auf dem Tisch.

Und was dein "Und" angeht, Regine: Mit welchem Recht fragst du denn? Mit welchem Recht fragt ihr beide denn? Kommt für ein paar Tage vorbei, noble Reisende aus noblen Gegenden, badet ein bisschen in Nostalgie und dampft wieder ab. Bei uns die flüchtig vernarbten Wunden aufgerissen: Schert euch das? Merkt ihr es überhaupt? Er wischte sich umständlich den Schweiß von der Stirn, ehe er weitersprach.

Weil du gefragt hast, Regine, und weil du vermutlich auf ihn gewartet hast: Alles, was wir von meinem Sohn zurückbekommen haben, war eine Urne. Ein Zinkgefäß mit Asche. Und noch heute weigert sich mein Hirn, eine derartige Schrumpfung zu begreifen.

Er schob sein Bierglas über die Tischplatte; seine Finger zitterten.

Ich kann ihn noch vor mir sehen, fing er nach einer endlosen Pause an. Ich sehe ihn vor mir. Sehr lange Beine, die graue Hose, der blaue Doppelreiher, die dunklen Locken nass zu einer Tolle über der Stirn geklatscht. So saß er am Sonntag vor seiner verunglückten Flucht bei uns am Esstisch. Geschniegelt, weil seine Mutter mit strahlendem Gesicht ihren vierzigsten Geburtstag gefeiert hat. Geschniegelt für das Familienfoto. Und nichts war ihm anzumerken. Kein Entschluss, kein Plan. Nichts. Am Montag Morgen ein brummiges Frühstück, alle ein bisschen verkatert. Für mich ein vollgepfropfter, ein sehr anstrengender Tag. Er versank erneut in Schweigen.

Als ich in der Nacht zum Dienstag zurückkam, hatte ich keine Ahnung davon, dass wir mein Haus nur noch zu Dritt bewohnten. Ich belegte zwei Brote mit Rotwurst. Ich aß sie in der Küche und trank Wernesgrüner Pils dazu und bewegte mich vorsichtig auf Strümpfen, damit mir keiner aufwacht. Und schlief dermaßen arglos ein, wie ich seit jenem Abend nie wieder eingeschlafen bin. Das war dieser Tag, und dass es ein besonderer Tag war, wusste ich noch nicht. Ich arbeitete ihn ab und ich schlief ihn ab und am nächsten Morgen war die Welt für immer anders. Vorher. Nachher. Erst weiß, dann schwarz. Der Hintergrund hatte gewechselt. Ein dunkler Schatten, der mir bis heute die Treue hält.

Bergmann hatte sein Bier geleert und ein zweites bestellt, ohne Regine und ihn anzusehen. Er war nicht da. Er war an einem anderen Ort, an einem Ort, der einen bösen Namen trug. 'Sasso nero' oder 'Finisterre' oder ähnlich deprimierende Bezeichnungen. Schließlich begann er wieder. Er begann mit einem heiseren Flüstern und schob seine Sätze mit den Händen an und manchmal von sich weg.

Ich könnte niemandem Näheres über den Tag des Mauerbaus erzählen, den dreizehnten August einen Sommer zuvor. Nicht ein Detail des Tagesablaufs, des Wochenendes habe ich im Gedächtnis behalten. Aber der Tag, an dem mein Sohn in seinem grauen Metallgefäß zu uns zurückkam, blieb mit tausend Einzelheiten in meinem Kopf. Es war ein Mittwoch, sagte er. Ich saß noch vor meinem Kaffee. Ich rührte den Zucker um und sah aus dem Fenster hinaus. Vor dem Haus stand die Freundin meiner Tochter. Sie stand in einer engen roten Bluse neben ihrem Fahrrad und winkte lachend zu mir herein. Die beiden Mädchen wollten eine Radtour machen. Meine Frau war ebenfalls ausgehfertig. Sie sah wundervoll aus. Sie trug helle Sommersachen, ein glattes Kleid und eine passende Jacke darüber. Sehr elegant. Und obwohl sie nicht in die Bezirksstadt fuhr, um für ihren Textilkonsum die neue Kollektion zu ordern, war sie nicht bereit, sich umzuziehen. Sie saß in den feinen Klamotten auf einem Küchenstuhl, die Hände um die schmuddelige Zinkurne geklammert, bis ich sie mit einem Beruhigungsmittel ins Bett brachte.

Und die Stimme der Staatsanwältin habe ich noch heute im Ohr. Sie rief mich an und die Eiseskälte ihrer Ansage strömte durch den Hörer direkt in meinen Kopf.

Ihr Sohn Moritz ist ein Landesverräter, erklärte sie mir schneidend. Sagen Sie Ihrer Frau, sie hat einen Landesverräter großgezogen.

Es dauerte Wochen, bis ich Einzelheiten erfuhr. Die Soldaten der Grenzkompanie hatten ihn in einem Waldstück direkt am Stacheldraht ins Visier bekommen und regelrecht durchlöchert. Auftragsgemäß. Über das, was sich abgespielt hatte, durfte keiner sprechen. Auch wir nicht. Erst beschimpften sie meine Frau und mich, dann zwangen sie uns eine Legende auf. Es war ein Motorradunfall, so lautete die Legende. In der Nacht zum Montag auf regennasser Straße. Jeder in der Stadt wusste, wie gern er auf seiner Maschine raste. Eine Mini-Beerdigung wurde verordnet, eine Todesanzeige in der Zeitung verboten. Den Verwandten durften wir erst viele Wochen später Karten schicken. Die Gänge zum Friedhof haben sie uns vorgeschrieben. Sie wurden auf einen Besuch in der Woche beschränkt, und ich kann euch versichern, sie haben sorgfältig, sie haben penibel protokolliert.

Als eine Anstandsfrist vorüber war, haben sie mich durch die Mühle gedreht. Und sie waren Kenner und Könner darin, jemanden auseinander zu nehmen. Bergmann flüsterte plötzlich, als stünde einer hinter ihm. Mein Sohn und seine verbrecherische westabgängige Freundin. Mein Vater mit seinen Steinbrüchen, in denen russische Kriegsgefangene gearbeitet hatten. Mein toter Bruder Fritz, Hauptsturmführer bei der SS. Sie hielten mir eine umfangreiche Kaderakte unter die Nase. Alle schwarzen Flecken in meiner Familiengeschichte lückenlos dokumentiert. Sie haben mich durchgehäckselt und ich, ich habe mich häckseln lassen. Ich habe mich gebeugt und jede Selbstkritik geübt, die sie verlangt haben. Nein, ein Held war ich nicht; ein Held bin ich nicht. Ich hätte alles mögliche getan, um die schlimmsten Konsequenzen für mich und die meinen abzuwenden. Aber sie waren gnadenlos. Meine Tochter durfte nicht studieren, obwohl sie in der Oberschule geglänzt hatte. Und meine Frau, sie hat es nicht ausgehalten. Sie bekam diesen weltabgewandten Blick. Sie weigerte sich, die Fakten zu akzeptieren. Schon an dem Tag, an dem wir die Zinkurne im Grab meiner Familie eingescharrt haben, war sie wunderlich und sie wurde von Tag zu Tag wunderlicher. Depressionen, stellte der Arzt lakonisch fest, und verschrieb die üblichen Medikamente. Nun ja. Erheblich vor der Zeit haben wir sie neben ihrem Sohn begraben. Und das war das.

Und du, Gabs? hatte Eric gefragt. Was wurde mit dir?

Ich, ich fand mich auf einem miesen Posten wieder. Ich durfte keinen Bau mehr hochziehen, bis ich in Rente ging. Statt dessen habe ich eimerweise Aktenstaub geschluckt.

Ja, mei Gutste, wandte er sich direkt an Regine, man braucht Jahre, um bei einer Geschichte wie der die wirklichen Ursachen herauszufinden. Man braucht Jahre, um zu erkennen, dass der Anlass nicht die Ursache ist. Erst hadert man mit den Flüchtigen, man hasst sie, man klagt sie an. Man hält sie tatsächlich für Verräter und merkt nicht, dass man sich in einem falschen Denksystem verfangen hat. Die Löwenapotheke zum Beispiel, ich habe sie nach dem Tod meines Sohnes nie wieder betreten. Ich wollte deiner Mutter nicht begegnen. Ich wollte nicht an dich, nicht an meinen Sohn und eure Geschichte erinnert werden.

Und das Geschwätz, das nicht aufhören will in einer Stadt, in der dich jeder kennt. Schlagartig verfügen alle über deine Biografie. Über dein Leben. Alle. Nicht bloß deine Feinde, nein, nein, schlimmer noch, sämtliche Frettchen, die du zuvor nie ernst genommen hast. Nie ernst nehmen musstest. Und dann die Spitzen. Sie sticheln und sticheln. Bei jeder Schachtel Zigaretten, die man kauft, bei jedem Bier, das man in einem Lokal trinkt. Wir waren beide in den Vierzigern und haben im Rückzug gelebt, alte Leute, die kaum noch auf die Straße gingen. Und all das wegen einer rothaarigen Hexe, ein bisschen zu frühreif, ein bisschen zu frech für ihr Alter, die meinen harmlosen Sohn um und um gedreht hat.

Lass uns einen Schnaps trinken, schloss Bergmann. Einen und noch einen, und wenn es sein muss, viele, wenn uns das auf den Grund der Geschichte hilft. Und du, Erich, sag einen Satz. Bist du nicht Fachmann für Menschen geworden dort drüben?

Was war mit der Partei? Bist du ausgetreten?

Nein, antwortete Bergmann. Nein. Den gekränkten Querkopf spielen, meine Überzeugungen aufgeben, weil mir Unrecht geschehen war? Oh nein, das wollte ich nicht. Querelen mit den Genossen, die gibt es überall. Eifersüchteleien, Gerangel von denen, die an die Macht wollen. Nein, deswegen wollte ich nicht raus aus der Partei. Mein Sohn war tot. Keiner würde ihn mir wieder lebendig machen. Ein törichter Knabe, getötet für nichts. Entschuldige, Regine. Ich beharre darauf: für nichts. Ich wollte nicht aufgeben, woran ich glaubte.

Ich wusste nicht, dass du gläubig bist, hatte er eingeworfen.

Hätte ich dich fragen müssen? höhnte Bergmann. Als ich aus Rußland zurückkam, wollte ich an einer Zukunft mitarbeiten. Im übrigen, zynisch bin ich erst jetzt geworden. Sieh dir unser Städtchen an; du wirst schnell mitbekommen, warum.

Regine war aus ihrer Lethargie erwacht. Sie schob ihren Schopf zurecht und musterte beide ausführlich mit ihren erdigen Augen.

Wahrscheinlich fremd für dich, Regine. Fremd für eure Generation. Ihr seid Bastler geworden, Liebhaber von Kontingenzen. Ihr seid nicht von einem festen Plan abhängig wie wir es waren. Ihr reagiert geschmeidig auf sich bietende Gelegenheiten, keine Strategen, eher Taktiker des Lebens. Die Lücke finden, den Einfall erwarten. Die Nische, die glücklich macht. Den günstigen Zufall nicht verpassen, die Gelegenheitsvernunft.

Besser, als ständig auf ein Politbüro hören. Besser, als von einer Kirche in die nächste. Keiner wird mir vorbuchstabieren, was ich zu tun habe.

Ich höre das Kind jener Tage; ich kenne den Ton der roten Hexe. Und auf eure Religion und die Zwänge der kapitalistischen Kirche will ich nicht eingehen. Ein schlüpfriger Pfad; du wirst mich nicht darauf locken, Regine. Trotzdem interessiert mich, was ihr Neues hervorgebracht habt. Welche Freiheiten wurden neu definiert? Welcher eurer vielen Versuche hat zu mehr als zu VaterMutterKind geführt? Simultan drei Frauen und jede wird beschissen. Ist es das? Gleichzeitig Vater und Großvater werden. Ist es das? Jugend heucheln, sich verjüngen, das verrammelte Tor verleugnen. Ist es das? Und was habt ihr zu bieten als Ergebnis eurer Experimente? Mehr als ein verfeinertes Ego? Mehr als die Freiheit, jeden Morgen mit der Frage aufzustehen, in welchem Bett man die nächste Nacht verbringt?

Regine lachte, zum ersten Mal, seit sie im *Goldenen Reiter* saßen.

Ach, Regine, sagte Bergmann. Schön bist du geworden und vermutlich kannst du auch lieben, wer weiß das schon? Aber mir hast du nicht wenig Unglück gebracht.

Sie hatte den Kopf gehoben und Bergmann schweigend angesehen. Ein Blick, wie man ihn nicht häufig mit einem Menschen tauscht, eine Anfrage, ein Versprechen, womöglich ein Urteil. Aber nach dem Blickwechsel hatte sie gelächelt, ein knappes, ein beredtes Lächeln, und mit rascher Geschäftigkeit ihre Nase geputzt.

Du hättest auf einen wie mich hören sollen und nicht auf deine prätentiöse Mutter oder auf Kern. Sie lebten in einer Welt, deren Untergang sie beharrlich leugneten.

Ich habe mit fünfzehn auf keinen gehört, erwiderte sie. Dennoch, die Strafe für meinen einfältigen Widerstand war entschieden zu hoch.

Sie saßen zusammen, bis der Kellner abkassierte. Sie saßen noch weiter zusammen in Bergmanns Haus. Bergmann hatte Thüringer Bratwürste auf den Grill gelegt und Brot und Käse auf den Tisch gestellt. Er hatte Bier aus dem Keller geholt und Wodka in die Gläser gegossen.

Kern war es, der mich in dieser Phase besucht hat, erzählte Bergmann, nachdem er endlich in einem Sessel saß. Manchmal trafen wir uns im *Goldenen Reiter* und spielten Schach. Wir haben uns angefreundet und waren auf seine Art Freunde, bis er im letzten Oktober starb. Du kennst seine Art, Erich. Kanntest sie. Ich glaube, wir waren Freunde, obwohl er eine hübsche Strecke älter war als ich. Er war sehr gebrechlich geworden, weil eine Sklerose des Kleinhirns ihm zu schaffen machte. Und obwohl sein Verstand, sein Gedächtnis tadellos in Takt waren, konnte er ohne Begleitung kaum ausgehen. Erwähnt hat er das nie. Ich habe ihm zugesehen und jemanden befragt, der kundig ist. Als ich Bescheid wusste, verbrachte ich viele Stunden bei ihm in seinem Bauhaus-Kubus. Am Abend genehmigte er sich bis zum Schluss eine Zigarre und das wichtigste war das Ritual, das er mit einer gewissen Noblesse inszenierte. Das Abschneiden, das Paffen, der winzige Schluck Kognak aus den bereit gestellten Schwenkern. Und ein Stückchen Schokolade als geschmacklicher Kontrast.

Das war es nicht, was ich erzählen wollte, unterbrach er sich unvermittelt. Ich wollte nicht seine Rituale beschreiben. Ich wollte von dem Schrecken erzählen. Dass er mein Betreuer war. Dass er unser Betreuer war. Er sollte uns über den Tod von meinem Moritz hinweghelfen und er sollte uns überwachen. Wie sie ihn angefüttert haben, womit sie ihn erpresst haben, ob sie ihn überhaupt erpressen mussten: Ich habe keine Ahnung. Seine Akte kenne ich nicht, ich kenne nur meine, und bisweilen bin ich nicht sicher, ob es gut war, sie zu reklamieren. Wenn du sie liest, findest du mich und ihn: Mich, den Parteigenossen, den Bonzen im Ort, dem man durchaus mit Misstrauen, nach dem Unglück mit Schadenfreude begegnete, und ihn, den untadeligen alten Herrn, still, verschrullt und sehr gebildet. Einwandfreie Vergangenheit, unauffällige DDR-Existenz. Einer, der die Klappe hält und mit den Händen arbeitet. Einer, der ein altes, hochfeines Handwerk beherrscht, ein Handwerk, das ansonsten auf den Hund gekommen war. Einer mit dem Spruch "Holz schweigt". Dem misstraut man doch nicht. Wir haben zusammengesessen und von tausend Dingen gesprochen. Wir haben unsere Zungen gewetzt, nicht ohne vergnügten Wettstreit, nicht ohne Gelächter. Und das bisschen Schimpfen, ohne das wir Nähe nicht ertragen, es war auch ein Band. Zusammen meckern, das war ein Band. Man vertraute einander und leerte lustvoll seinen Kropf. Das hebt Fremdheit auf, das entspannt. Und plötzlich war jeder Satz eine bösartige kleine Waffe. Plötzlich entdeckst du jeden deiner Seufzer in den Berichten. Deine Seufzer, deine Wut, deinen Groll. Die Krankheit meiner Frau, jede versoffene Nacht: ein Blatt der Akte. Hast deine Seele vor den Augen eines anderen bloßgelegt und findest sie in hässlichen kleinen Stücken wieder, abgegriffen, öffentlich feilgeboten.

Bergmann drehte den Kopf in seine Richtung.

Und kannst du dir die Situation im Einzelnen vergegenwärtigen, Erich? Kern in seinen altmodischen Dreiteilern, ein bisschen abgetragen, versteht sich, und doch deutlich erkennbar aus den guten Tuchen der Vorkriegszeit. Und sein Führungsoffizier in einem Blouson von 'Plaste und Elaste', mit offenem Hemd und dem unsäglichen Bürokratendeutsch, über das manche der Genossen hinter vorgehaltener Hand lachten. Wo mögen sie sich getroffen haben? In unserem Nest in einer konspirativen Wohnung? Wo wäre die zu finden? Hier, wo alles beobachtet und betratscht wird? Oder in einem Plattenbau der Nachbarstadt? Und wie haben sie miteinander geredet? Welche Wörter in ihrem Wortschatz haben sie mit derselben Bedeutung benutzt? Wie ging dieser anstößige Dialog? Ich war zu allein mit meiner traurigen Entdeckung, Erich, ich habe das alles in meinem Kopf durchgespielt, ohne weiterzukommen. Haben sie ihn mit Zigarren aus Cuba bezahlt? Mit englischer Schokolade? Glaubst du, dass er seine Hände nach Geldscheinen ausgestreckt hat? Eine Szene, die ich mir nicht ausmalen kann, ohne zu verzweifeln. IM Havanna nannten sie ihn. Wie mögen sie ihn geworben haben? Hat er Steuern hinterzogen? Vermutlich. Kein Selbständiger kam in den Sechzigern ohne Schwarzarbeit aus; sie waren darauf angewiesen. Und die Strafen für Steuerschwindel waren drakonisch. Zuchthaus wurde gern verhängt; sie waren nicht zimperlich. Sie mussten lediglich an der Steuerschraube drehen. Hörst du mir noch zu, Erich?

Eric war aufgefahren und hatte nach seinem Glas gegriffen.

Sicher, Gabs. Er sah sich nach Regine um; ihr roter Schopf war in einem Berg aus Kissen verschwunden.

Lass sie schlafen, meinte Bergmann mit schwerer Zunge. Ich wollte dir noch von unserer Freundschaft erzählen, von

Kern und von mir. Wie ich den Weg zu seinem Haus gepflastert habe, die glatten Steine plan gesetzt, damit er mir nicht fällt, wenn er allein zum Postkasten tapert. Wie ich im Haus da und dort Griffe angebracht habe, damit er rasch einen Halt hat, wenn er schwankt. Wir sind befreundet, glaubte ich, dachte ich, fühlte ich. Ich dachte es noch, als ich an seinem Krankenbett saß. Er hing verwelkt, fast zart zwischen den Schläuchen, und war zu schwach für jedes Wort. Ich saß dort und begriff, wie sehr er mir fehlen würde. Er war ein Teil meines Lebens geworden.

Wenige Tage darauf stand ich an seinem Totenbett. Sein Gesicht war halb in die papierenen Kissen geschmiegt. Ich setzte mich für die stille Zwiesprache, die nötig ist, um zu verstehen. Die Bestätigung, dass nichts sonst möglich war. Dass der Kampf nicht zu gewinnen war. Wenn man sieht, wie sehr sie gelitten haben, verzeiht man ihnen, dass sie gegangen sind. Und während ich die Eiseskälte seiner leblosen Hand spürte, musste ich an meinen Sohn denken. Seine Hand hatte ich nicht gehalten. Bei ihm hatte ich das Entsetzen nicht erlebt, das jeden überfällt, der einen Toten berührt und die Wärme menschlichen Fleisches erwartet. Anstelle der Wärme des Fleisches diese unbarmherzige Kälte. Und das war das Kapitel unserer Beziehung. Ich war verwaist. Allein. Nach zwei Monaten bekam ich meine Stasi-Akte. Den Schlag wirst du dir schwer vorstellen können. Was weiß ich jetzt mehr, Erich?

Dass wir alle Helden in die Sonnenuntergänge Hollywoods reiten lassen sollen. Ein ziemlich banaler Satz, ohne Frage, und er hatte ihn kaum ausgesprochen, als es ihn heftig würgte. Das klang verdammt überlegen und war nicht ohne Witz formuliert und riss trotzdem die Brust auf, wenn es um die eigene, die höchst private, streng gehütete Heldenchronik ging. Er sah Kern vor sich, sehr aufrecht und immer in gutem Tuch, den Hut tief über hoher Stirn, die Miene diskret und distant, doch ihm gegenüber nie ohne die Einladung des

Lächelns, des gescheiten, wortkargen Gesprächs. So ging, nein, so schritt er durch seine Erinnerung, so lehnte er sich über die Hecke der Zeit, so stand er winkend am Rand des alten Kontinents, ein nicht gerade alltäglicher, ein überaus korrekter Mann, sein Held, sein Hero, ein Mensch, den er in seinen Gedanken häufig befragt, der ihm Antworten nie verweigert hatte.

Er hatte das Klagelied für sich und für den toten Kern angestimmt und war an Bergmanns Augen hängen geblieben.

Was ist daran falsch, Gabs? fragte er in Bergmanns Gesicht.

Nichts, sagte Bergmann. Und genau das macht es verdächtig.

Und hast du jeden Verrat eingestanden? Nie Vertrauen gebrochen und heftigst geschwiegen?

Bergmann ließ seinen Kopf fast zwischen den hochgezogenen Schultern verschwinden.

Wer könnte das von sich behaupten, Erich? Wer wäre so töricht? Allerdings, wenn ich heute die halben Bekenntnisse höre, wenn ich ihnen zusehe, wie sie sich winden und abends genau das zugeben, was jeder morgens gelesen hat, brauche ich einen doppelten Kognak.

Und nach langem Schweigen, nach langem Versinken in sich selbst, die Augen geschlossen, der Atem gleichmäßig und tief, als schliefe er: Letzten Endes geht es um etwas anderes, Erich, um eine andere Barriere. Tod macht jeden Widerspruch unmöglich. Wie sehr man gegen die starre Wand anrennt, wie sehr man eine Antwort raus schlagen will aus den Steinen. Wie man die Ohnmacht hasst, wie man rast, wie man stürmt, aber die Mauer ist uneinnehmbar. Und das ist die unsägliche Gemeinheit nicht nur von Kern, sondern auch von meinem Sohn. Tod macht jeden Widerspruch unmöglich. Nie werde ich zurande kommen mit dieser Geschichte. Dieser Geschichte, die aus zufälligen Gründen unser aller Geschichte ist. Meine, Regines und deine. Bergmann hob sein Glas mit einer verwischten Bewegung der rechten Hand.

Prost, alter Feind. Hast du geahnt, dass gegen dich keiner aufkam, wenn du in Rodengrün deine Sommerferien verbracht hast? Der Junge aus Leipzig. Das warst du. Und wie er angab mit dir, der Fritz. Dass ich nichts war gegen dich? Hast du das je kapiert?

Oh nein. Wie denn?

Weil sie lachte, wenn sie dich sah, die Kantorstochter. Sie lachte für dich, den Jungen aus Leipzig. Nicht für uns. Und jeder wusste es. Fritz wusste es, ich wusste es. Kann nicht verziehen werden.

Bis bald, Gabs, hatte er an diesem Punkt des Gesprächs mit Entschiedenheit gesagt. Hatte Regine aus den Kissen gezogen und war mit ihr die Buchenallee vor Bergmanns Haus hinunter gewankt.

Das schien so lange her zu sein, dass es ihm nahezu unwirklich vorkam. Tage in einer fernen Welt, Tage, die ihn in die Nähe völlig Fremder verschlagen hatten, in ungeahnte Nähe. Und keiner würde die Stücke des Puzzles fehlerfrei zusammenfügen oder die einzige, die endgültig richtige Geschichte erzählen können.

Epilog

Was soll ich euch noch erzählen? Dass in meinen Träumen manchmal ein roter Haarschopf auftaucht, meinen Schlaf verwüstet und meine Pumpe zu Hochleistungen antreibt? Aber in meinem Alter weiß man, dass zwischen dem Staccato, das uns die Maßlosigkeit des Moments anzeigt, und dem, was die Arme und Beine tun, eine endlose Kette von Sätzen abgespult wird, ein ausferndes Palaver der vielen Ichs aus unterschiedlichen Zeiten. Und selten würde das Herz wirklich flimmern und noch seltener würde dieses Flimmern zu etwas anderem führen als zu einer verneinenden Geste.

Nein, das Alter kann man nicht hinter Requisiten verstecken. Man kann es nicht wegdenken. Man sieht es in den Gesichtern der Freunde. Man liest es an ihren Augen ab. Diese unglaubliche Traurigkeit. Und das Hirn in fantastischer Weise vollgestopft, ein Museum der Zeitgeschichte. Keiner kann es neu möblieren. Bleiben wir also bei der Verbalerotik. Bleiben wir beim Aufsagen beschwörender Texte.

Ach, Regine, dein Brief war kein Trost, so trocken er auch daherkam. Ich gebe zu, ich habe zunächst den Humidor bestaunt. Den Humidor von Kern. Da stand er eines Tages auf meinem Schreibtisch und glänzte matt. Der Geruch von damals, dieser braune Geruch nach Zedernholz und schwerem Tabak. Und dein Brief, Regine, mit Tesafilm auf den Deckel geklebt.

Frankfurt/Main, Oktober 1992

*Lieber Eric,
ich habe den Humidor mit nach Frankfurt genommen und zu einem Spezialisten gebracht. Jetzt, nach der Aufarbeitung, kommt er mir wie ein Kunstwerk vor. Ein sorgfältig verfertigter, sorgfältig polierter Schrein. Du wirst ihn schätzen, Du wirst ihn nutzen können.*

Tja, das Haus. Ich habe Bergmann die Abwicklung der Geschäfte übertragen. Der flinke Junge mit seinem Anwaltsbüro und der nur dürftig kaschierten Baufirma war mir etwas zu flink. Außerdem bleibt für den alten Bergmann auf diese Weise etwas anderes zu tun, als seine Erinnerungen zu sortieren. Ein freudloses Geschäft, wenn keiner mehr da ist, mit dem man die Vergangenheit abgleichen kann.

Du siehst, ich kann nicht aufhören. Vielleicht, weil ich den dünnen Faden zwischen uns nicht kappen will.

So long. Regine.

Nein, nein, Regine. Da kennst du mich schlecht. Der Faden zwischen uns ist keineswegs dünn. Allerdings, die Megalasten eines langen Lebens hält er nicht aus. Das leistet kein Faden, nicht einmal ein Band. Dafür braucht es die festen Gurte in einem Gespann.

Übrigens werde ich Kerns Humidor meinem Freund Henry überlassen. Mir wiegt er zu viel. Für Henry ist er eine Luxusschachtel, sonst nichts. Und er kann diese Luxusschachtel gut gebrauchen. Sein höchst poröses Gerät (von einem verflossenen Liebhaber, möchte ich wetten) verdient den Namen Humidor schon nicht mehr. Leider werde ich mit der Übergabe warten müssen; Henry steckt seit Ende Juni in Neapel.

Ich gehe nächste Woche in ein Institut in Neapel, hatte er gesagt, als wir Ett aus dem Krankenhaus abgeholt haben. Es war ein heller Sommermorgen und die Sonne beleuchtete unser kleines Triptychon: Henry mit Orchideen neben der Eingangstür, Ett im Rollstuhl und ich als Krankenwärter. Sie griff nach den Blumen, sie griff wie gewohnt mit der linken Hand und verzog schmerzerfüllt das Gesicht.

Begleite uns, Henry, sagte sie. Eric hat mir einen anständigen Lunch versprochen.

Ich hatte Riesenkrabben und meinen speziellen Dip vorbereitet und zwei Flaschen Weißwein auf Eis gestellt. Ich wuselte herum, während Henry wie üblich bunt glitzernde Murmeln aus seiner Hosentasche zog.

Kommt mit nach Europa, sagte Henry und prüfte die Farbe des Weins. Er warf Paestum mit den griechischen Tempeln in die Luft und Pompeji schnell hinterher. Er sang ein Wort, das Amalfi heißen konnte, er zählte jedes italienische Wunder auf, ganz offensichtlich, um Ett zu gewinnen. Sie blieb reichlich unbeteiligt; sie hob den Kopf nicht von ihrem Teller, bis er die Küste um Livorno erwähnte.

Da stammt meine Mutter her, sagte sie und schob die bandagierte Hand über die Karte Italiens, die Henry mit bemerkenswertem Bauchschwung vor ihr auf dem Esstisch ausgebreitet hatte. Sie hatte ihr Glas gehoben und von dem eiskalten Chablis gekostet. Okay. Warum nicht?

So kam es, dass wir eines Abends in einem Leihwagen saßen und in jenes Fischerdorf fuhren, aus dem Etts Familie in die Neue Welt aufgebrochen war. Ett saß am Steuer, obwohl ihre linke Hand fest eingebunden war. Sie hatte eisern darauf bestanden. Sie fuhr. Henry schlief auf der Rückbank und ich, ich schloss die Augen, um nichts sehen zu müssen.

Du kannst gerne mit mir reden, sagte sie. Ich weiß, dass du dir Sorgen machst. Ich mache sie mir auch. Trotzdem muss ich diese Hand eines Tages wieder einsetzen können. Sogar zum Malen.

Sie fuhr langsamer als vor dem Einbruch, sie ließ sich von der Spur drängen und verzichtete auf Überholmanöver. Ich registrierte es und verbot mir jeden Blick auf ihr Gesicht. Vermutlich war es verspannt, vermutlich war es ängstlich. Ich verbot mir den prüfenden Blick, obwohl ich mich kaum beherrschen konnte. Jede Biografie hat ihre Siegesfeiern, ihre Ölbergstunden, den Gang nach Canossa, das Atemholen vor der letzten Runde. Schließlich nickte ich ein, döste vor mich hin, die Nase voll Wüstenstaub, den der Schirokko vor sich hertrug, und sah erneut die Vitrine im Bagno Publico, im öffentlichen Bad der verschütteten Stadt Pompeji. Sah einen Körper verkrümmt und seltsam gestreckt, nein, nicht gestreckt, überwältigt, das Gesicht der Asche, der Hitze entgegen, und aus der gaffenden Touristenmenge fragt eine Kinderstimme, "che fa, papá"? Ja, was macht einer, der im grenzenlosen Erstaunen, im Schrecken ohne Maß den Tod auf sich zukommen sieht, diese schwarze Wand aus Asche und nussgroßen Lavabröckchen, diese dröhnende Riesenwelle, hinter der die Hitze kocht und den Atem abwürgt. Waren sie sofort tot an jenem Augusttag im Jahre 79 unserer Zeitrechnung? Verschmorten ihnen die Lungen beim ersten Feuerstoß? Oder mußten sie den Tod langsam einatmen, giftige Gase, viele endlose Schlucke, viele endlose Sekunden, womöglich Minuten? Und mit der Schamlosigkeit der Spätlinge, mit der Schamlosigkeit der Bilderkonsumenten starren wir auf ihren letzten Kampf, unseren Augen für immer preisgegebenen.

Wir sind da, sagte Ett in meine schwarzen Gedanken hinein und stoppte den Wagen. Wir hielten neben einer Friedhofsmauer; vor uns das Dorf, das wie eine unordentliche Mütze schief auf einem Bergrücken saß. Ett holte eine

Taschenlampe aus ihrem Koffer; sie wollte die Grabsteine ihrer Familie suchen.

Pollini, Corridori und Ballucci hießen sie; das sind die Namen, nach denen wir fahnden müssen.

Aldo, las sie vor, Genoveffa, Oreste, Domenico. Und hier meine Urgroßmutter, Giulietta Ballucci. Sie starb Jahre vor meiner Geburt; nach ihr wurde ich benannt. Und von der romantischen Giulietta blieb für mich nur das praktische Ett.

Von diesem Örtchen waren sie losgezogen, damals, vor siebzig Jahren. Ich konnte sie in der Abenddämmerung beinahe sehen, wie sie winkend hinter den Zypressen, den Pinien verschwinden, die Männer mit Koffern, die Frauen mit Proviantaschen. Und ihr Großvater, der junge Kommunist Giacomo Ballucci, der an der neuen Küste seinen klangvollen italienischen Namen mit einem schlichten Jack Ball vertauscht hatte, war er je in Amerika angekommen? Jedenfalls: ein Pragmatiker des Wanderns, der unnötigen Ballast abwarf und die kostbaren Gewürze, den tröstlichen Geschmack der Kindheitssonntage im Gepäck behielt. Vielleicht das Klügste, was man mitnehmen kann, die Kräuter, die Gerüche, die Rezepte von zu Haus, eine Heimat fest verortet im Riechhirn haben, unverlierbar im Hin und Her der weiträumigen Bewegung.

Und begleitet vom Dröhnen der Flugzeugmotoren erledigen wir die neuen Schulaufgaben: die schwierigen Übungen in der Kunst des Vergessens.

Später fuhren wir zu einem Albergo; eine schadhafte Leuchtreklame wies uns den Weg. Kurz darauf saßen wir im Speisesaal des Hotels, ungefähr so gemütlich wie eine Bahnhofshalle, aber die Tortellini mit Butter und Salbei zergingen auf der Zunge. Ein Fernseher lief lautstark und zwei Kids im schrecklichen Alter rissen lärmend an den Knöpfen und Kurbeln eines Spielautomaten. Erst als Ett in ihrem tadellosen Italienisch für alle Fisch und Salat bestellte, gönnten sie uns einen neugierigen Blick. Die farbigen Lichter des Spielautomaten flackerten über ihre Etruskergesichter und hinter ihren Köpfen tauchte in meinem Hirn eine verblasste Fotografie auf. Der *Goldene Reiter* in Rodengrün, die Burschen am Spielautomaten, der erste Abend mit Regine. Die schwer zu fassende Gleichförmigkeit der Welt.

Ett hatte sich kaum an unserem Gespräch beteiligt; nach der Süßspeise hatte sie ihr Notizbuch hervorgeholt. Sie hielt den Stift unbeholfen in der bandagierten Hand und bekritzelte die Seiten.

Ich fange wieder an zu arbeiten, sagte sie und massierte ihr Handgelenk. Etwas einfaches, simpler geht es kaum. Comics über die Grabmalereien in Paestum. Ein grober Strich, nur wenig Farbe, das wird gehen. Ich kann sie mir schon vorstellen, eure lukanischen Helden, wie sie den griechischen Halbgöttern nacheifern und auf ihren Rennwagen stehend die Pferde über staubige Pisten jagen. Nichts als Wut, nichts als Kampf im Hirn. Der Schweiß tropft, das Blut spritzt von den Gesichtern der Boxer, das Blut spritzt vom Waschbrettbauch der Duellanten, und patsch, boing, noch ein Schlag, noch ein Hieb. Und platsch, und das vorchristliche Fitnesstrainig sinnlos vergeudete Zeit. Pitsch, pitsch, die Tränen der Frauen an der Bahre des Verlierers. Männliche Prahlerei, männlicher Wahn, die Tugenden der Krieger. Zweieinhalb, dreitausend Jahre und noch nicht genug? Sie lachte ihr Lachen tief aus dem Bauch, nahezu die alte.

Lasst uns ein bisschen an den Strand fahren, schlug ich den beiden vor, als wir unsere Espressotassen geleert hatten.

Das Meer lag still und silbermatt unter dem vollen Mond. Weit in der Ferne schwammen ein paar Nebelbänke unmittelbar über dem Wasserspiegel. Henry und ich hatten Schuhe und Strümpfe ausgezogen und badeten die Füße im angenehm temperierten Wasser. Ich weiß nicht mehr, was wir geredet haben. Zwei alte Männer, das Meer, die fernen fernen Horizonte.

Wenn ich eure Rücken betrachte, fallen mir die Bilder von Caspar David Friedrich ein, rief Ett. Selbstverständlich nicht der Mönch am Meer, sondern sein vertracktes Gemälde "Zwei Männer betrachten den Mond". Welch biedermännische, nein, geradezu heimtückische Harmlosigkeit. Verratet ihr mir die Kolonialfantasien betagter Männer? Habt ihr eine Flagge im "Meer der Ruhe" gehisst? Und haltet ihr seine Kälte aus?

Henry schien antworten zu wollen, aber dann warf er ein paar Muschelschalen das Mondgeglitzer entlang über die Wasserfläche. Die Muscheln waren zu leicht, sie flitzten und sprangen nicht, sie versanken ohne Laut. Und ich sah zur Mole hinaus. Am Ende der Mole stand ein Leuchtturm, der sich nach unten hin zu einem Wohnhaus verdickte. Vor der Haustür purzelten zwei Zwerge übereinander. Sie trugen Hosen und Windjacken und warfen einem scheckigen Hund einen Ball zu. Nach einer Weile erschien eine Frau in der Tür und winkte alle hinein. Wie jeden Abend, dachte ich.

Ett hatte ihr Mobiltelefon genommen und war hinter uns zurück geblieben. Ich konnte nicht verstehen, was sie sprach, aber ich erkannte an ihrer Stimme und an den Pausen zwischen den Sätzen, dass sie Chuck und Steve zärtlich das Gefieder putzte. Irgendwann rief sie etwas in unsere Richtung, das die abendliche Brise fast davontrug. Ich musste es mühsam zusammensetzen.

Steve will dich sprechen, rief sie.

Ich nahm das Telefon und hörte seine Stimme.

Was hältst du davon, wenn ich Mom überrasche? Wenn ich zu euch nach Europa komme?

Ich sah dem Mond zu, weil ich nicht antworten konnte.

Florenz oder Rom? fragte er.

Rom, sagte ich.

Anmerkungen

KAPITEL 1
Ethel und Julius Rosenberg - Seit 1942 Mitglieder der damals legalen Kommunistischen Partei der Vereinigten Staaten. Beide sollen Atomgeheimnisse an die Russen verraten haben. Sie wurden deswegen 1951 zum Tode verurteilt und im Sommer 1953 trotz Protesten aus aller Welt ermordet. Der Tatbestand der Spionage ist bis heute nicht ausreichend geklärt.

Agitprop - ursprünglich russische Abkürzung für Agitation und Propaganda. Bestandteil der Politik kommunistischer Staatsführung, um das Volk im Sinne der marxistisch-leninistischen Ideologie zu erziehen.

McCarthy, Joseph - Richter und amerikanischer Senator, wurde als Vorsitzender des Senatsausschusses für unamerikanische Umtriebe berüchtigt. Von diesem Ausschuss wurden in den Jahren des Kalten Krieges Hunderte von Amerikanern verhört und mit Gefängnis bestraft, wenn sie des Kommunismus verdächtig waren. Betroffen waren vor allem Künstler aller Sparten und Wissenschaftler.

truly (engl.) - aufrichtig; heute nur noch selten benutzte Grußformel am Ende eines Briefes.

KAPITEL 2
Lethe (griech.) - Trank des Vergessens. Im griechischen Mythos der Fluss des Vergessens, aus dem die Toten vor dem Eintritt in die Unterwelt trinken, um das irdische Leben zu vergessen.

return home (engl.) - Heimkehr.

Fulbright-Stipendium: Das weltweite Fulbright-Austausch-Programm, auf Initiative des US-Senators James William Fulbright im August 1946 eingerichtet, dient dem akademischen und kulturellen Austausch zwischen den USA und allen anderen Ländern. Das deutsche Programm ist das umfangreichste von allen.

period (engl.) - Zeitspanne, Zeitraum. Auch: Punkt, Ende der Durchsage.

brownstones (engl.) - New Yorker Häuser aus einem rötlichen Sandstein, meist im 19. Jahrhundert errichtet.

Molinos - Havanna-Zigarre, Sancho Panza Molinos. Länge: 165mm, Ringmaß 40.

flash (engl.) - Blitz. Schnelle Wirkung von Nikotin im Hirn.

prozac - Stimmungsaufheller, der in den neunziger Jahren des 20. Jhdt.s in den USA sehr verbreitet war, inzwischen aber in Verruf gekommen ist. Prozac-Geschichten sind traurige Geschichten - man braucht danach ein Antidepressivum.

KAPITEL 3
candy store (engl.) - Süßwarenladen.

wonder wheel (engl.) - Wunderrad: das Riesenrad im Vergnügungspark Coney Island, 1920 erbaut. Gehört zu den offiziellen New Yorker Wahrzeichen.

private property (engl.) - Privatbesitz.

private road (engl.) - Privatweg, kein Durchgang.

Cape Cod - 120 km lange Landzunge an der Ostküste der USA, eine der beliebtesten Küsten für den Sommerurlaub. Ab den Fünfzigern auch eine Gegend für sog. Aussteiger.

School of Economics (engl.) - Wirtschaftswissenschaftliche Fakultät.

Upper East Side - Viertel an der Ostseite des Central Parks in Manhattan, New York, von der 59. bis zur 96. Straße.

Medical School (engl.) - Medizinische Fakultät.

Cipolle agro dolce (ital.) - Süß-sauer eingelegte Zwiebeln.

permesso, Signora? (ital.) - Gestatten Sie, Signora?

closed doors (engl.) - Geschlossene Türen.

KAPITEL 4
Nischel (mitteldeutsch) - Kopf (derb).

Eierscheck(e) - sächsischer bzw. thüringischer Blechkuchen mit kunstvoller Schichtung von Eiercreme, Käse, Pudding oder Sahne und Teig.

ecco fatto (ital.) - Fertig! Erledigt! Da!

KAPITEL 5
take care (engl.) - Gib auf dich Acht. Mach's gut.

beyond (engl.) - Jenseits, darüber hinaus.

Perpetuum mobile (lat.) - das sich unaufhörlich Bewegende; Maschine, die ohne Energiezufuhr Arbeit leistet (physikalisch unmöglich).

Centre Pompidou - Zentrum für Kunst und Kultur in Paris, errichtet Ende der 60er Jahre unter dem damaligen französischen Präsidenten Georges Pompidou.

Tinguely - Schweizer Kinetikkünstler (1925-1991), baute Maschinen und Brunnen aus Abfallprodukten der Zivilisation.

Niki de St. Phalle - Französisch-amerikanische Künstlerin (1930-2002), schuf die Figur der Nana aus bunt bemaltem Polyester und den Tarotgarten (Giardino dei Tarocchi) in der südlichen Toskana.

KAPITEL 6
Glubschen, auch Glupschen (mundartlich) - Augen.

Asche des Kommunismus - postkommunistische Bezugnahme auf ein Gedicht von Pier Paolo Pasolini mit dem Titel "Gramscis Asche"
(Antonio Gramsci, 1891-1937; 1921 MitbegründerderKommunistischen Partei Italiens,1928 als Gegner Mussolinis zu 20 Jahren Kerker verurteilt, starb an den Folgen der Haft).

KAPITEL 7
Alter Ego (lat.) - Zweites Ich.

beach resort (engl.) - Strandbad, aber auch: bewachte teure Villen / Wohnanlagen an privaten Stränden.

man power (engl.) - Arbeitskraft, Arbeitspotenzial, Menschenpotenzial.

lean management (engl.) - Schlanke Unternehmensführung mit flachen Hierarchien und schnellen Entscheidungswegen.

share holder value (engl.) - Managementprinzip, das den Nutzen für die Aktionäre (share holder) an die erste Stelle setzt.

Dax - Abkürzung für 'Deutscher Aktien-Index'.

KAPITEL 8
Goldfasane - Spottbezeichnung für hohe Nazi-Funktionäre - der Farbe ihrer Uniformen und des Geglitzers der Kragenspiegel wegen.

Bemme (mundartl.) - Butterbrot, belegte Brotschnitte.

SED-Genosse - Mitglied / Funktionär der Sozialistischen Einheitspartei Deutschlands.

Volkskammer - Abgeordnetenhaus der DDR.

trash (engl.) - Abfall, Müll, Kitsch, Schund.

that's your turn (engl.) - Du bist dran, du bist an der Reihe.

Dosimeter - Gerät zur Messung der Strahlendosis ionisierender Strahlung; hier bildlich benutzt.

me too (engl.) - Ich auch oder mich auch.

Heinrich, mir graut's vor dir - Gretchen zu Faust am Schluss von Faust I (berühmtes Drama von Johann Wolfgang von Goethe (1749-1832)).

Werner Seelenbinder - Sportler (1904 - 1944), KPD-Mitglied, 1936 als Ringer Teilnahme an den Olympischen Spielen in Berlin. 1944 aufgrund seiner antifaschistischen Gesinnung im Zuchthaus Brandenburg-Görden ermordet.

let's call it a day (engl.) - Lasst uns den Tag beenden, Schluss für heute.

KAPITEL 9
Privatissimum (lat.) - ganz private Vorlesung; hier als privater, intimer Ort zu verstehen.

Napoleon auf der Brücke von Arcole - Gemälde von Cros, zeigt den jungen Napoleon in der siegreichen Schlacht von Arcole (1796).

Tabaktrinken - Nach Einführung des Tabaks Mitte des 16. Jahrhunderts sprach man in Europa anfangs nicht vom 'Tabakrauchen', sondern analog zu den bekannten Formen des Genussmittelkonsums vom 'Tabaktrinken'.

Humidor - Klimaschrank für Zigarren aus Mittelamerika, in dem das milde feuchte Klima der Karibik künstlich hergestellt wird (65-70% Luftfeuchtigkeit, 20° Celsius), da zu trockene Zigarren heiß werden, und zu feuchte nicht ziehen.

Mehring, Franz M. (1846-1919) - deutscher Schriftsteller und Politiker, Mitglied des Spartakusbundes, Mitbegründer der KPD.

Engels, Friedrich E. (1820-1895) - deutscher Politiker; zusammen mit Karl Marx Begründer des Wissenschaftlichen Sozialismus und Verfasser des "Kommunistischen Manifestes".

Bebel, August B. (1840-1913) - Gründer und Führer der SPD.

Brücke - Künstlergemeinschaft, gegründet 1903, Mitglieder: Heckel, Kirchner, Schmidt-Rottluff, Nolde, Pechstein. 'Expressionisten'.

Dada - Dadaismus, Künstler- und Literatenbewegung, gegründet 1916 in Zürich. Ziel war die Rückkehr zur schöpferisch-kindlichen Primitivität.

Blast (engl.) - Explosion, verdammt; Name einer avantgardistischen Zeitschrift in England (1914-1918). Künstler, Schriftsteller und Kritiker, die sich 'Vortizisten' nannten (Vortizismus: Wirbel, Strudel).

Bauhaus - Hochschule für Bau und Gestaltung, gegründet 1919 von Gropius in Weimar, 1925 nach Dessau verlegt, 1933 aufgehoben. Bemühen um Einklang von funktionaler, ökonomischer und ästhetischer Werkgerechtigkeit. 'Bauhausstil'.

KAPITEL 10
so long, ol' fellow (engl.) - mach's gut, alter Knabe.

KAPITEL 11
Renegaten (neulat.) - Abtrünnige. Im 20. Jhdt. bezeichnete man vor allem ehemalige Kommunisten, die die Partei kritisierten, als Renegaten.

Leonhardt, Wolfgang L. (geb. 1921) - politischer Schriftsteller, Publizist, Historiker, Ostexperte; Renegat im oben beschriebenen Sinn.

Koestler, Arthur K. (1905-1983) - englischer Schriftsteller und Journalist. In seinem Buch "Sonnenfinsternis" Abrechnung mit den Moskauer Schauprozessen.

Left Book Club - Gegründet 1936 von Viktor Gollancz (1883-1967) für Leser sozialistischer Bücher.

13. August 1961 - Bau der Berliner Mauer.

point of no return (engl.) - Punkt ohne Wiederkehr, Wendepunkt.

KAPITEL 12
Orwell, George O. - englischer Schriftsteller (1903-1950). Wandte sich mit den Büchern "1984" und "Farm der Tiere" gegen totalitäre Systeme.

Blaue Blume - Blume, die den Eingang zu verborgenen Schätzen öffnet; seit Novalis' Roman "Heinrich von Ofterdingen" (1802) das Symbol romantischer Sehnsucht.

Geteilter Himmel - "Der geteilte Himmel", Ost-West-Geschichte von Christa Wolf (1929-2011) mit starker ideologischer Färbung.

Veruntreuter Himmel - "Der veruntreute Himmel. Die Geschichte einer Magd", Roman von Franz Werfel (1890-1945) mit stark katholischer Ideologie.

Spaniens Himmel breitet seine Sterne - Anfang eines Liedes der Internationalen Brigaden (Thälmann Batallion) im Spanischen Bürgerkrieg.

Ikonen (griech.) - Religiöse Tafelbilder. Heute auch: Leitbilder.

Ottilie - eine der weiblichen Hauptfiguren aus Goethes (1749-1832) "Wahlverwandtschaften".

Gemähre - mundartlich für Geschwätz, Gemache, Umstände machen.

Fleming, Paul F. (1609-1640) - Deutscher Lyriker des Frühbarock.

"Wie er wolle geküsset sein": Titel eines Gedichtes von Fleming.

Mäusebutter - Eine Mischung aus Fett und Arsen, ursprünglich zum Töten von Mäusen und Ratten benutzt.

KAPITEL 13
Seghers, Anna S. - deutsche Schriftstellerin (1900-1983). "Das siebte Kreuz"; berühmter KZ-Roman.

Andersen Nexö, Martin (1869-1954) - Dänischer Arbeiterdichter, Mitbegründer der Kommunistischen Partei Dänemarks (1919). "Ditte Menschenkind", sozialkritischer Roman.

Index - im Katholizismus Liste verbotener Bücher, 1557 erstmals von Papst Paul IV. erstellt, 1967 offiziell abgeschafft. Analoge Indizierungen gab es bei den Nationalsozialisten und bei den Kommunisten.

Quickborn - Ein Bund der Katholischen Jugendbewegung.

Städel - Städelsches Institut, vom Bankier Städel (1728-1816) in Frankfurt am Main gestiftete Gemäldegalerie mit berühmter Sammlung.

Brinkel - mundartlich für Krümel, Bröckchen. Im übertragenen Sinn: Kosewort.

Hommage (franz.) - Huldigung.

KAPITEL 14
druschba (russ.) - Freundschaft.

strastwuitje, towarischtsch (russ.) - Guten Tag, Genosse.

Komsomol - Abk. für Kommunistitscheskij sojus molodjoschi, Kommunistischer Jugendverband, 1918 von Lenin gegründet.

blede Gake - mundartlich für "dumme Gans".

Says the Raven: Nevermore - Falsches Zitat der Zeile "Quoth the raven, 'Nevermore'"aus dem Gedicht "The Raven" (1845) von Edgar Allen Poe (1809-1849).

Love Story - Sentimentaler amerikanischer Liebesfilm von 1970.

Marshallplan - Wiederaufbauprogramm der USA für das kriegsgeschädigte Westeuropa (incl. Westdeutschland) nach dem 2. Weltkrieg. Auch European Recovery Program (ERP). Geschätzte Höhe in heutiger Währung: 75 Milliarden Euro. Benannt nach dem damaligen US-Außenminister George C. Marshall.

Timur und sein Trupp - Roman von Arkadi Gajdar über vorbildliche russische Komsomolzen; russisch 1940, deutsch 1947.

Wie der Stahl gehärtet wurde - Roman von Nikolai Ostrowskij (1953) über heldenhafte kommunistische Partisanen.

Täve Schur - Gustav-Adolf Schur (geb.1931), Ostdeutschlands Radsport-Idol.

Internationale Brigade - Im spanischen Bürgerkrieg (1936-1939) unterstützten internationale Verbände von Freiwilligen das republikanische Spanien.

Teddy Thälmann - Ernst Thälmann (1886-1944), deutscher Politiker, Reichstagsabgeordneter, Führer der KPD, von den Nationalsozialisten ab 1933 inhaftiert, gefoltert und immer wieder isoliert. 1944 ermordet.

Thälmann-Bataillon - Einer der Freiwilligen-Verbände der 1. Internationalen Brigade im spanischen Bürgerkrieg.

KAPITEL 15
Kascha (russ.) - Brei. *Pajok* (russ.) - Päckchen, Ration.
In der DDR der Ausdruck für die Sonderrationen, die Funktionäre und systemtreue bzw. systemrelevante Künstler und Intellektuelle erhielten.

KAPITEL 16
memory (engl.) - Gedächtnis, Erinnerung, aber auch Andenken.

KAPITEL 17
Gulags (russ.) - Abkürzung für Glawnoje Uprawlenije Lagerej = Hauptverwaltung der Lager; in der Stalinzeit Name des Systems der sowjetischen Strafarbeitslager.

Bandiera rossa la trionferà (ital.) - Zeile aus dem Kampflied "Avanti popolo", deutsch: Die rote Fahne, sie wird triumphieren.

Oh partigiano, portami via (ital.) - Partisan, nimm mich mit, Zeile aus der Hymne der norditalienischen Resistenza "Bella, Ciao".

KAPITEL 18
Code (engl.) - Schlüssel, Verschlüsselung, Chiffre, Chiffrierung.

Limes (lat.) - Römischer Grenzwall; hier Abgrenzung.

Mitteilungsblatt der Russischen Sozialdemokratie - In Berlin gedruckte Zeitung der nach der Oktoberrevolution emigrierten bzw. ausgewiesenen Menschewiki. Die Zeitung erschien in deutscher Sprache.

Affidavit (mlat.) - Bei Emigrationsabsichten war für einige Zielstaaten die eidesstattliche Erklärung eines einheimischen Bürgen notwendig.

Cantina (ital.) - (Wein)keller.

Kerouac, Jack K. - amerikanischer Schriftsteller (1922-1969) der 'Beat-Generation'. Hauptwerk: "On the Road".

creative painting - Regellose Form der Malerei zu Zwecken der Selbstverwirklichung / Stressbewältigung.

makrobiotisch - Makrobiotik: Teil der Religion des Zen-Buddhismus; hier "Die Lehre vom großen Leben". Seit den Studentenprotesten der Sechziger Jahre auch im Westen populär. Vision, durch den Verzicht auf Fleisch und Milchprodukte die bessere Gesellschaft "herbei essen" zu können.

Purgatorium (lat.) - Fegefeuer.

KAPITEL 19
fake festival (engl.) - Ein Fest des Schwindels / des Betrugs / der Fälschung.

film noir (franz.) - Schwarzer Film. In den vierziger Jahren in Hollywood als neues Genre entstanden (Beispiel: The Big Sleep); die Helden werden mit ihren düsteren Seiten gezeigt, selten mit glücklichem Ausgang. Französische Kritiker prägen für Filme dieser Art den Begriff 'film noir'.

homo academicus (lat.) - Akademisch gebildeter Mensch; im engeren Sinne Personen, die an Akademien/Hochschulen arbeiten.

Solowezki Inseln - Inseln im Weißen Meer (Russland), auf denen Lenin nach der Oktoberrevolution die ersten Lager für Systemgegener errichten ließ (u.a. für Menschewiki).

Sozialrevolutionäre - In Russland bäuerliche sozialistische Partei, gegründet Anfang des 20. Jahrhunderts. Die Partei vertrat während der Revolution die Interessen der kleinbäuerlichen Landbesitzer. Sie spaltete sich in eine Gruppe der linken Sozialrevolutionäre, die eine Zeitlang mit den Bolschewiki zusammen regierten, und in die rechten Sozialrevolutionäre, die Kerenski und das bürgerlich-demokratische Lager unterstützten.

Menschewiki (russ.) - mensche = weniger; Bezeichnung für die Minderheit der Russischen Sozialdemokratischen Partei auf dem Londoner Parteitag 1903.

Bolschewiki (russ.) - bolsche = mehr; Angehörige der Mehrheit. Zwischen Bolschewiki und Menschewiki starke Differenzen bezüglich der Rolle der Partei beim Aufbau des Sozialismus. Die Bolschewiki betonten das Primat der Parteiführung ("Die Partei, die Partei hat immer Recht"), während die Menschewiki zu demokratischen Regelungen neigten.

Vestnik (russ.) - Freiheit. Name einer Zeitung in russischer Sprache, die nach der Oktoberrevolution in Berlin von emigrierten bzw. ausgewiesenen Menschewiki herausgegeben wurde.

Weiße - Gegen die 'Rote Armee' kämpften nach der Oktoberrevolution die sog. 'Weißen', bestehend aus konservativen bis reaktionären Gruppierungen (Adel, Offiziere, Kadetten etc.). Russischer Bürgerkrieg, der trotz westlicher Interventionsarmeen auf Seiten der 'Weißen' von den 'Roten' gewonnen wurde.

Feuervogel - Wiederkehrende Figur russischer Volksmärchen; Sehnsuchtsbild.

Soljanka - russische Suppe aus sauren Gurken, Gemüse, Fleisch, Wurst, Sahne.

Gontscharow, Iwan G. - russischer Schriftsteller (1812-1891). Hauptwerk: "Oblomow". Oblomow zieht sich mit 30 Jahren aus dem Staatsdienst zurück, um ein geruhsames Leben im Bett zu führen, wird zum Typus des guten, aber vollständig passiven russischen Adeligen ('überflüssige Menschen' nach Puschkin).

Nansen-Pass - Ausweis für Staatenlose, 1922 auf Anregung Nansens (1861-1930) geschaffen, da durch die sowjetischen Ausbürgerungen die Zahl der Staatenlosen stark anstieg. Nansen war Zoologe, Polarforscher und internationaler Staatsmann (Hochkommissar des Völkerbundes).

Fra Angelico - Dominikaner, italienischer Maler (1387-1455). Berühmt für sensible Andachtsbilder.

autistisch (griech.) - autos = selbst; Autismus: Bezogenheit auf das eigene Selbst statt Anteilnahme an der Außenwelt.

Ja dolzhen (russ.) - Ich muss.

KAPITEL 20
parlez-moi d'amour (franz.) - "Sprich zu mir von Liebe"; Anfangsworte eines französischen Chansons (1930) von Jean Lenoir.

very smalzy (engl. und jiddisch) - Sehr schmalzig, sehr schnulzig.

KAPITEL 21
Sasso nero (ital.) - Schwarzer Felsen

Finistère (aus lat. finis terrae = Ende des Landes), westlichstes Departement Frankreichs in der Bretagne; diesen Namen tragen aber auch andere, raue und einsame Plätze an der westlichen europäischen Atlantikküste. Hier bildlich benutzt.

Plaste und Elaste - Plaste und Elaste aus Schkopau, Sammelbegriff für das Chemieprogramm der DDR, 1958 von Walter

Ulbricht verkündet. Auch abwertend benutzt für schäbige, unschicke Kleidung und Ware.

IM - Abkürzung für 'Inoffizieller Mitarbeiter' der Staatssicherheit der ehemaligen DDR.

Epilog
Paestum - Griechiche Gründung (Poseidonia, 600 v. C.) am Golf von Salerno. Berühmt für die griechischen Tempel.

Pompeji - Antike Stadt in Kampanien, 79 n. C. beim Ausbruch des Vesuvs verschüttet, seit 1861 systematische Freilegung.

Canossa - Dorf südwestlich von Reggio nell' Emilia; vor der Burg dieses Dorfes soll 1077 der deutsche König Heinrich IV. vor Papst Gregor VII. im Schnee gekniet haben, um vom Kirchenbann befreit zu werden.

Schirokko - Scirocco (ital.), aus dem Arabischen šuluq = Südwind; warmer Wind aus Afrika kommend, trägt Sand mit sich, lädt sich über dem Mittelmeer mit Feuchtigkeit auf.

bagno pubblico (ital.) - Öffentliches Bad, öffentlicher Strand.

che fa, papá? (ital.) - Was macht der, Papa?

Caspar David Friedrich - Deutscher Maler und Zeichner (1774-1840). Berühmt: "Zwei Männer betrachten den Mond".

Meer der Ruhe, mare del silenzio - Formation auf der Mondoberfläche, erscheint von der Erde aus wie ein Meerbecken. Gilt als sehr kalt.

Die Autorin

Ziemlich lang in die Schule gegangen; manchmal mit Katze (immer nach Hause zurück geschimpft). Studium mit Wurmfortsätzen (Doktor etcetera). Jahre des Wanderns durch deutsche und amerikanische Universitäten. Lebt in Berlin und anderswo.

Inhalt

Bewegliche Labyrinthe 7
Anmerkungen. 206
Die Autorin 222